大四喜

2

灩灩清泉 著

風文創 950

風 文創 950

目錄

第十一章 005
第十二章 037
第十三章 069
第十四章 099
第十五章 133
第十六章 165
第十七章 195
第十八章 227
第十九章 259
第二十章 291

第十一章

王三妮和王進財前天就都回小棗村了，夏氏也從牢裡回家了。

王家是外來戶，王婆子的娘家趙家人恨王老漢，不肯來，許里正便帶著村民幫忙把王老漢的喪事辦了。因為王老漢是這種死法，請和尚來作了法事就趕緊下了葬。辦完喪事後，趙家人又跑來想霸占田地，被小棗村的村民聯手打了出去。

王進財似一下子懂事了，凡是幫了他們的人家，他都挨家挨戶去磕了頭；王三妮也不犯花癡了，領著嫂子跟姪子在家裡靜靜過日子，無事不出小院；夏氏更木訥了，偶爾出來洗衣，別人跟她說話她一概不言語。

之前村中最熱鬧的王家，一下子變成村裡最寂靜的一家。

時序進入三月，山花爛漫，草長鶯飛，多姿多彩的燕麥山美得像人間仙境。

秦氏繡的「花熊逗趣圖」終於繡好了，繡品一尺見方，還是雙面繡。整張繡品色彩雅致，線條明快，針法活潑，花熊憨態可掬、栩栩如生，比畫的還要精緻漂亮。

之前許蘭因特地花了二十兩銀子在木匠鋪裡做了一架雞翅木的雕花炕屏架，又拿去裝裱鋪，把繡品嵌進去。

連裝裱鋪的師傅都讚譽有加，說第一次有人繡花熊，還繡得這麼好。一個南方商人正好在這裡，願意以三百兩銀子買走，許蘭因沒賣，覺得還能賣高價。

她一直想去京城一趟，賣繡品的同時，去看看百草藥堂，再把許蘭亭領去找名醫調理。但秦氏似乎很抗拒去京城，不許她去，態度很堅決，說實在想去就去省城，省城也有好大夫，秦氏就不去了，讓許蘭舟陪著，最好再讓趙無請幾天假，跟他們一起去。

許蘭因只得妥協，前來胡家，跟胡太太說了想請在省城的胡萬幫忙，找個擅兒科的好大夫。

胡太太笑道：「好說，我明天就讓人給萬兒送信。蘭亭是個好孩子，長得聰明又漂亮，我也喜歡他。趁年紀小還好調養，若拖到歲數大了，有些病就更不好治了。」

許蘭因忙道了謝。

晚上趙無下衙回來，不太高興的樣子。

許蘭亭玩笑道：「賞錢領少了，不高興了？」

趙無乾笑兩聲，敲了他的頭一下說道：「小瞧你趙大哥了！」又對許蘭因說道：「我被調到徐大哥手下，專門管縣城的治安。」

「似乎是個好差，說明你得重用了。」許蘭因嘴上這麼說，心裡卻暗道，突然調離照顧他的賀捕快，不見得是好事。

不過，趙無主管縣城的治安，就更方便監視怡居酒樓了。

趙無疑惑地道：「不知道為什麼，原本何師爺對我很好，可現在卻對我愛理不理的。我上竿子跟他說話，他都像沒聽到一樣，但我沒有得罪過他呀！」

何師爺是閔縣令的師爺。

許蘭因問道：「那閔縣令對你如何？」

「這幾天我見過閔縣令一次，如常。我又不傻，怎麼可能得罪縣太爺呢？上次去跟他說王家的事，我很注意說詞，沒有一點冒犯他。現如今，他的好名聲更盛，其中也有我的功勞，不可能對我不滿意。」

許蘭因也想不通其中關節，狐疑道：「你有可能得罪了何師爺，也有可能在不知情的情況下得罪了閔縣令。閔縣令高高在上，他再不滿意你，也不會明面上跟小捕吏一般見識，只需要他的狗腿子給你臉色瞧就行了。還有另一種可能，你犯了小人，有人去閔縣令那裡告了你的黑狀。」

趙無吸了一口冷氣，說道：「難不成是章捕頭？可我聽人說，我能調去徐大哥那裡，就是他跟孫縣尉舉薦的。」眼睛又瞪大了。「做這事並不符合章捕頭的性格啊！都說他的心眼跟針鼻兒一樣小，他不會是故意把我調離賀叔的掌控，再使壞吧？」

許蘭因道：「一定是這樣了。不管什麼情況，你以後都要更加謹言慎行，千萬別著了人家的道。改天我找機會去趟閔家，跟閔夫人提一提你拒了章捕頭女兒親事的事。」

這天，許蘭因在秦氏的指導下做桃花脂。

一般家裡做胭脂都是用最簡單的方法，把花瓣放在石臼裡細細搗碎，用細布濾去渣滓，晾乾汁液，滴一點油就可以了。

但秦氏的方法要麻煩得多，用的原料也多，製出來的膏子要好上太多，顏色鮮亮潤澤，香味也更加純正。

許蘭因笑道：「娘做的這些膏子比脂粉鋪子裡賣的還好。」

秦氏笑說：「我娘最會做這些東西了……」想到久遠的事，她的目光變得縹緲起來，愣愣地望了前方一陣，輕嘆了一口氣後，又低頭做起來。

許蘭因探究地問：「我姥爺、姥姥現在還在世嗎？」

秦氏像是沒聽到一樣。

家裡的幾個孩子之前沒少問這些問題，秦氏都是這個態度。

許蘭因只得住了嘴。

第二天上午，碗裡的桃花水收了汁，許蘭因把桃花脂挑進兩個小瓷盒裡。因為加了玉簪粉，還有自己磨出來的、經過過濾的一點珍珠粉，粉紅的膏上泛著瀅光。

許蘭因準備吃完晌飯就去閔家送香脂。

剛弄好，就聽到敲院門的聲音，接著一道較粗的女聲響起——

「許姊姊住這裡嗎？」

這個聲音有些熟悉，許蘭因愣了愣才想起是章曼娘。

她真的來自家串門子了！

想到她爹或許恨毒了趙無，許蘭因卻也不得不應付她。

許蘭因打開門笑道：「章妹妹，真是稀客！就妳一個人嗎？」

章曼娘豪爽地說：「帶那麼多人做甚？就我這個模樣，沒有人敢來劫財！」

許蘭因笑著把她請進院子。

許蘭亭也出來了，笑問：「章姊姊，鐵旦哥怎沒來？」

章曼娘笑說：「他去上學了。」又把手裡的一個包裹塞進許蘭因手裡。「兩塊尺頭，送妳的。」

許蘭因道了謝，給她介紹了秦氏後，就請她在簷下坐著，倒了茶，拿了兩碟點心出來。現在春光正好，鳥語花香，坐在院子裡比坐在屋裡愜意多了。

說了幾句話後，章曼娘看到她們做膏子的器皿和做好的膏子，要了一盒比較濃豔的胭脂膏。見身邊沒有人了，才悄聲問道：「許姊姊，我上次拜託妳的事，妳問趙大哥了嗎？」

許蘭因也小聲回道：「我幫妳問過了。趙無說，他小時候跟表妹玩得非常好，兩人的親事又是他亡母作的主，所以他還要繼續尋找他們，只能辜負章姑娘的一片好意了。他還說，章姑娘豪爽仗義，心思純良，定能覓得良緣。」

章曼娘的眼圈都有些紅了，咬著嘴唇，良久沒言語。

許蘭因靜靜陪著她，也不知該說什麼安慰她的話。

過了好久，章曼娘才深深嘆了一口氣，苦笑道：「我知道這事不能勉強，不會怪趙大哥的。可是……」她把頭伸過去點，小聲說道：「讓趙大哥注意點我爹，我爹現在非常不滿意他，還讓我大哥跟二哥找到機會暗中收拾他。」

許蘭因吃驚地看著章曼娘，這姑娘生性單純爽利，還非常正直。「謝謝章姑娘的提醒，我會轉告趙無。也請章姑娘在妳爹面前幫趙無美言幾句，他實在是母命難違。」

章曼娘點頭道：「我當然會幫趙大哥說話，為這我爹已罵過我好幾次了……」

留章曼娘吃了晌飯後，她直到申時才走。

次日，許蘭因揣著幾盒膏子去了縣衙後門。

下人說閔姑娘此時在夫人那裡，就把許蘭因直接領去了閔夫人的院子。

閔夫人笑道：「妳好久沒來家裡玩了，楠兒唸叨過好幾次呢！」

閔楠也笑道：「是呢、是呢！許姊姊，你們那裡的風景是不是也很漂亮？前兒我特地和我娘去了大相寺燒香、踏青，那裡的櫻花開了，好美啊！」

許蘭因笑道：「我們村後山上的杜鵑花最多，火紅一片，美極了，我家院子裡現在連風都是甜的。」又拿出三盒膏子笑道：「這是我用山上的花和清泉做的膏子，我覺得一點都不比鋪子裡賣的差。」

閔夫人接過來打開，聞了聞，又搽了一點在手背上，笑道：「果真好，許姑娘真能幹。」

許蘭因呵呵笑了兩聲，卻不好說是秦氏教她的。秦氏現在是寡婦，擺弄這些東西傳出去不好聽。

幾人說了一陣話後，閔夫人才好心提醒道：「妳家的那個租客名聲不好，到期了就把他打發走吧。那樣的人租住在妳家，別把妳兩個弟弟給帶壞了。」她不好說的是：別累得妳的名聲更壞了！

許蘭因暗道，果真有人在閔縣令跟前陰趙無了！最有可能的就是章捕頭。她故作不解地問道：「趙無做了什麼不好的事嗎？」

閔夫人又說：「我聽人說，那人脾氣不好，愛惹是生非，又小氣貪財，還喜歡嚼舌根。嘖嘖，可惜了副好相貌。」

閔楠插話道：「我聽幾個小娘子說，趙捕吏長得很俊，就偷偷去瞧了一眼。他長得真是俊呢，氣度、風姿居然不輸京城那些貴公子，原來人品這樣不堪——」

話還沒說話，閔夫人就皺眉喝止道：「這話是妳一個小娘子能說的嗎？居然還敢偷偷跑去看衙役？那些人的模樣再好也是莽漢，上不得檯面！若妳下次再敢這樣，我就跟妳爹說，狠狠責罰妳！」

閔楠被罵得雙眼醞起了淚水，不停地扭著帕子。

許蘭因很不高興閔夫人這樣說趙無，卻又不敢表現出來，因此似是幫著閔楠開脫道：「也不怪閔姑娘有這種看法，趙無在老家薄有家資，祖父中過秀才，他也讀過八、九年的書，氣質上的確與那些衙役有所區別。」

閔楠聽了這話，才好過了些。

許蘭因又繼續道：「趙無平時在我家非常有禮貌，尤其是對我娘孝順有加……」見閔夫人沈了臉，又笑道：「我還想向閔夫人討個主意呢！」

「什麼主意？」

許蘭因苦笑道：「趙無把章捕頭得罪慘了……」便把章捕頭幾次暗示想把閨女說給趙無，趙無都裝傻，表明他已經跟表妹訂親，一直在找人，無奈章捕頭不死心，又託賀捕快說合，趙無不得已明確拒絕了，結果就被章捕頭恨上了，趙無現在在捕房裡都經常受氣等事說了出來。

閔夫人的眉毛都皺成了一堆，嘖嘖幾聲後說道：「就章黑子的那個閨女，把臉漂白了跟趙無也不般配啊！人家已經有了未婚妻，哪能這般強求呢？我就說嘛，那趙無一看就是個好孩子，怎麼可能有那些臭毛病，八成是章黑子壞人家名聲放出來的風！」閔夫人心裡非常氣憤：『那章黑子想整趙無是他的事，卻不該把我男人扯進來說嘴，那話不止丈夫聽了生氣，我也不高興了好久呢！』

許蘭因坐的椅子挨著閔夫人坐的椅子，聽見了她心裡的話。原來章捕頭不止講了趙無的壞話，還把縣太爺扯了進來……

許蘭因壓下心思，笑道：「章姑娘為人很好，也看不慣她爹的做法呢，還讓趙無小心別著了她爹和兩個哥哥的道……」便把之前章曼娘託她帶話，昨天又去她家的事給說了。

聽了章曼娘的作派，閔夫人和閔楠都大笑起來。

閔夫人不屑道：「那就是個傻棒槌！在她的眼裡，小白臉比親爹還重要！」

閔楠也笑道：「章姑娘鬧過好多笑話呢……」又說了幾個章曼娘倒追小白臉的笑話。

閔夫人的眉毛都皺緊了，嗔怪道：「姑娘家家的，不許說這些！」

閔楠嘟嘴道：「本來就是嘛，我又沒瞎說！」

閔夫人又對許蘭因說道：「章黑子和趙無的事，我會跟我家老爺提提，若趙無不願意在捕房做事，就把他調去別處。那孩子不是唸過幾年書嗎？當書吏比當捕吏體面多了。」

許蘭因道了謝，說道：「趙無尚武，喜歡當捕吏。若實在是在那裡混不下去了，再來求閔夫人……」

說話間到了晌午，許蘭因起身告辭，閔夫人也沒留她。

閔縣令從前堂回來吃飯。

閔夫人小聲重述許蘭因的話，又道：「章黑子實在可惡，親事不成就那樣詆毀一個孩子。關鍵是，還把老爺扯了進去，那話多難聽啊！」

閔縣令默然。他由於生氣，已經給閔戶寫信明確拒了讓趙無去提刑按察司的事，說趙無有些惡習，怕他闖禍，要繼續鍛鍊打磨云云。

這些事也只有深深埋在心底了。

那章黑子居然敢利用自己，以後若抓住他的小辮子，一定要好好收拾他！

晚上趙無回家，聽說果真是章捕頭從中作梗，也是氣憤難平。好在跟閔夫人解釋過了，閔縣令總不會再怪罪他。

許蘭因還是說了閔夫人主動提出要幫他換差事的事。

許蘭亭也勸道：「趙大哥，你就去軍中吧，洪大哥很好，你去那裡不會受氣。」

趙無樂了起來，說道：「我喜歡當捕快，不想改行。若一個衙役都沒本事幹下去，將來還能成什麼大事？你們放心，我會想辦法在那裡站穩。希望章捕頭能放下成見，若實在放不下，再另想法子。」

趙無的表態讓許蘭因頗滿意，又對許蘭亭進行機會教育，讓他遇事要迎難而上。

許蘭因進廚房洗碗，趙無也跟了進來，悄聲說道：「姊，妳不是讓我一直注意怡居酒樓嗎？我有了一個發現。」

許蘭忙問道：「什麼發現？」

「表面看來，怡居酒樓的生意很一般，遠比不上盛泰軒和聚福全，但金掌櫃的手面卻特別大。有次他買古玩，出手就是一千多兩銀子呢！一個小掌櫃，就是十年也掙不到這麼多吧？還有，金掌櫃非常喜歡結交官吏，包括縣衙裡還有軍裡的人，跟王縣丞和幾個小吏都有來往，其中也包括章鋼旦。有些去怡居酒樓吃飯的外地人，光看外表就不是普通人，有的還是練家子，進去很久都不見出來……」

許蘭因說道：「做得好，繼續盯著，千萬不能被他發現你注意到他，否則就危險了。這事也暫時別跟任何人說，切記，任何人。」

趙無點點頭，又問：「姊懷疑怡居酒樓暗中在做非法交易嗎？」

許蘭因「嗯」了一聲，見趙無滿眼探尋，才又搪塞道：「我也是無意中聽到兩個人的對話，說怡居酒樓內裡有些怪，便想著你若破獲了重大案件，將來去提刑按察司或六扇門的機會便大得多。」又笑著把話題扯去一邊。「我聽說，現在有許多小娘子站在街口看你，是真的嗎？」

趙無的眉毛皺了一下，說道：「唉，現在的小娘子，膽子忒大，也不怕羞。」眉毛一挑，又嘆道：「但我趙某人坐懷不亂，注定要辜負她們了～～」

尾音拖得老長，像戲子唱戲，樣子還很欠揍。許蘭因失笑，打趣道：「看你這樣子，是開竅了？」

趙無十分不服氣。「在姊的眼裡，我就那麼蠢，要等到現在才開竅？我早就……算了，不跟妳說這些了。」

許蘭因哭笑不得，她說的「開竅」是指開始注意女人了，不知道這傻小子聯想到了什麼？這孩子，想法越來越複雜了。

綿綿春雨連下了幾天，讓許老頭和初十回來的許蘭舟高興不已。兩人去巡視了家裡的那幾十畝地，說冬小麥的長勢非常好。

昨天晚上沒等到趙無回來。

許蘭因便想著他又臨時加班或是去大相寺了，也沒放在心上。

今天傍晚趙無回來了，神色懨懨，衣裳也皺巴巴的。

不說許蘭因和秦氏覺得不正常，連許蘭亭都詫異，問道：「趙大哥，你怎麼了？」

秦氏又問：「不會是生病了吧？」

趙無支支吾吾道：「嗯……是有些不舒服。」

許蘭因沒多問，只讓快些吃飯。他那個狀態，根本不是有病，而是有心事，還是大事，她想著過會再單獨問他。

飯後，許蘭因把碗收進廚房洗，趙無也隨後跟了進來。

許蘭因看了趙無一眼，說道：「出了什麼事？說吧。」

趙無臉憋得通紅，手足無措，猶豫了許久，還是艱難地說道：「姊，妳能不能把存在妳那裡的五百兩銀子給我？我、我有急事要用。」

許蘭因停下手中的活計，盯著趙無問道：「什麼急事？」

趙無的眼神躲開許蘭因的注視，飄向一邊，低聲說道：「是賀叔家有急事，他向我借的。」不知為什麼，之前他最擅長撒謊的，如今卻是不敢對著許蘭因的目光說謊。

許蘭因的臉沈了下來，一字一句問道：「看著我，不許說謊，你要銀子到底幹什麼？」

趙無的目光又看向許蘭因，吞了吞口水，只得小聲說道：「姊，妳別生氣。我……我賭錢輸了。」聲音在嗓子眼裡咕嚕。

「你去賭錢了，還輸了五百兩?!」許蘭因低喝道，眼睛都瞪圓了。

「不止，一共輸了六百二十兩。」趙無低下頭，不敢看她。

許蘭因氣得伸手就揪住趙無的耳朵，使勁扭了幾圈，罵道：「你越來越有出息了！居然敢去賭錢，還輸了這麼多！」

趙無痛得齜牙咧嘴，但不敢叫也不敢躲，難過道：「是我笨，鑽進了別人的套子。姊氣不過，就打死我吧，我也恨自己沒用，居然被幾個混混耍了。」

許蘭因也猜到了趙無是被人設計的。他有缺點，但絕對不包括賭和嫖。她手上的力氣又加了兩分，罵道：「早提醒你要注意了，卻還要往人家的套子裡鑽，捅出這麼大的樓子！怎麼回事？說清楚！」她鬆開了手。

趙無揉揉耳朵，說道：「昨天衙裡發了賞錢，我拿最多，有二十兩銀子。晚上下衙後，徐大棒提議兄弟們湊錢喝酒，我本不想去，可他們說我賞錢拿得最多，不去不夠兄弟。我一直想跟他們搭好關係，就跟著去了。後來我喝得迷迷糊糊，幾人又聽了徐大棒的吆喝，去虎門賭坊賭錢。我覺得我們是捕快，再是賭坊也不敢跟我們使詐，就跟著去了。一開始，我的手極順，一下子贏了二百多兩銀子，想著趁手氣好再賭一把就能在縣城給姊買棟好宅子了，誰知這一把就輸了一百兩，之後越輸越眼紅，又聽別人的話借銀子賭，最後欠了賭坊六百二十兩。」

這孩子賭這麼大是因為急於給自家買房子。

許蘭因氣得胸口痛，也只得緩下口氣說道：「徐大棒只是個小捕吏，同那種輸贏上千兩銀子的大賭坊聯手設計你，他還沒有那個本事。」

趙無咬牙道：「等我清醒後也反應過來，我是被他們耍了。徐大棒沒那個本事，肯定是章黑子讓賭坊跟他聯手做的。」又難過道：「今天，這件事在衙門裡傳遍了，我成了不成才的大賭棍。湯爺爺罵了我，說我不爭氣，小小年紀不學好；賀叔說那個賭坊是章黑子罩著的，還說我關鍵時候少根筋……」說著，眼淚都流了出來，又用袖子恨恨地擦去。

許蘭因怒其不爭地說：「人家是設好了套子，就等著你鑽進去。不僅坑了錢，還要坑你這個人！」

趙無點點頭，說道：「姊，對不起，房子沒買成，那些錢也都填了進去。」

許蘭因道：「錢沒了還能掙，房子更不急。」又問：「你欠人家六百二十兩銀子，五百兩不夠還，我……」她想說她再補上一百二十兩，趙無就接著說了。

「我自己有四十兩，湯爺爺和賀叔答應各幫著湊二十兩，還想找嬸子借四十兩。」想到賀捕快挨了五荊條還要幫忙籌銀子，心裡覺得非常對不起他。

許蘭因忙說道：「你不能管別人借錢。若章捕頭還有後續，很可能會找一個人冒充『苦主』，說你因為欠多了錢，想方設法去訛銀子，還打傷了他們家的誰誰誰，勒索他們多少錢財，到時你丟差事都算輕的。你先回屋，等我收拾完了去你那裡商量。」

趙無的拳頭握得緊緊的，只得先返回自己的屋。

洗完碗後，許蘭因回屋把趙無之前放在她那裡的五百兩銀票拿出來，又拿了自己的一百兩銀票揣進懷裡，對秦氏道：「趙無衙裡遇到點難事，我去他那裡商量一下。」她怕把秦氏嚇著，沒敢說實話。

秦氏擔心地道：「跟那孩子說，有什麼難處說出來，咱們想法子幫他。」

趙無沒點燈，合衣躺在炕上想心事。

借著窗櫺灑進來的月光，許蘭因把燈油點亮放在桌上，過去把趙無拉起來。「你選擇了那條路，以後的險惡要比現在多百倍千倍，遇到的人也會比章捕頭厲害百倍千倍。若這件小事就把你打倒了，你還怎麼去完成你的宏願？」

趙無恨恨地說道：「我不會被打倒。章黑子只是一個捕頭，若連他我都弄不過，那我只配在鄉下種菜。」

兩人坐去桌前，許蘭因把銀票遞給他。「這五百兩是你的，一百兩是我私下攢的，明天拿去還給賭坊。」

趙無把銀票揣進荷包，說道：「這筆錢我會想辦法掙回來。」

許蘭因問道：「下一步你準備怎麼辦？」

趙無握拳砸了下桌子，咬牙說道：「之前只以為章黑子會給我穿小鞋，想著咬咬牙挺過算了，反正也不打算在這裡久幹，卻沒想到他連活路都不想給我留！既然這樣，我也只有下狠手了！」

許蘭因問：「下狠手？你是想踢死他？」

趙無道搖搖頭。「他死了就變成命案，何況他還是捕頭，我不能把事情搞得太大。把他弄殘即可，他殘廢了，這個捕頭就當不成了，也就不可能再找我的麻煩。」

許蘭因覺得自己活了兩世，還是太單純良善了，從來沒想過用這種狠招對付章捕頭。趙無的法子，的確更適合章捕頭那樣的惡人。

「這個法子的確好，簡單、實用，一腳踢得他沒有翻身之地。不過你剛跟他結仇他就出了事，他們不會懷疑到你頭上吧？」

「章捕頭作惡多端，仇人眾多，我的這點小仇對他來說不算什麼。再說，我的真本事除了妳，別人都不知道。」

這倒是，他的三腳功一直是偷偷練的，連許蘭舟和許蘭亭也不清楚。

許蘭因說道：「你真有把握既不把他踢死，又能一腳踢昏他？這比直接踢死還難掌握，若是被他看到，哪怕你蒙了面，身材也會令他生疑的。」

「就他們那點功夫，只要是三個人以內，我便能從後面或是側面一招解決。多一個人就麻煩些，出第二招的時候會被後一個人看到。章捕頭也知道自己的仇家多，每次外出至少會帶兩個人。」

許蘭因道：「不要急，等到最好的時機再出手。」

兩人又商量了一下在什麼地方動手最好逃走，趙無再查探好地形和路線。反正他現在負責縣城的治安，巡查大街小巷是公務，還經常晚上當值，機會好找。

第二天，趙無老老實實去賭坊還了錢。跟別人的解釋是，他來尋親之前把湖州老家的地和宅子都賣了，身邊有點閒錢。

之後又去給孫縣尉和何師爺認了錯，說讓閔縣令、孫縣尉、何師爺失望了。

趙無痛快地還了錢，孫縣尉和何師爺又是這樣的表態，讓有下一步動作的章捕快父子十分惱火，這不符合他們之前的設想啊！看來，要想徹底把趙無搞下來，還要再想辦法。

兩天後，許蘭因又去了縣城。

上午去趟胡家，送了胡依一盒自製胭脂，陪她說了陣話。

胡依比之前豐腴了不少，臉上還有了些嬰兒肥。她嘟嘴說著心事，原來胡萬下個月就要成親了，婚後會長住省城，她很不捨的樣子。

許蘭因笑著寬慰道：「等胡公子在省城把生意做好後，你們一家都搬過去，又能住在一起了。」

胡太太來了，說胡萬幫著找了一位擅兒科的老大夫。老大夫之前在太醫院當差，上年才致仕回到老家。

許蘭因喜極，謝了胡太太和胡公子。

晌飯後，許蘭因去了洪家。

胡氏拉著許蘭因的手說：「我聽說趙無出事了。那孩子本性純良，不像是好賭之人。是不是被人坑了？」胡氏猜測是章捕頭搞的鬼，見許蘭因默認，又道：「那章黑子真是缺德，就因為拒了他閨女的親事，這麼坑一個孩子！趙無欠了那麼多錢，需要幫忙嗎？」

許蘭因搖頭說道：「謝謝洪大嫂，錢已經解決了。」

胡氏又道：「我家爺還說，什麼時候請章黑子和趙無來我們家喝酒，他作中人。章黑子是這裡的地頭蛇，連我家爺都不願意得罪他，趙無跟他不把結解開，以後在南平縣可不好混。若實在不行，讓他去軍裡。」

許蘭因道了謝，說再看看。

在洪家待到申時初，許蘭因雇了驢車回村。還沒走到城門口，就看到出城的人排了好長的隊，有大批兵士和衙役在城門口檢查。

聽人議論著，好像是有匪人把公門裡的三個人打暈了，生死未卜。兵士和衙役在盤查壯男，若有嫌疑，都會抓去衙裡審問。

許蘭因猜測，應該是趙無抓住機會收拾了章捕頭，而且還成功了！她以為趙無會等晚上再動手，沒想到大白天就動手了。

許蘭因排到城門口，因為她是女的，車夫又是個身材瘦小的老頭，所以非常順利地出了城門。

他們還沒走出門洞，就聽見身後傳來趙無的聲音——

「姊，妳今天出城啊？」

許蘭因回頭看去，真的是趙無，他同兩個捕快過來配合檢查出城的人。

趙無快走幾步來到許蘭因面前，小聲說道：「章捕頭被人打昏了，現在還沒醒過來，我們在抓賊人，今天晚上不回家了。」還不動聲色地跟許蘭因眨了眨眼睛。

許蘭因提著的心徹底放鬆下來，笑道：「好，注意安全。」

看到那道細長的身影越來越小，直至遠去，許蘭因才想起來，趙無是負責縣城治安的，若抓不住賊人、破不了案，是會被罰的！衙門不興罰款，都是笞刑或是杖刑。

看來，趙無一頓好打是免不了的。

許蘭因回到家後，把給許蘭亭找到好大夫的事說了。

聽說之前是御醫，還擅兒科，秦氏喜極，說無事就早些去，但光許蘭舟陪著他們兩人還是不放心，最好能讓趙無陪著。

十七晚上許蘭舟回來，他請了幾天假，二十畝的冬小麥要收了，他要看著。

趙無讓他帶話給許蘭因，說他很好，就是賊人沒抓到，還要再忙幾天。

許蘭舟笑道：「聽趙大哥說，章捕頭和另兩個人已經醒了，說賊人的腳太快，連臉都沒看清就被踢昏了過去。他們都是被人一腳踢中了額際，而章捕頭昏過去後又被人把肋骨踩斷了一根、腿骨踩斷了三截，即使不癱也會瘸，肯定是殘廢了。都說章捕頭把人得罪狠了，仇家花重金尋來高手整他的。」

秦氏幾人聽說章捕頭殘廢以後不會再當捕頭了，都高興起來，嘴裡說著「活該」。

趙無是四天後的晌午趴在牛車上被送回來的。

他臉色蒼白，低聲說道：「無事，姊莫擔心。」

許蘭因趕緊拿鑰匙把西廂的門打開，請車夫把趙無扶去炕上趴下。

許蘭亭都嚇哭了，跟著跑去西廂。「趙大哥的屁股被打爛了，好疼喔……」

趙無趕緊道：「小聲些，沒打爛。」又對許蘭因說：「我無事，只被打了二十荊條，是皮外傷。徐大棒挨了五十杖，呵呵，他得養上一個月！哈哈，那個龜孫，以後我要打得他滿地找牙……」

還笑得出聲。

許蘭因很心疼，但這回也不能親自幫他搽藥。許蘭舟上學了，許慶明又去縣裡交稅了，總不好讓許老頭來幫忙。「讓蘭亭去請三河叔來吧？」

趙無說道：「不用那麼麻煩。姊幫我燒鍋熱水，讓蘭亭給我遞帕子和藥即可。」他們挨了打，衙門不僅找了牛車把他們送回家，還發了治創傷的藥。

許蘭因還是讓許蘭亭去把五爺爺的兒子許三河請了來。不僅要幫趙無搽藥，還要擦身。

許三河忙完過來說，趙無沒大礙，只是皮外傷，養個幾天結痂就好了。

秦氏和許蘭因這才放下心來。

許蘭因下了雞蛋麵條端去西廂給他吃。

為了方便照顧，秦氏同意這幾天不鎖西廂的門。

趙無趴在炕上吃麵，小聲講了他在哪個胡同打傷章捕頭三人。「我從左面踢他們的額際，三腳就讓三個人全部趴下，醒來說只看到了腿和腳。嘿嘿……」

許蘭因也是極其佩服，這孩子還不滿十六歲，將來或許真能成為電影中追命那樣的頂尖名捕。「聽說章捕頭的兒子章鋼旦接替他當了捕頭？」章家人當了捕頭，總歸對趙無不利。

「沒有正式任命，章鋼旦只是代替他爹管管捕房的事務。閔縣令特別倚重章捕頭，說是若他能夠痊癒，還是由他來當捕頭。」又嗤道：「章捕頭當定了瘸子，怎麼可能痊癒。」

許蘭因說道：「閔縣令用的應該是緩兵之計。章捕頭突然重傷，章鋼旦還未成長起來，他乘機扶持起一個人來跟他們抗衡，瓦解掉章家的勢力。若章家夠強悍不被壓倒，章鋼旦當捕頭就當定了；若章家被人順勢踩下去，閔縣令就扶持那個人當捕頭。別人相鬥，他來制衡，怎麼都不是他得罪人，真是個滑頭！」

趙無咧開嘴笑起來，說道：「姊聰明！管牢獄的蔣大叔已經調來了捕房，專門負責馬快，若他有本事制住章鋼旦，章捕頭的腿又好不了，肯定是他當捕頭了。賀叔也調來了我們隊，頂替徐大棒，當了我們的頭兒。賀叔跟蔣大叔的交情不錯，肯定會幫他，以後我的日子就好過了……」

他的興奮完全戰勝了屁股的疼痛，眉飛色舞地講著。他沒想到，他的三腳徹底踢翻了捕房的人事變動。

次日，湯仵作、賀捕快結伴來看望趙無。這兩人經常聽趙無說起許蘭因，對她的印象非常好。特別是湯仵作，看她的眼睛都發著光。

「小丫頭聰明！自從老夫有了那種手套和口罩，省事多了，又乾淨。」

許蘭因笑道：「湯爺爺喜歡就好，下次再多做些讓趙無給您帶去。」

老頭的腦袋點得像雞啄米，連聲道：「好、好、好，老夫先謝謝妳了！老夫的兒媳手拙，做過兩副，漏水、硌手，不好用。」他的兒媳婦特地來找許蘭因學過怎樣處理羊腸和縫合，結果做出來的東西他不滿意。

許蘭因又代長輩謝了賀捕快對趙無的照顧。

賀捕快非常會說話，笑道：「趙無是個人才，說不定以後我還要靠他提攜呢！先把他巴結好，以後才好沾光嘛！」

許蘭因請鄰居幫忙去鎮上買了食材，又殺了一隻雞，整辦了一桌的好菜，還拿出胡家送的酒進行了招待。

趙無只有三天病假，第四天就瘸著腿去上衙了。

他的傷還沒有完全好，許蘭因讓他晚上住去許氏糕點鋪，等傷完全好了再回家，實在想回來就租車。

晚上，趙無雇了輛帶篷的驢車回來了。他不能久坐，是趴著回來的。

趙無說道：「殿試榜單已經送來了，古望辰考取了二甲九十九名，是今科最年輕的進士。」

這個名次跟書裡的一樣。許蘭因早知道結果，一臉無所謂的樣子。

秦氏也淡淡地說道：「那人已經跟我家沒有關係了，就是考上狀元，也不關我家的事。」

趙無看許蘭因的確沒有任何不快的表情，才放下心來。

吃完飯，許蘭因去廚房洗碗，趙無也跟了進去。

他從懷裡掏出一個荷包說道：「虎門賭坊的東家今天晌午請賀叔和蔣大叔當中人，還了我六百二十兩銀子，還多送了一百兩銀子給我壓驚，說之前是受徐大棒的脅迫才那麼做的，他很後悔。」

聰明人不少。這是看到章家或許要走下坡了，為下一步作打算。不過還是不敢把章捕頭得罪死，所以讓徐大棒作了替死鬼。

趙無又道：「我不想要那一百兩銀子，可賀叔讓我拿著，我就拿著了，後來分了賀叔和蔣大叔各二十五兩。剩下的五十兩銀子和我另外拿出來的二十兩給姊壓驚，存著以後買房。」

那一百兩銀子到底該不該收，許蘭因也不確定。想著既然賀捕快讓他收，也不好不收。她接過荷包，裡面裝的是六百七十兩。「五百七十兩都是你的，我幫你存著，以後不能再去賭錢了。」

趙無固執道：「五百兩存著就好，那七十兩是給姊買房的，我以後還會多多的掙。」

許蘭因不願意再跟他爭執，反正自己把兩人的錢分清楚就行了。「現在你的事都解決了，我想帶蘭亭去省城看病，胡公子幫我們找了個擅兒科的好大夫，聽說之前還是御醫。」

「你們幾個去我不放心。等我的傷完全好了，陪你們一起去。」

次日，古望辰中進士的消息就在小棗村傳開了。人們奔相走告，興奮得不行。許里正和古家的一個族親牽頭，要在村裡辦流水宴，還會把古婆子請回來吃席。古望辰走之前想到了這一步，先留了五兩銀子在族親那裡。

辦流水宴這天，許蘭因一家去了縣城。

聽趕牛車的人說，昨天蘇家莊又住進去了一位小姐，好像是之前那位蘇二小姐的姊姊蘇大小姐。

許蘭因暗道，書裡的確是這樣寫的，蘇晴得老平王妃的青眼後，嫡母蘇大夫人和嫡姊蘇媛氣不過，又想毒死她，事跡敗露後，蘇大夫人被禁足，蘇媛被罰來莊子思過兼避風頭。

可是，蘇晴不是沒獻成藥，沒得老平王妃的青眼嗎？不知她又用了什麼手段把嫡姊送來了這裡。還有，古望辰如願考上進士了，蘇晴又沒如願當上郡王妃，不知他們會不會「終成眷屬」？

在鋪子裡吃完飯後，許蘭因帶著許蘭亭去洪家玩。秦氏不去，自己待在許蘭舟的小屋做針線。

許蘭因姊弟到了洪家，才聽看門的胡大伯說家裡來了京城的貴客，洪震已經回來了，正在前院廳堂招待貴客。

許蘭因牽著許蘭亭匆匆走過遊廊去後院。

快走到偏廈時，看到一個身穿戎裝的男人從後面越過他們匆匆進了正堂，是洪震的親兵劉用。那一晃而過的身影，讓許蘭因一下想起大年二十九她在怡居酒樓看見的那個身影，不是這個劉用又是誰？

許蘭因的心一陣狂跳。她想起書裡經由怡居酒樓跟西夏國有聯絡的人，最大的官好像就是一個伯爺，實際什麼伯許蘭因當時沒注意，現在根本想不起來，只知道這個伯爺的嫡長女在給現太子劉兆平當太子良媛。因為怡居酒樓和那個伯爺被告發，劉兆平的太子之位被奪、自殺，之後三皇子劉兆顯被立為太子……

若那個叛國的伯爺真是洪震的族親平進伯，洪震會不會也是賣國的奸細？可許蘭因覺得洪震很正直，不應該會做出賣國求榮的事啊！難道他的一切都是表象？

沈思中已經到了後院。

芳姊兒聽說許蘭亭來了，笑眯了眼地跑出來拉著小叔叔去廊下看她剛剛買的鸚鵡。

許蘭因進了正房廳屋，胡氏正抱著洪文在逗弄。

小洪文又長大了一些，黑黑胖胖，更像洪震了，極是可愛。

許蘭因捏了捏文哥兒的小臉，不好意思地說：「聽說你們家來了貴客，我們來得冒昧。」

胡氏笑道：「來家裡的是平進伯府的二爺洪偉，他也是平進伯世子。」又皺了皺眉，苦笑道：「之前我家爺跟主支的關係並不算親近，在京城時那些貴公子就沒上過我們家的門。可到了這裡，離遠了，不知為何他們反倒是跟我們熱絡起來。前年洪昕來家住了一段時日，就把依兒害成那樣，什麼人哪，我真是怕了他們……」因為胡依的關係，胡氏一點都不喜歡平進伯府的人。

許蘭因笑道：「剛剛我看見劉用大哥急急去了前堂，好像有什麼急事。」

「劉用是洪世子送給我家爺的，舊主子來了，他當然跑得急了。哼，人在曹營心在漢，我家爺特別不喜歡他，只不過不好拂了洪世子的面子。」

原來如此。

許蘭猜測，怡居酒樓幕後的人先跟平進伯府搭上關係，洪震調來這裡後，平進伯府又過來發展洪震這條線，畢竟洪震在這裡當官，接洽辦事都容易得多，而且軍官有些地方更得用。只不知現在的洪震被拉扯進去沒有？

她之前還沒聽過胡氏的心聲，這次她聽了，發現胡氏心裡可沒有表面這麼平和溫婉，吐槽著平進伯府的各種不是，包括之前嫡支對丈夫和自己的不屑、對胡依的傷害，以及現在跑來家裡煩人。

洪震叛沒叛變還不知道，但此時的胡氏肯定不知道男人們的事情，更沒有被拉進去。

不過，不管洪震最終叛沒叛國，有這樣的族親嫡支都是悲劇，總有一天會被抄家滅門。

叛國了，會晚死一步，跟著平進伯府一起滅亡；不願意叛國，平進伯府和怡居酒樓怕他透露消息，會提前悄悄把他處置了。

看看溫婉的胡氏、睡得正香的洪文，還有窗外芳姊兒清脆的笑聲，許蘭因的心很難受。洪家是她在這個異世真正的朋友，跟自家交好，不講任何利益。不像閔家，占了便宜還欺瞞自己，也不像胡家有求於自己。可此時她卻不敢透露出一星半點，怕一個不好就會招致殺身大禍。

玩到申時，許蘭因姊弟告辭。在路過前院時，能聽到廳堂裡傳來男人的笑聲，還看見劉用站在門外服侍，偌大的院子只有他一個人。他的表情異常嚴肅，似乎隨時準備撂倒前來偷聽的人。

回到鋪子，許蘭因把許大石叫去一邊，悄聲告訴他，以後多注意怡居酒樓，特別要注意有哪些官吏經常去那裡。她的說辭是，聽趙無說，那金掌櫃不妥，好像在從事非法交易。這事要萬萬保密，僅限他一個人知道，連李氏都不許說，若洩漏了他們一家都會完。

畢竟趙無不可能時時盯著怡居酒樓，而作為鄰居的許大石隨時都能監視他們。

許大石非常鄭重地點頭答應，他以為非法交易是指走私什麼的，還覺得怡居酒樓是酒樓，最可能走私的就是官鹽。他悄聲說：「我一直有些納悶，看著金掌櫃八面玲瓏，結交也廣，卻不知為何酒樓的生意始終不太好，原來志不在此。」

許蘭因暗自滿意，倒是個聰明人，粗中有細，居然看出了一點門道。

夜裡，雷鳴電閃，下起了瓢潑大雨。

大雨持續了好幾天，趙無都沒有回家。

五月初九這天，雨終於停了。

秦氏和許蘭因在廚房裡忙碌起來，今天不止許蘭舟會回來，趙無肯定也會回來。

傍晚時分，許蘭亭就站在院門口望眼欲穿。他的腿邊蹲著花子，麻子站在花子的身上，陪著主人一起等。

他們習慣了許蘭舟不常回家，卻都不習慣趙無這麼久沒回家。

許願被許老太派來，也加入了陪等的陣營。

突然，花子汪汪的叫聲響了起來，許蘭亭歡愉地叫著。「大哥和趙大哥一起回來了！」

許願忙邁開小短腿向家裡跑去。「我去喊太爺和太奶、妹妹，要在你家吃飯飯！」

趙無把迎上來的許蘭亭扛在肩上，麻子啄著他的頭髮，花子咬著許蘭舟的褲腿，院子裡立即喧鬧起來。

趙無的傷已經全好了，站在廚房門口說：「我請了幾天假陪你們去省城，賀叔同意了。章鋼旦如今一門心思都在想著怎樣把蔣大叔扳倒，根本顧不上我，也同意了。」

許蘭舟笑道：「今天晌午趙哥就去私塾跟我說了，我也跟先生請了幾天假，咱們明天準備一天，後天就能啟程。」

趙無又跟秦氏說，他去省城會帶著麻子去，到時候讓麻子飛回來，秦氏拿下牠腿上的東西，讓牠歇息一陣再放飛，看牠能不能再次找到趙無。

趙無一直不遺餘力地訓練麻子，是為了方便送信。

晚上，許蘭因和秦氏收拾著要帶走的東西。除了一些穿的、吃的、用的，還帶了送胡萬成親的賀禮——在縣城買的一套五彩瓷茶具。

把秦氏繡的「花熊逗趣圖」也帶上，希望能在省城賣個好價。

秦氏問道：「妳採的那株奇藥帶不帶？」

許蘭因搖頭道：「不帶。張爺爺說過，只有京城的大藥堂或許會認得，所以最好帶去京城賣。帶去省城賣不掉，還容易弄丟弄壞。」

第二天，天剛矇矇亮，許蘭因先去了縣城。她要先去胡家，問清胡萬的地址，之後再去車行租車。

胡依聽說許蘭因要去寧州府，眼裡立即迸出喜悅的光芒，說道：「我想大哥了，我想跟你們一起去省城看他！」

胡太太非常痛快地答應了。她已經聽說平進伯府的人又去了洪家，怕胡依知道了受刺激，再犯病。她對許蘭因笑道：「依兒想去就去吧，有妳照看我也放心，就讓她在省城多住些日子。等萬兒成親時我們也會去省城，到時候再一起回來。妳不用去車行租車，我家派兩輛騾車送你們去。到了省城就住我家吧，萬兒在那裡買了個宅子，那裡大，有空院子。」

胡依拉著胡太太的衣裳撒嬌道：「許姊姊要跟我住一個院子。」

「好。」胡太太笑道，她也喜歡胡依多跟許蘭因相處。

這當然再好不過。於是許蘭因在胡家吃了晌飯，又去鋪子裡交代了許大石夫婦才回村。

而秦氏聽說胡家會派騾車送他們去寧州府，在那裡還會住在胡家，就更加放心了許多。

第十二章

五月十一辰時初，胡家的兩輛騾車來到小棗村。

許蘭因上了第一輛車，胡依和丫頭坐在裡面；趙無和許蘭舟、許蘭亭坐後一輛車，他們的東西和繡品也放在這輛車上。

同秦氏和花子告別後，兩輛騾車向西過杏花村上了官道，再往南駛去。

幾個小娘子說說笑笑，也不覺得路程難熬。

趙無幾個就更好玩了。趙無把麻子放出車外，看牠在藍天上翱翔，時而又一聲口哨把牠召回來。

晌午時到達一個小鎮，馬車停下，幾人去館子裡吃了晌飯。

胡依不喜歡跟陌生人打交道，更不喜歡與陌生男人打交道。但許蘭因很會說話，也早交代過趙無、許蘭舟兄弟怎樣跟胡依相處，所以一路上幾個人相處得不錯。胡依沒感到一點壓力，還非常快樂。她特別喜歡麻子，只要看到麻子一飛沖天或是盤旋而下，都會興奮地捂著嘴叫出聲。她也喜歡逗許蘭亭，覺得他漂亮討喜，還體貼地給他買過幾次小零嘴。

等騾子歇了一陣又出發，趕在下晌酉時進入封縣縣城，找到客棧住下。

第二天一早吃完早飯，又出發。

午時，遠遠看到一個村落，以及村落旁的一間茶肆。

茶肆非常簡陋，就是幾根柱子撐著茅草頂，連圍牆都沒有。

車夫說，這裡離省城只有二十幾里路，在茶肆就著茶水吃些乾糧，就能直接進城。若是去小城鎮歇腳吃飯，還要繞路多走二十幾里路。

眾人都不願意繞路，便在茶肆前下了車。

幾人分兩桌喝茶、吃點心，兩個車夫一桌、另幾人一桌。

突然，趙無悄悄拉了拉許蘭因的衣角，還使了個眼色，意思是讓她注意，鄰桌很可疑。

許蘭因假裝低頭飲茶，眼角瞥向鄰桌。鄰桌只坐了一名三十幾歲的大漢，穿著灰色短打，留著絡腮鬍。他不時偷偷瞄幾眼許蘭因和胡依，眼神黏答答的，令人反感。

許蘭因把凳子拉得跟胡依又近了一些，還把許蘭亭抱進自己懷裡，親手餵他吃點心。

那個大漢似乎不想惹事，收回目光撂了兩文錢在桌上就急急起身離開。

在他走出了十幾步、離茶肆有一定距離時，趙無突然起身衝了過去，幾拳幾腳就把那個大漢打翻在地。

制住大漢後，趙無從懷裡拿出繩子把他捆了個結實，又掏出捕快的腰牌在他的眼前晃了晃，喝道：「大膽淫賊，跟我去提刑按察司！」

大漢掙扎著嚷道：「大爺，我是良民，不是淫賊！我沒幹任何壞事，你抓我做甚？」

趙無蹲在大漢的面前說：「我看過抓你的告示。你叫魏喜子，鄰省桐城人士，上年二月姦殺鄰居劉三娘後逃逸至今。二十八歲，身高七尺，左撇子，右側臉有一顆黑痦子。」他把魏喜子右側臉上的絡腮鬍子拉開，笑道：「這裡真的有一顆痦子，我沒有抓錯人。」

那個大漢頓時如一灘泥般癱倒在地上。

不說許蘭舟幾人，就是茶肆裡的另外幾個人也都眨著亮晶晶的眼睛看趙無，沒想到這麼俊俏的小哥兒身手居然這麼好！

許蘭因讚許地看了趙無幾眼，這孩子的確適合做捕吏。他平時心思比較粗，但面對罪犯卻有超強的職業敏感性，看過告示，憑著幾個特徵，還有不安分的眼神，就能鎖定並逮住了嫌犯。

許蘭亭頂著眾人豔羨的目光，拉著趙無說：「趙大哥，我要跟你學剛才的武功！」

趙無笑道：「好，等你病好了就教你。」

許蘭舟也喜得摩拳擦掌，他一直在跟趙無練武，有了這麼好的好身手，就更容易中武舉了。

吃完飯，馬也歇息好了，幾人上車。許蘭亭上了許蘭因的這輛車，魏喜子同趙無和許蘭舟一輛車。

下晌未時末，終於到達省城寧州府。

許蘭因到現在都有些混亂，這個時代的地理環境與前世大同小異，有些地名相同有些又不同。比如說有河北省，但省城又叫寧州府；有絲綢之路，但許多地名跟前世不一致。

遠遠望著高高的城樓，以及城樓上飄揚的旌旗，許蘭因很激動。這是大名朝的大都市，一看就巍峨壯觀、富庶繁華，自己是穿越在好時代了！

進了城門，一輛車直接去胡家，一輛車則前往提刑按察司。因為魏喜子殺人案發生在鄰省，趙無就要把他交給提刑按察司，而不是交給寧州府衙。

胡家一直想在省城拓展生意，下血本讓胡萬買下一個帶小花園和池塘的四進宅子。胡萬非常熱情地接待了他們。應胡依的要求，讓許蘭因同她住一個院子；趙無、許蘭舟和許蘭亭住前院客房。

趙無押著魏喜子到了提刑按察司，沒能見到閔戶，直接把魏喜子交給巡檢官，報上自己的名號，就前往胡家。

晚飯時，胡萬請趙無和許家兄弟在客房喝酒，還把胡依和許蘭因請了過去。男桌的幾個人說話，胡依還會不時插話。

見妹妹和這幾個人相處得隨意友好，胡萬心裡就更加高興了幾分，還暗自有些遺憾，若趙無不是捕吏、脾氣再好些，給自己當妹夫還不錯。妹妹這種情況，適合低嫁，出嫁時給多些嫁妝，自家再領著對方做生意，對方為了前程也會多疼惜妹妹一些……可惜了！

飯後，胡萬說那位老御醫姓房，被回春堂用高價請去坐堂。因為他年歲大了，只逢四上午才會去回春堂診病。今天十二，還要再等一天，後天再去。

次日早飯後，許蘭因先去客房看許蘭亭。小正太這兩天坐車辛苦，再加上天氣炎熱，又有些不好了，懨懨地躺在床上，今天肯定不能帶他出去玩了。

許蘭因要陪胡依，許蘭舟只好留在家裡陪許蘭亭。

許蘭舟一再囑咐許蘭因，那架繡屏要賣個好價錢，低於三百兩絕對不能賣。

許蘭因笑道：「我又不傻，當然知道要賣好價了。」

趙無又囑咐許蘭舟幫他接收麻子。

今天早上他已經放飛了麻子，腿上還繫了個小竹管，裡面的紙上寫了幾個字：孅子，麻子幾時到家？妳幾時放飛？

小棗村離寧州府只有二百多里路，若麻子直接飛回家不走冤枉路，不到一個時辰就能飛回去。

這個時代也有信鴿，但是送信失誤大，也不可能想讓牠去哪裡就去哪裡，所以重要的情報還是會找人送。但趙無沒有那麼多資源，又恰巧麻子特別聰明，所以他希望把麻子訓練好了，以後能幫自己辦事。

若不是因為許蘭舟要留下陪許蘭亭，他就要留下等麻子的消息。

許蘭舟興奮地點點頭，他也極為期待呢！

伏。

幾人出了門，寧州府比南平縣城大了十倍不止，街道寬闊，人潮湧動，吆喝聲此起彼伏。

蘭馨繡坊在寧州府最繁華的黃石大街。

到了街口，幾人下車走路。

胡萬指著一棟灰牆黛瓦、深朱色門窗的三層小樓說：「那個徐氏茶行，就是我岳家的產業。」

許蘭因已經聽說過，徐氏產的茶葉是貢茶，也是大名最大的四大茶商之一，徐家是妥妥的皇商。徐家嫡支在福建主管茶園和製茶，家主還擔任著戶部底下一個掛名小官；胡萬的岳丈是庶支，負責中部幾個省的徐氏茶葉銷售。

但他即使是庶支，也比胡家有錢得多。

而胡家經營的專案不少，但規模都不大，胡萬找到徐家姑娘算是高攀了。主要是徐姑娘的父親看上了胡萬，覺得他精明又不失穩重，書也讀得好，好好引導以後會有大出息。

幾人直接去了蘭馨繡坊。

胡萬對一個三十幾歲的男人拱手客套幾句，介紹了胡依幾人後，就笑道：「他們帶來一幅好繡品，趙掌櫃看看有沒有興趣。」

趙掌櫃趕緊把幾人請進小屋。

幾人落坐，小二上了茶，趙無就把手中的小繡屏放在地上，再把外面包裹的素絹取下。

趙掌櫃的眼裡閃了一下精光，起身來到繡屏前面仔細端詳。

胡萬笑道：「我年輕見識淺薄，竟是第一次看到花熊的繡品，還如此精妙。」

趙掌櫃看完前面，又轉到後面，背面如前面一樣。

趙掌櫃的眼裡又閃了一下精光，捋著鬍子笑道：「不錯，還是雙面繡。我也是第一次看見花熊的繡品，至於是不是第一幅繡花熊的繡品，倒是不太清楚。這幅繡品繡得極好，那麼碩大凶狠的傢伙，可愛程度卻堪比小狗小貓……」他看著趙無問：「你想賣多少銀子？」

趙無看向許蘭因。

趙掌櫃的腿偶爾會靠在旁邊的椅子上，許蘭因就靠去了椅子的另一邊，聽到趙掌櫃心裡對繡屏的讚譽更高，還非常確定這就是大名第一幅繡花熊的繡品。在他想來，雖然這只是一副炕屏，但因為之前無人繡花熊，繡品又佈局好、技法好，若賣好了不會低於六百兩銀子。

她暗忖，商家也要賺錢，那麼自己至少應該賣個五百兩才划算，於是笑道：「聽胡大哥說，蘭馨繡坊是咱們省最大的繡坊，能做到這個規模，趙掌櫃不止有一顆經商的好頭腦，還有一雙慧眼，繡品的好趙掌櫃肯定是看出來了。我喊個良心價，六百兩銀子。」

趙掌櫃自是不同意，雙方討價還價，最後以五百兩成交。

許蘭因幾人歡歡喜喜地出了繡坊，胡依嘟著嘴說道：「我還想買些漂亮的絲線和素綾繡花呢……」

許蘭因笑道：「去徐姑娘的繡坊買呀！」

胡依也笑著點頭。「對呀，咱們照顧我大嫂的生意去！」

胡萬的臉有些微燙，還是答應了下來。「好。她的繡坊在另一條街，咱們下晌去，先在這條街上逛逛。」

他們逛了這條街的銀樓、布莊、墨齋，胡依看中的東西胡萬掏錢，許蘭因看中的東西趙無掏錢。許蘭因嫌這裡的東西貴，買得很少。

之後又去了第二繁華的青渠大街，逛了布莊和繡坊。胡依一路喊著腿走斷了，但依然逛得興味盎然。

午時末才到酒樓吃飯。

酒至酣處，胡萬說了幾句他想在省城大展拳腳，卻舉步維艱的鬱悶。

許蘭因說道：「胡大哥想把生意做大，跟家裡不一樣，必須跳出原先的框架，另闢蹊徑才行。」

胡萬苦笑。「我也知道要另闢蹊徑，卻不知道蹊徑在何處……」

許蘭因不太懂生意，但今天看到一路喊著腿斷了的胡依，就想到了前世的大型綜合商場。進去了，大致什麼都能買齊。胡家的資金和人脈不可能開大型商場，但開個中小型的「百貨商場」還是足夠的，便笑道：「我想到了一個主意，希望能給胡大哥一點啟發，胡大哥不要笑我班門弄斧才好。」

胡萬馬上正色道：「許姑娘請說。」

「若是改變商場的經營模式，做到與眾不同，生意或許會有起色。」

「商場」二字十分陌生，但胡萬卻明白了其中的含義，笑道：「把賣東西的鋪子稱為商場，的確更合適。若許姑娘的主意好，我胡某定有重謝。」

許蘭因笑著搖搖頭。「重謝不敢當，只要能幫到胡公子就好。」

她大概講了一下現代綜合商場的模式。「……如果錢多，就把商場建大些，可以賣你們家的商品，也可以出租小鋪面給別人，等名氣打響了，那些擁有好牌子的商家都會願意在這裡租鋪面；若是財力有限，就租個幾層樓的大鋪子，只你們家賣，名字取得響亮些，比如『寧州府第一百貨商場』之類的……」心裡暗道，名字雖然土氣些，但在這個時代絕對響亮，說不定還會引領商界流行呢！

胡萬沈思了片刻，就開始摩拳擦掌，讚道：「妙極！可行！許姑娘能不能再講得具體些？」

許蘭因便又講了一下前世許多商場或是超市的模式。

胡萬聽得情緒激昂，恨不得馬上回家理好思路，再去跟岳父母商量商量。他的岳母只有一個親生女就是他未來媳婦徐婉，其他的幾個兒子跟閨女都是庶子、庶女，所以岳母肯定是全部心思為徐婉和他打算！

次日早飯後，胡萬兄妹陪許家姊弟和趙無去回春堂看病。

許蘭因見胡萬的眼睛通紅，頂著個大大的黑眼圈，應該是徹夜未眠在想開商場的事。

幾人坐車去了回春堂。房老大夫的診費極貴，要二兩銀子，一般窮苦百姓看不起。

房老大夫的門前已經坐了幾個大人和孩子。由於胡萬早就跟掌櫃和老大夫說好，他們直接進了診室。

房老大夫給許蘭亭仔細把了脈，看了他的眼睛和舌苔，沈思片刻後說道：「正氣存內，邪不可干……」

他說了一大堆，就是說許蘭亭在母親肚子裡時受了損，生下後大人帶得也不好，又缺乏營養，造成體弱多病、氣血不足……

說法跟韋老大夫說的大致一樣，開的藥有些許不同，一共開了二十副。還說，若孩子有所好轉，家裡條件又許可，三個月後再來找他，他換幾味藥。

他的藥方剛寫完，就闖進來一個穿著褐色綢緞直裰的中年男人。

男人神色十分焦急，低聲道：「房老御醫，我家大爺三天三夜沒睡了……」由於著急，當著外人的面就說了這些話。他趕緊住口，不善地盯著許蘭因幾人，意思是「你們可以走了」。

本來就已經看完病，加上那人一看就不好相與，因此幾人都走了出去。

如今的趙無穩重多了，雖然極為不忿這個男人的無禮，但在人生地不熟的寧州府，他也不會造次。

見他們出去後，那個男人才繼續說道：「這次我家大爺又三天三夜沒睡覺，早上還跌了一跤，今天連衙都沒去上。房老御醫再幫忙分分藥吧？」

房老大夫搖搖頭，嘆著氣，小聲說道：「這種藥就是毒，吃多了對人不好，閔大人年紀輕輕的……」

許蘭因幾人去了大堂，趙無接過藥方去撿藥，讓他們在這裡等著。

胡萬小聲跟許蘭因說道：「剛才那個人是閔府的郝管家。聽我岳父說，閔大人的睡眠極其不好，尤其是公務忙或是辦大案時，幾天幾夜睡不著是常態。之前是喝各種安神湯，後來安神湯不管用，就針灸，針灸也不管用了，就到處找各種偏方，等到那些法子都不管用了，就有人提議喝極少量的蒙汗藥。吃這種虎狼之藥還真能讓他入睡，可這藥不能喝多，多喝會壞腦子，甚至喝死……」

許蘭因問道：「那位閔大人是提刑按察司副使閔戶嗎？」

胡萬點點頭。「正是他。閔府到處在找易入眠的偏方，還找過許多江湖郎中，現在很多老百姓都知道閔大人睡眠不好，只是不知道這麼嚴重。」

許蘭因了然。原來閔戶患有嚴重的失眠症，為了入眠居然服用起「慢性毒藥」。書中說他患隱疾去世，會不會就是服多了蒙汗藥致死？

無論是出於私心想透過閔戶攔截掉怡居酒樓的功勞，還是出於對那位好官的敬仰，許蘭因都想幫幫閔戶。

聽胡萬的說辭，閔戶的失眠多半是心理壓力大造成的，而這類型的失眠，用催眠術可以助其入睡。

之前，她從來沒想過自己這個小農女能跟高高在上的閔戶產生交集，沒想到這個機會就這麼巧地送上門了。

而且，趙無對閔戶也頗多讚譽，說他品學兼優、官聲極好，書裡對他也是讚譽有加，所以若萬一催眠失敗，他應該也不會怪罪或是責罰自己。

許蘭因小聲說道：「我有一個辦法能讓人入睡，不知這個法子對閔大人管不管用。」

胡萬想到許蘭因之前就曾讓處於狂躁的小妹安靜下來，還在半夢半醒中說出了一些實話，便先提醒道：「妳不能亂問閔大人心裡的話……」

許蘭因笑說：「我當然不敢亂問話了。就是讓他進入睡眠狀態，或者是淺眠狀態而已。」

許蘭舟之前聽姊姊說過那個法子叫催眠，說道：「姊，妳可以嗎？閔大人可是大官，妳的法子不管用是會惹禍的。」

胡萬也想跟閔戶攀關係，閔戶不止是提刑按察司副使，父親還是刑部尚書。他再次確認道：「妳能行嗎？要去幫的可是閔大人，不能兒戲。」

許蘭因說道：「應該能行。他們不是到處找偏方嗎？也不妨試試我的，總比吃蒙汗藥好吧？」

胡萬就領著許蘭因返回診室，房老大夫正在用小秤分藥。這種藥，醫館和藥鋪裡都沒有，是一些人秘製的。閔家弄到了一些，但怕吃的量掌握不好，少了不管用，多了對人傷害大，所以就拿來請房老御醫幫著分好。當初房老御醫還在太醫院任職時，就經常去閔府看病，非常熟悉閔戶的症狀。

胡萬抱拳笑道：「這位許姑娘說，她有法子讓人不吃任何藥物就能入眠。」

郝管家和房老大夫都驚訝地看著許蘭因。小姑娘十六、七歲的樣子，梳著雙丫髻，穿著豆綠色半舊細布短衫，同色長裙，五官清秀，皮膚略顯粗糙。雖長相不錯，但一看就是小戶之女或是鄉下小娘子。

這樣的小娘子，能治連御醫都看不好的失眠症？他們兩人都表示嚴重懷疑。

許蘭因笑道：「我的膽子再大，也不敢無故去閔大人面前造次。我不敢說那個法子一定會對閔大人的病起作用，但的確能讓一些失眠的人入睡。」又補充道：「不喝藥、不針灸，沒有副作用。」

郝管家說道：「是神婆裝神弄鬼做法事？之前弄過，對我家大人不起作用，我家大人也不喜。」

許蘭因搖頭道：「我不是神婆，不會做法事。」

不喝藥、不針灸、不做法事，難不成是陪睡？郝管家氣得一下子沈下臉，瞪著眼睛低聲喝道：「這位姑娘若是想用什麼見不得光的手段接近我家大人，以達到當姨娘的目的，還是算了吧！」

許蘭因氣得鼻子都歪了，還好趙無不在旁邊，否則會一腳踢翻他！她沈臉說道：「對於你說的那種事，我不屑去做，也永遠不會做！既然這種難聽的話都說出來了，我也沒必要再自討沒趣。」

胡萬忙解釋道：「大叔誤會了，許姑娘的治療就是說話，兩人還會保持一定的距離。」

房老大夫也說道：「都說天外有天、人外有人，讓她試試也無不可。」他不好說的是，再是不好，也比吃蒙汗藥好吧？

郝管家想想，也就答應下來。為了讓他家大爺入眠，他們想盡了法子，找遍了民間大夫，也用遍了偏方。他們並不排斥江湖郎中和所謂的偏方，剛才之所以有那種懷疑，實在是這位姑娘太年輕了。

郝管家笑著道了歉。「剛才是我失言了，姑娘萬莫生氣，我這就帶你們回府。若真治好了我家大人的病，定有重謝，我也記妳這個情。」

幾人出去，趙無已經撿好藥了。他聽許蘭舟說了經過，絕對相信許蘭因可以，而且他知道閔戶是君子，哪怕許蘭因沒有成功也不會罰她。他也希望能把閔戶的失眠症治好，不光是他想去提刑按察司當差，還因為閔戶對他兄長一直心存的善意。

他把藥交給許蘭舟，說道：「我陪姊姊去，蘭舟同胡姑娘、蘭亭回胡家等我們。」

許蘭因也是這個意思。

兩兄弟知道姊姊是去辦正事，還是幫大官，並不敢造次，老老實實答應了，還小聲囑咐道：「姊姊要小心，早些回來。」

但胡依不願意離開哥哥和許蘭因，嘟著嘴不肯走。胡萬和許蘭因哄了幾句，許蘭亭又過來拉她的手，才把小妮子拉走了。

郝管家和趙無、胡萬坐閔府的馬車，許蘭因坐胡家的馬車，直接前往閔府。

閔府離回春堂不遠，兩刻多鐘就到了。

在閔府門口下車後，幾人從角門進去。

郝管家講了一下閔戶的病情，平日睡眠就不好，頂多一天睡兩個時辰，一旦遇到大事，比如朝堂大事、難破的案子，閔大人就特別容易失眠，最嚴重的一次是五天五夜沒睡著，硬撐著沒吃藥，因此病了好長一段時間。這次是因為寧州府出了一件偷盜大案緊著沒偵破，又有三天三夜沒睡，連衙都沒去。

來到外書房，許蘭因三人在外面等著，郝管家進屋稟報。

小半刻鐘後，郝管家出來說道：「我們大人請你們進去。」

幾人走進去，閔戶正坐在廳屋裡的羅漢床上。他穿著竹青色家居服，臉色憔悴、蒼白，眼圈發黑，下眼袋很大，前額還有一團青紫，一副萎靡不振的樣子。

閔戶看到趙無，先是一愣。

趙無忙抱拳躬身道：「小人乃南平縣捕吏趙無，陪我姊和弟弟來寧州府辦些私事。我姊會催眠，我們在回春堂正好遇到郝管家，就來了。」

閔戶說道：「魏喜子蓄鬚改變了外顏，還是個練家子。你不僅發現了他，還憑一己之力抓住了他，非常不錯。我會嘉獎你，還會寫信給閔縣令。」

哪怕他睏得幾近崩潰，哪怕他是在說公事，聲音也溫潤平和，觀之可親。

趙無抱拳道：「謝閔大人。」

閔戶的目光又看向許蘭因，說道：「催眠，這個詞倒是新鮮。」

許蘭因屈膝行了禮，說道：「民女許蘭因，會催眠，對大人的失眠症應該能幫一點作用。」為了讓他徹底放心，又自我介紹道：「民女同南平縣令的夫人很熟悉，還經常跟閔大姑娘一起玩耍。」

姓許？閔戶想起閔燦家送的許氏糕點。因為閨女喜歡吃這種糕點，他還特意讓人去南平縣城買過兩次。他又問：「催眠真的能使人沈睡？」一問完就打了一個大大的哈欠，覺得不好看，趕緊手握成拳抵住嘴。

許蘭因說道：「失眠的誘因很多，心理、身體、環境、藥物、行為、精神等因素都能引起失眠。我剛才聽郝叔大概說了一下大人失眠的經過，大多是精神或是心理壓力過大造成的，這種誘因比較適合催眠。只是，還需要一些外在因素配合才好。」

「要什麼，妳儘管說。」閔戶說道。

許蘭因笑了笑，說道：「這些東西閔大人最好暫時不要知道，到時您才更容易進入狀態。」

閔戶急於試試這種法子，他已經快被失眠折磨瘋了。他也知道之前吃的蒙汗藥頗傷身體，自己是官，還要破案，腦袋壞了還怎麼為民辦事？他對郝管家說道：「郝叔就按許姑娘的吩咐辦。」

郝管家和許蘭因幾人退出書房，許蘭因小聲跟郝管家吩咐了一番，郝管家狐疑地看了許蘭因兩眼，還是讓人把他們帶去廂房喝茶，他則急急出去叫人辦事了。

大概半個時辰後，外書房的廳屋就佈置完畢了。

多餘的擺設都移出去，搬來許多盆閔戶平日喜歡的蘭草放在屋裡，空氣中飄散著淡淡的蘭草香。角落裡放置一架繡著山川河流的屏風，屏風後面有一個大木桶裝半桶水，兩個小丫頭交互用水瓢舀了水又高高地緩緩注下，形成流水的聲音。書房大門外的樹上掛了幾個鳥籠，鳥兒啾啾地叫著，聲音不大不小。

不知什麼地方傳來一陣由洞簫吹的曲子，時隱時現，美妙輕緩。

木格窗擋住了些許陽光，屋裡明暗正好。

此時，屋裡只剩下許蘭因。

閔戶被郝管家從側書房請過來，驚訝地看著眼前這一切。

許蘭因指了指羅漢床笑說：「閔大人斜倚在羅漢床上即可。」

閔戶聽話地斜倚在墨青色的靠枕上，郝管家又給他蓋上一層薄毯。

許蘭因示意郝管家把右側的第一把官椅往前挪挪，靠在羅漢床邊上。明面看她是想離被催眠的閔戶近一些，實際上她是想聽聽閔戶的心聲。知道他的所思所想，更能對症下藥。

郝管家把椅子放好，許蘭因坐下，又請郝管家坐去一旁，郝管家擺擺手，站在羅漢床後面。

閔戶見了，說道：「聽許姑娘的，郝叔坐下吧。」

郝管家這才坐去許蘭因的對面。

許蘭因沒有立即催眠，而是說道：「閔大人身居高位，又出身世家大族，一定有許多不能明說的煩惱吧？呃，請原諒我這麼說，我的意思是，不管什麼事，在歇息的時候都要頭腦放空、全身放鬆，不要想任何事，這樣才能快速入眠。」她這麼說，其實是想讓閔戶此時多想想那些揮之不去的煩惱。

閔戶一聽這話，情不自禁地想起了沒破完的案情、想著若女兒一輩子都不說話該怎麼辦？他搖了搖頭，想把這些雜念壓下去，可又冒出對繼母插手他婚姻的不滿，還有政敵對他爹的攻訐……

這位表面看著溫潤平和的男人，內心其實極為煩躁和敏感。

聽了閔戶的心聲，再聯想到趙無和胡萬以及書裡對他的評價，許蘭因對閔戶有了更深一層的瞭解。這就是個典型的「別人家的孩子」啊，從小優秀克己，努力把自己最好的一面展現給別人看，所有的負能量都深埋在心底。希望做事能面面俱到，不想讓別人對自己有一點不滿，或者不讓別人抓住自己的一點把柄。哪怕是對繼母不滿，表面也極力保持克制並表現出應有的禮貌，還對女兒的未來擔憂……這樣的人不是為自己活，而是為他人活，活得太累。他不容易進入睡眠狀態，是因為他的心事太多、壓力太大。

許蘭因不敢再繼續聽，用輕柔舒緩的聲音說道：「接下來閔大人要聽我的話，閉上眼睛，放輕鬆。」

閔戶閉上眼睛，耳畔只有淙淙的流水聲、啾啾的鳥鳴聲、隱隱的洞簫聲，還有淡淡的蘭草香……他覺得自己不是在家裡，不是在朝堂，而是在他嚮往的幽谷或是山上，那裡山高水清，遠離塵囂……

許蘭因的聲音更輕了，緩緩說道：「把注意力集中，想像你現在正坐在一處白霧繚繞的山巔，和煦的朝陽灑下玫紅色的光暈，清涼的晨風撩起你的髮梢，蘭草的幽香隨著風兒四處飄散……一隻鳥兒劃破長空，飛去了你看不見的地方……」

許蘭因緩緩講了兩刻多鐘，閔戶便傳出綿長的鼾聲，眉目舒展，表情放鬆。

催眠不等於睡眠，可以讓有些人的意識狀態模糊，處於似睡非睡的淺眠中，也可以讓某些人真的入睡。或許閔戶太疲憊——他睡著了。

郝管家從小服侍主子，還是第一次看見十歲以後的主子睡著後眉目舒展的模樣，激動得眼圈都紅了，咧開嘴笑起來。

許蘭因指指外面，她不好一直看閔戶睡覺，郝管家陪他即可。但她也不能馬上離開，因為閔戶是第一次被催眠，最好由許蘭因把他喚醒。

許蘭因去了廂房。

趙無和胡萬正默默地喝著茶，他們的心提得老高，不知許蘭因成功沒有。

許蘭因朝他們笑笑，比了個動作，意思是非常順利，閔戶已經睡著了。

兩人才長鬆了一口氣。

他們無聲地坐在廂房裡等著，悄無聲息地吃了晌飯，又吃了晚飯，一晃到了晚上酉時末，晚霞的濃暉把世間萬物染成了橘黃色。

閔戶已經睡了三個半時辰。

許蘭因跟郝管家比了一下手勢，意思是可以讓閔大人醒了。

許蘭因來到閔戶的面前，輕聲說道：「好了，我們來結束這次催眠，或者說，結束這次愉快的旅程。我倒數五個數，閔大人就慢慢醒來吧。五、四、三、二、一，睜眼。」若是打個響指，就更酷更完美了，可當著郝管家的面，許蘭因不敢造次。

閔戶睜開了眼睛，稍顯吃驚地望著眼前的一幕。他先沒有動彈，閉上眼睛又睜開，才坐起身。此時他覺得渾身上下全部都舒展開了，無比的輕鬆愜意。他的視線滑向半開的窗櫺，淡青色的薄紗已經被晚霞映紅，窗外飄浮著融融暖色。

他極是不可思議，喃喃說道：「已經這麼晚了……什麼時辰了？」

他眼下的黑圈變淺了，下眼袋似乎也小了不少，人精神了，更加溫潤如玉，氣質平和。他這樣子，一點都不像專管刑獄的副使。

郝管家抹了抹發紅的眼睛，激動地說道：「大爺，現在已經酉時末了，您睡足了三個半時辰呢！還有，您眼下的黑圈也淺了不少。」

閔戶滿足地笑了笑，說道：「我覺得我作了一個很長的夢，我一個人坐在山巔，與山風青草為伴，看著朝陽暮日，美妙、美妙至極！」他又向許蘭因抱了抱拳，笑道：「許姑娘的這個法子極為與眾不同，本官承妳這個情了。以後，還要繼續麻煩許姑娘。」

許蘭因道：「閔大人心繫百姓，能為大人排憂解難，是小女子的榮幸。」

閔戶笑得眉目舒展，又問：「許姑娘這一手絕活是師承何人？」

許蘭因呵呵笑道：「上年春我在野峰嶺採藥時遇到一位自稱姓張的老爺爺，他教了我幾招。」這話說得含糊其詞，會讓人產生錯覺。

閔戶果真產生錯覺了。他暗忖，野峰嶺是燕麥山的一脈，張老神醫前年秋天和上年春天就在那裡住過……他又聯想到閔燦的夫人獻給老平王妃的如玉生肌膏，她的說辭是機緣巧合下花重金得到的，難不成是在這位許姑娘手裡得到的？

若閔燦真是從這位姑娘手中得到的，那他們肯定不會花「重金」的。他清楚他們的性子，且這位姑娘的穿戴也說明了一切。

若許姑娘真在張老神醫那裡學到這一手絕技，又得了如玉生肌膏，也就能想通了。

閔戶不好再往下問，了然地笑道：「那位張老丈有這種本事，應該不是一般人。」就差明說張老丈就是張老神醫了。

許蘭因就是要造成這種美麗的誤會。她並沒有親口說是張老神醫，也沒明說是張老神醫教的催眠，是他們自己要這樣想的。如此既能解釋自己為什麼會這種「絕技」，萬一以後張老神醫明確否認了，她也有迴旋的餘地。

而且那話她也不完全算撒謊，當時張老神醫的確想要教原主幾招的，只是原主拒絕了，但她願意接受老神醫的好意，承那個名聲。

閔戶又給郝管家使了個眼色。

郝管家便進內室拿了一個荷包出來，雙手呈給許蘭因，笑道：「許姑娘的這個情，我也承了。以後我家大爺有需要，還是要麻煩許姑娘。」

許蘭因接過荷包笑道：「我家住在南平縣的小棗村，或者找趙無，找到他就能找到我。」說完，她屈膝告辭。

許蘭因坐上馬車，才把荷包拿出來打開，居然是六百兩銀子！

這次不僅結識了未來的按察使大人，還發了一筆大財，許蘭因不禁笑出了聲。

胡萬把許蘭因和趙無送回胡家後，就趕緊去了徐家找岳父、岳母商量開商場的事。

許蘭因剛跟趙無一起去客房，就被趕來的胡依硬拉回她的院子。

許蘭舟氣得直皺眉，他還想問問給大官治好了病，大官給沒給診費呢！

胡萬跟未來岳丈、岳母商談到半夜，徐家夫婦都很感興趣，覺得這個規劃若能實施成功，絕對會賺錢，不僅是大名頭一份兒，而且意義深遠。還說，要做就做精品，在他們能力範圍內儘量往大了做，若胡家的錢不夠，徐家出，算是徐婉的嫁妝份子。

徐老爺嫁這個唯一的嫡女也算是下了血本，而徐太太幾乎把自己的所有嫁妝都給了這個閨女。

胡萬起身向他們深深鞠了一躬。

第二日，胡萬把許蘭因請去外書房商量百貨商場的事。不好單叫她一人，把趙無也請去了。怕冷落許蘭舟兄弟，又讓下人帶他們去街上玩。

胡萬說，在青渠街上有一棟三層鋪子正在出售，他岳父的意思是把鋪子買下來。正好那個鋪子旁邊有一塊空地，再把空地買下來，加蓋一截樓跟之前的樓連起來。還說，若實施成功了會贈許蘭因一成股份。

為了鄭重起見，胡萬寫了一份承諾書給許蘭因。

許蘭因沒想到胡萬會贈股份，還這麼正式，雖說她也的確算是技術入股。她聽了胡萬的心聲，是真心要送她的，於是她謙虛一番就笑納了，也更加賣力地幫胡萬規劃起來。

西街的閔府不太平靜。前後花了十天的時間，提刑按察司和寧州府衙終於聯手破獲了銀樓失竊大案，閔戶又是一天一夜沒闔眼。

他回家後先去看望了閨女閔嘉，無聲地陪她吃了晚飯，就回了外書房歇息。累了這麼久，他以為今天放鬆了可以入眠，卻依然睡不著。

郝管家躬身道：「大爺，老奴聽說許姑娘姊弟住在胡家，老奴派人去看看，若她還沒有回南平縣，就再把她叫來為大人催眠吧？」

閔戶點頭道：「去吧。」他也想趁許蘭因還在寧州府時，自己能再好好地睡上一覺，也想再次聽到那個充滿誘惑力、令他心安的聲音。

明天要早起回鄉，許蘭因正準備洗漱歇息，就有外院的婆子來報。

「許姑娘，趙爺請您去外院一趟，說閔大人府上的郝管家又來求見。」

郝管家來找自己，肯定又是為了幫閔戶催眠的事。

許蘭因便跟著婆子去了外院。她以為最起碼要等到自己回了家半個月以後，他們才會找過去，沒想到才過兩天就找上門了。

郝管家見許蘭因來了，忙起身抱拳道：「許姑娘，我家大爺昨天夜裡沒闔眼，今天晚上依然難以入眠，想請姑娘去給我家大爺催眠，讓他能夠睡個好覺。」

許蘭因笑道：「閔大人心繫百姓，勤勉奉公，小女子若能幫上他，實乃榮幸之至。」

許蘭舟要在家陪許蘭亭，只有趙無陪同許蘭因去閔府。

這時候是太平盛世，寧州府不宵禁，逢九還有夜市。

幾人坐車去了閔府，又直接去了外書房。路上，許蘭因已經想好如何為閔戶催眠，又跟郝管家交代了幾句。

外書房裡燈火如晝，閔戶坐在羅漢床上看書。

許蘭因和趙無進去給他施了禮。

閔戶放下書，抱歉地笑笑。「為了治療本官的失眠症，讓許姑娘和趙捕吏辛苦了。」

幾人客氣了幾句後，趙無依然待在廂房喝茶等人。

郝管家也照許蘭因的吩咐，讓人把屋裡多餘的燈和院子的燈都滅了，只留了高几上的一盞燈，屋內光線立即暗了下來。

閔戶像上次一樣斜臥在羅漢床上，閉上眼睛。

許蘭因笑道：「閔大人無須躺下，倚在羅漢床的靠背上即可。睜開眼睛，看著我手裡的荷包。」她也沒有像上次那樣坐在椅子上，而是坐在閔戶的面前，拿出一個小荷包在閔戶眼前搖晃起來。

小荷包是蔚藍色，上面繡了白色雲紋和兩隻燕子，在閔戶眼前左右搖晃著。

許蘭因緩緩說道：「閔大人放輕鬆，看著荷包上的白雲，白雲翻滾著、湧動著，一望無際……閉上眼睛，繼續放輕鬆，你的身體很輕很輕……」她的聲音越來越柔和，拉得很長很慢，充滿了魔力。「此時你輕盈得像燕子一樣，不，你就是一隻燕子，飛上了天空，在雲層間翱翔、穿梭……陽光越來越燦爛，驅散了白雲，你劃破無垠的藍天，俯衝下去，飛過翠綠的幽谷，飛過金色的田野，又飛過藍色的海洋……明媚的陽光漸漸暗淡下來，天邊只剩最後一絲晚霞。倦鳥已經歸巢，你也飛累了，棲息在一棵枝葉繁茂的樹上……當最後一絲霞光隱去，天上散滿了星星……」

閔戶睡著了，傳出輕鼾聲。

郝管家喜得握了握拳頭，欽佩地看了許蘭因兩眼。這是又給主子營造了另一片天地，讓他輕鬆入眠。

郝管家把已經睡眼惺忪的清風拍醒，讓清風留在這裡守著主子，他和許蘭因輕輕走出廳屋。

此時已經月上中天。

郝管家不願意許蘭因現在回胡家，怕萬一主子突然醒了，於是就安排趙無在廂房歇息，讓半月把許蘭因領去小小姐閔嘉院子裡的廂房歇下。

郝管家輕聲吩咐半月。「不要把姊兒吵醒，若是大爺一直好眠，明天早上請許姑娘在那裡吃完早飯後再來這裡。」又跟許蘭因笑道：「我家姊兒六歲，性子比較安靜，現在已經睡了，要到明天巳時初才會起床。」

趙無對許蘭因點點頭，意思是「閔戶的府上妳放心」。

許蘭因便跟著半月去了後院。

初夏的夜風微涼帶著花香，月光穿過枝葉縫隙，漏下閃閃爍爍的碎銀。走在陌生清幽的庭院裡，許蘭因的頭腦異常清醒。

她們走過一段幽徑，來到二門，敲開二門後，直接去了一處小院。

把小院輕輕拍開，半月悄聲跟開門的丫頭說了原委。

丫頭點點頭，讓二人進了小院。

院子裡花團錦簇，芬芳馥郁，靜得針落可聞，開門的「咯吱」聲都異常明顯。

丫頭把許蘭因領去了西廂房北屋，屋裡一應家具俱全，丫頭又從大箱子裡拿出新被褥鋪上。

半月端來溫水，許蘭因淨了臉和腳，半月才去後院廂房歇息。

許蘭因把西廂的門插好，躺上床。穿越大半年，她是第一次睡在鬆軟的床上，還是雕花鳥架子床，感覺好極了。

透過薄薄的紗帳，她望著灑滿月光的雕花窗櫺發了一陣子呆。想著現在家裡有錢了，去縣城買個院子，也把屋子打理得雅致舒適些，方不委屈自己。等到把怡居酒樓端了後，或許趙無已經調來了省城，到時自家也來省城安家，在這裡開個茶樓……

漸漸有了一些睏倦，她閉上眼睛，但還沒睡著就感覺到窗櫺有輕微的響聲。

許蘭因猛地睜開眼睛，響聲又沒了。她覺得可能是幻聽，便又閉上眼睛，結果響聲再次傳來。

她輕輕起身來到窗前，把隙了一條縫的小窗大打開，窗前赫然站著一個小女孩！

許蘭因嚇得頭髮差點豎起來，硬生生把尖叫聲壓進了嗓子眼裡。

明亮的月光下，小姑娘六歲左右，穿著白綾中衣褲，烏黑的長髮披散下來，五官跟閔戶有些像，非常瘦，下巴尖尖的，臉青白得似沒有血色。

小女孩左手抱著一個貓咪玩偶，貓咪穿著藍白相間的裙子，貓耳朵上還戴著朵小花，正是出自許蘭因之手，應該是閔楠送給她的。她的眼仁又黑又大，靜靜地望著許蘭因。

許蘭因已經看出來，這孩子與平常的孩子有異。不是木訥癡呆，而是過分沈寂，沈寂得如一灘死水。她想起閔戶的心聲說過，這孩子失語。

許蘭因把頭伸出去，輕聲笑道：「是嘉姊兒嗎？」

閔嘉沒點頭也沒搖頭，而是把手裡的大貓咪玩偶拿起來晃了晃。

許蘭因明白了，她應該是看到了自己身上佩戴的小貓咪玩偶，便笑道：「我認識妳手中的大貓咪喔，我有一隻小貓咪，是它的寶寶。」說著，她回過身把跟外衣放在一起的小貓玩偶拿過來。

小貓咪跟閔嘉手裡的大貓咪一模一樣，連裙子的顏色都是一樣的，但小得多。
小姑娘沈寂的眼睛微縮了一下。
許蘭因晃了晃手裡的小貓玩偶笑道：「我把這只貓寶寶送給妳好嗎？讓它們母女團聚。」
閔嘉沈寂的眼裡閃過一絲喜色，小臉一下子變得生動起來。
許蘭因把小貓玩偶遞出窗外，閔嘉抬手接了過去，卻沒有要走的意思。
夜風還是有些涼，許蘭因怕她著涼，又笑道：「天晚了，姊兒回去歇息吧。」
閔嘉沈靜地看著她，腳像生根了一樣，紋絲未動。
許蘭因想了想，又輕聲說道：「妳手裡那只大貓咪也是我做的，之前跟這只小貓咪快快樂樂生活在一起。有一天，我去妳楠姨家串門子，就把大貓咪送給了妳楠姨，回家才發現小貓咪難過得哭了，我心裡也非常後悔，不該讓它們分開的。現在好了，娘親和寶寶團聚了，以後永遠不分開。」她想跟小姑娘搞好關係，所以編了這個謊。
許蘭因注意到，當她說「小貓咪難過得哭了」的時候，閔嘉的眼裡居然湧上一層淚霧，此時的小姑娘才終於像個六歲的孩子。
當她說「以後永遠不分開」時，閔嘉的嘴角向上勾了勾，眼睛也彎了彎。
許蘭因覺得，自己或許無意中觸碰到了這孩子最柔軟的地方。她笑道：「姊兒希望貓娘親和貓寶寶永遠在一起，是嗎？」

閔嘉點點頭。

許蘭因又道：「那姊兒進屋裡來，許姨給它們佈置一個漂亮的家。」不能讓小姑娘一直在夜風中站著，先讓她進屋來，等她的乳娘或是丫頭尋來再接她。

閔嘉聽了，真的向廂房門口走去。

許蘭因點起桌上的燭，開了門請閔嘉進屋。

這樣的孩子極敏感，許蘭因不敢對她太過親密，始終離她兩步遠，讓小姑娘坐在臥房裡的一把椅子上。

許蘭因環視一周，看見五斗櫥上有一個梅花型的洋漆八寶攢盒，她過去把盒蓋取下拿來，又把高几上的一塊青綢桌布拿來疊好放進蓋子裡，還特地在其中一邊多疊了兩層當枕頭，之後才對閔嘉笑道：「把貓娘親和貓寶寶放上去吧，它們睏了。」

閔嘉愣了愣，很有些新奇，還是小心翼翼地把手中的兩隻貓玩偶放進蓋子裡，還調整了一下它們的姿勢，想讓它們睡得更舒服。

放好後，許蘭因望望四周，沒有更好的東西能當貓玩偶的被子，她只得從自己懷裡抽出手帕，蓋在兩隻貓玩偶的身上，對閔嘉笑道：「姊兒看看，它們的枕頭和被子好看嗎？」

閔嘉點點頭，目不轉睛地看著貓玩偶。

許蘭因笑道：「貓娘親和貓寶寶歇息了，姊兒也回屋歇息好嗎？」又指了指貓玩偶。「把它們一起帶上。」

閔嘉搖搖頭，繼續目不轉晴地看著玩偶。

許蘭因把自己的椅子往她身邊挪了挪，她沒有表現出任何抗拒。

看了一陣後，閔嘉的眼裡漸漸盛滿悲傷，翹著小手指頭摸著貓娘親的眼睛，心裡想著：『娘親莫哭，他們不喜歡妳，寶寶喜歡妳。他們都壞，不讓寶寶跟娘親在一起……姨姨好，讓寶寶跟娘親在一起……』

聽了她心聲的許蘭因一愣，難不成她娘死得有些緣故？這孩子的不正常，難道跟她母親的死或者眾人對她母親的態度有關？

自己好心或許辦了壞事，參與進了閔家的家務事中。

片刻後，閔嘉的視線又移到了貓寶寶身上，眼裡盛滿了心疼和憐愛，像經歷過世態炎涼和滄桑的大人般。那種眼神看得許蘭因毛骨悚然，一個六歲的孩子居然會有這種眼神?!

閔嘉的小手撫在貓寶寶的臉上，反覆摸著，心裡又想著：『娘的寶寶，娘什麼都沒有了，至少還有妳……娘不想死，娘死了，我的寶寶怎麼辦……』眼裡還湧上了淚水。

這應該是她娘死之前經常說的話吧？她在扮演自己的娘親。

片刻後，閔嘉的眼睛惺忪起來，倒在床上睡著了。

此時劉嬤嬤走了進來，輕輕為閔嘉蓋上綾被。怕把小姑娘吵醒，只得讓她先睡在這裡。

許蘭因吹滅蠟燭，同劉嬤嬤一起去了堂屋。

劉嬤嬤輕聲笑道：「我一個錯眼，姊兒就跑來了這裡。謝謝許姑娘，姊兒今天看起來很高興呢！」

許蘭因笑道：「姊兒是個聰明的孩子。」

劉嬤嬤嘆了一口氣，說道：「自從我家大奶奶去了後，姊兒就沒再說過一句話，也從不親近任何人。除了大爺和我及兩個專門服侍的小丫頭，姊兒拒絕任何人靠近，許姑娘還是第一個……」覺得自己妄言主子了，趕緊住了嘴，暗自埋怨自己是喜瘋了，跟不認識的人說這些事做甚？

許蘭因暗忖，那孩子拒絕與生人接觸，卻主動來找自己這個陌生人，應該是看到自己腰間掛著的小貓玩偶跟她的大貓玩偶一樣，一大一小正好湊成一對母女吧？那孩子不僅非常聰明，專注力也比同齡人高得多。

從她的心聲分析，這個家好像拒絕談論孩子的母親，甚至對她母親有敵意，才讓她對自己這個毫無顧忌地談論母親和寶寶、願意讓母親和寶寶快樂地在一起生活的陌生人生出了好感，甚至沒有任何設防地願意與自己近距離接觸。

她應該是受刺激後，拒絕與家人和身邊的人交流，還出現了語言障礙。

孩子的悲劇總是更能喚起人們的同情心。

許蘭因想幫幫她。但現在這種情況，她想跟孩子多接觸都不能，更別說幫了。再等等吧，若以後跟閔戶熟悉了，再看能不能幫她，至少讓她快樂一些。

許蘭因和劉嬤嬤說了幾句無關緊要的話後，就靠在椅背上睡著了。

第十三章

許蘭因正睡得沈，就被半月搖醒了。她望向門外，天光已經大亮。

閔嘉還躺在床上睡得香，許蘭因看了那個孩子兩眼，就和半月輕手輕腳地走出西廂。

許蘭因夜裡只睡了不到兩個時辰，頭還有些發昏。出了門，涼爽的晨風撲面而來，還有美麗陌生的景致，讓她的頭腦立即清明起來。

在耳房洗漱完，又吃了早飯，她才去了外書房。

閔戶正神清氣爽地跟趙無說著話。他問了一些趙無當差的事，誇他有前途，又說了些「惜名、惜字，不僅要有好的武功、靈活的頭腦，更要有好的德行，前程才會更好」之類的話。

趙無認真又恭敬地聽著，覺得他說自己「有前途」就更有可能被調來這裡當差，以後做好了再去六扇門。但又覺得他似乎話中有話，好像在提醒自己應該先學會做人，才會有更好的前程。

見許蘭因走進書房，閔戶起身抱拳笑道：「許姑娘有大智慧，這種催眠的法子前所未聞，比靈丹妙藥還管用，本官謝謝了。」說完，還非常客氣地略躬了躬身。

休息足夠的閔戶看起來如沐春風，笑容和煦，黑眼圈完全消失了，下眼袋也小了許多。

許蘭因屈膝笑道：「閔大人客氣了。」

許蘭因和趙無便告辭了。

聽說他們要趕著回鄉，閔戶也沒有再留。

郝管家把他們送到外面，還交給許蘭因一個荷包，指著兩個丫頭懷裡的幾個盒子說，是閔大人送她的謝儀。

許蘭因道了謝，和趙無一起出府上了馬車。許蘭因拿出荷包看了看，是二百兩銀子的銀票。

見許蘭因掙了這麼多錢，趙無也替她高興。「我一直想早些有出息，多掙錢讓姊享福，可還沒等我出息，姊就掙了這麼多錢。」

到了胡家，許蘭因姊弟和趙無謝絕了胡萬和胡依的再三挽留，堅持要走。

胡萬又讓車夫給他父母帶了一封信，讓他們早些來省城商量開商場的事宜，才把許蘭因幾人送走。

回去只有一輛騾車，許蘭因和許蘭亭坐一方，許蘭舟和趙無坐一方，中間堆著自己買的東西及閔府、胡家送的禮物，顯得有些擁擠。

許蘭因暗自高興。省城幾日行，她不僅成了未來百貨商場的小股東，發了筆橫財，還結識了有可能助自己「截胡」的高官，自己與許還能幫那位短命的高官續命。若是有可能，以後跟高官熟悉了，再幫幫洪震一家和那個小女孩。

快出城門了，許蘭因掀開車簾，看見遠處角落裡有一家胡人開的小店。她趕緊叫停了馬車，讓車停在旁邊的樹下等著，她去看看小店有沒有奶油和乳酪賣。

趙無也下車陪她去，讓許蘭舟兄弟在車裡等著。

許蘭因邊走邊對趙無笑道：「若是有奶油和乳酪，回家我做樣好吃的點心，咱們一起去看望你師父，我有事要問——」

話還沒說完，就聽見前面一陣尖叫聲傳來，人們四處逃竄，趙無撒腿向那裡跑去，許蘭因緊跟其後。

在集市入口處，一個人倒在血泊中，一個拎著籃子的大娘站在他面前不停地尖叫，顯見嚇壞了，連跑都不會。

驚慌過後，幾個大膽的人陸續圍攏過來。

那個趴在地上的人後背心插了一把匕首，趙無看了看，他已經死了。

趙無充當起臨時保安角色，高聲喊著。「大家不要緊張，不要破壞現場！剛才在這裡目睹殺人的人請留下，過會去衙裡作證！」

不一會兒，寧州府的捕快便來到這裡，之後仵作也來了。幾個證人和趙無、許蘭因都被帶去寧州府衙作證，剛才那位大娘走不動路，捕快讓許蘭因和另一名女證人把她架上了騾車。

上了車，那位大娘才哭嚎起來，邊哭邊說：「我的老天爺，嚇死人啦……」許蘭因看看跟在他們後面的胡家騾車，十分無奈，要回家了還惹上這種事。

到了府衙大堂，前方大案後面沒有坐人，左側面的椅子上坐著閔戶。他有事來跟知府大人商議，結果知府生病不在，因此就跟同知秦大人商議。

秦大人不好坐在知府的位子上，坐到了右側面。

當許蘭因聽說這位是秦澈秦大人時，心裡不免又唏嘘起來。書裡寫了，閔戶當按察使時，秦澈就是副使，兩人共同破了怡居酒樓那件大案。秦澈也是在審完怡居酒樓大案後，不小心掉進河裡溺亡了。書裡，作者還為這兩位的英年早逝感慨了一番。

在公堂上不能盯著主審官看，所以許蘭因只瞄了秦澈一眼，大概三十幾歲，偏瘦，蓄著短鬍子。

秦大人做為主審官，詢問了幾個證人。他帶著些江南口音，口氣也隨和，聽起來很儒雅，讓那幾個證人緊張的心情都放鬆了不少。

加上趙無和許蘭因，共有六名證人。趙無二人離得遠，看到人們逃竄後才趕過去，而其他四人當時都離死者不遠，可卻沒有一個人看清楚殺人犯。都說那裡是集市的出入口處，人來人往的，沒注意到是誰殺了人。而那位嚇僵了的婦人眼睜睜地看到被害人在她面前倒地，也說沒看清凶手。

閔戶看到許蘭因若有所思，笑問：「許姑娘有何高見？」又道：「近前回話。」

許蘭因走上前小聲說道：「或許我能幫上一點忙。不過，還請大人為我保密。」她相信閔戶的人品，也相信秦澈。為了跟他們再套套關係，許蘭因決定幫個忙。不過，她不願意別人知道她有那一手本事，怕招禍。

她小聲跟閔戶說，有些人在清醒的狀況下說不清楚看到卻沒有注意到的事，而在催眠的狀況下卻能夠想起來。

閔戶露出笑容，又跟秦大人低語幾句。

許蘭因這才仔細看了幾眼秦大人，他個子不高，皮膚白皙，氣質儒雅，而且居然讓許蘭因生出一種親近之感，真是怪了。

許蘭因正納悶之際，就見秦澈看了她幾眼。

秦澈問閔戶。「還有那種法子？閔大人莫不是在開玩笑？」

閔戶極為自信地笑道：「秦大人請靜候佳音。」

看語氣，他跟秦澈的關係非常好。

秦澈使了個眼色，趙無和另一個衙役便把那位嚇軟了腳的婦人扶起來，跟他們一起去了偏堂。

婦人嚇得要死，大哭道：「我沒有撒謊，我真的什麼都沒看到！你們不是要單獨給我上大刑吧？冤枉，冤枉啊……」她又走不動了，被一路架著去到偏堂，扶在椅子上坐下。

秦澈揮手讓那個衙役退下去，側堂裡只剩下秦澈、閔戶、閔戶的幕僚季師爺、趙無和許蘭因，還有那個驚慌失措的婦人。

許蘭因來到婦人面前，輕聲安慰她道：「大娘莫怕，放輕鬆。妳只需要回答我幾個簡單的問題，不是上刑，放寬心……」許蘭因安慰婦人的同時，又說了幾句無關痛癢的話。見婦人的情緒逐漸平靜下來，才從懷裡取出一個小荷包在婦人面前左右晃起來，輕聲說：「聽我說，看著荷包……嗯，做得非常好，就是這樣……」

在許蘭因的語言暗示下，婦人的眼睛漸漸迷離起來，最後閉上眼睛。

許蘭因問道：「妳去集市，是去買菜嗎？」

那婦人閉著眼睛答道：「是。我女兒跟女婿今兒要回娘家來，我去買肉和豆腐。」

許蘭因又問：「人很多，妳是想繞過那棵老槐樹進集市，是嗎？」

「是，今天逢集，人多得緊。」

「妳看見一個穿豆綠衫子的小娘子了嗎？」許蘭因跑去案發現場的時候，迎面遇到一個穿豆綠衫子的小姑娘一路尖叫著跑離殺人現場。

婦人答道：「不，我沒看到。」

許蘭因說道：「妳看到了，再仔細想想，妳一定看到她了。」

婦人閉著眼睛，又仔細想了一下，枕在椅背上的腦袋還左右轉了轉，似在找著人。片刻後，她驚喜地說道：「喔，我看到她了！穿著豆綠色的衫子，梳著垂掛髻，很水靈的小娘子。」

「嗯，這就對了。妳看到一位穿黑色短打的大叔了嗎？」這是一起來衙門的一個證人。

婦人又找了找，說道：「喔，看到了，他拎著一條魚，從集市中走出來。」

「非常好。那妳看到一個穿黛藍色長衫的男人迎面走來嗎？」這個就是死者。

「我沒注意，我再看看……喔，看到了，他從左面的胡同裡走出來，很慌張的樣子，走得非常快，一晃眼的功夫就到了面前。」

「後面有人跟蹤他嗎？」因為死者是後背中刀，所以殺人犯應該是從後面過來的。

婦人的脖子又動了動，似在觀察四周。「喔，看到了，一個穿醬色短襟的漢子，有三十幾歲，他的頭埋得很低，個子有些高，唇邊有一條小鬍子，右手插在懷裡，腕上有一條兩指寬的傷疤。老天，他把手從懷裡抽出來了，一刀刺向前面那個人！」

「漢子往什麼方向跑了？」

「他往北邊跑了，還差點撞到一個小娃……」

許蘭因和趙無相互看了一眼，他們就是在事發現場的北邊。

趙無瞪著眼睛輕聲說：「我想起來了，我往現場跑的時候，有看到一個穿醬色短襟的漢子跑過來，還差點跟我撞上！」

許蘭因覺得該問的都問完了，至少知道了那個凶手的長相、特徵，還知道他們倆是從哪個胡同口出來的，剩下的就是官府的事了。她對婦人說道：「妳做得非常好。好了，我們來結束這次催眠。我倒數五個數，妳就慢慢醒來，五、四、三、二、一，睜眼。」

婦人睜開了眼睛，看到眼前的幾個人，特別是兩個威嚴的大官，又嚇得哆嗦起來。

秦大人高聲叫進來一個衙役，把這個婦人扶了出去，還讓那幾個證人下去歇息，暫時不能離開。

聽了趙無的敘述，再結合那個婦人所說的特點，季師爺著手開始畫起凶手的畫像。

此時已經午後，趙無謝絕在這裡吃飯，提出告辭，他們要趕著回鄉。

閔戶抱拳對許蘭因道了謝，笑道：「若真的憑藉催眠抓住那個殺人犯，本官一定親自遣人去許姑娘家道謝。」

秦澈也對許蘭因笑道：「若是那樣，本官會為許姑娘請賞。」又道：「當然，不會把許姑娘有這種特殊本領的事說出去。」

真是一位和藹可親又善解人意的長者。許蘭因屈膝客氣了兩句，便和趙無走了。其實她很想留下來跟秦大人聊聊天，但她知道不可能。

許蘭因不知道的是，她的身影都走出大堂門口了，秦澈看她背影的視線還沒有收回來。

秦澈在心裡納悶，這個小娘子看著有些面善啊……

許蘭舟兄弟正在衙外著急地等待，見許蘭因和趙無出來了才放下心。

幾人不敢再耽擱，急急上車往北城門趕去，連晌飯都是在車裡吃點心果腹。

到了城門口，許蘭因還是堅持去胡人開的鋪子，沒想到還真有賣奶油和奶疙瘩。奶油買得少，奶疙瘩多買了一些。這裡沒有冰箱，奶疙瘩能久放，奶油卻不能。

因為外面有車夫，許蘭因沒講自己催眠的事，只說幾個證人錄了口供。許蘭因閉目養神時，眼前總會晃過秦澈的面容，她自己都感到奇怪。

還有，為什麼閔戶和秦澈都在審完那件案子後意外死亡呢？閔戶長期吃那種慢性毒藥，「暴病」死亡或許正常，但今天看到秦澈，覺得那兩條鮮活的生命都會在那件案子後消失，她就不免要多想想了……

「姊姊？我問妳話呢！」許蘭亭拉了拉她的袖子。

許蘭因看向許蘭亭，終於弄懂為什麼覺得秦澈有親近感了，他跟許蘭亭有一、兩分的相像！許家三姊弟，跟秦氏最像的就是許蘭亭。

姓秦、長得有些像、秦氏的身世成謎……秦氏逃出家裡，應該痛恨父家，「秦」不一定是她的本姓，很可能跟趙無一樣改為母性……是巧合，還是中間有關聯？

「姊，妳怎麼了呢？」許蘭亭又問。

趙無和許蘭舟也詫異地看著許蘭因。

許蘭因撫著頭說道：「我有些頭痛。」

趙無忙說道：「那好好歇歇，我們不吵妳了。」

兩日後到了小棗村，天色已經完全暗下來。

秦氏正在家焦急地盼著他們，見幾人平安回來，自是歡喜。

看到搬進屋裡的一大堆東西，有些東西還尤為精緻，秦氏驚問道：「怎麼買這麼多東西？」

許蘭亭說道：「娘，好些東西是閔大人和胡大哥送的。」

閔大人還會送自家東西？秦氏納悶不已。

許蘭因笑道：「稍後跟妳細說。」

許家幾人吃飯的時候，許蘭因大略講了一下許蘭亭看病和賣繡品的經過，以及給閔戶催眠的事，並囑咐秦氏，給閔戶催眠的事不要對外講。又簡單說了一下路遇殺人被拉去當證人的事，並沒說自己催眠抓嫌犯，怕把秦氏嚇著。她還特地說了寧州同知秦澈的名字，說秦澈外表儒雅，特別和藹可親，說話帶著江南口音。

秦氏對前面幾件事都很感興趣，唯獨聽了秦澈卻渾然不覺，並沒有因為這個名字有任何異樣。許蘭因失望不已，看來是自己多心了。

她把賣花熊繡品的五百兩銀票交給了秦氏，讓秦氏笑眯了眼。

次日，許蘭因一早起來做飯，把趙無送走，還讓他拎了不少給上級、同僚、好朋友帶的禮物。

秦氏起床後，許蘭因便對她說了自己對未來的打算。「咱家現在也有近千兩的存銀了，乾脆在縣城買個宅子吧？方便小弟上學，也好打理點自己的生意。」

秦氏也覺得搬去縣城好，便讓許蘭因和趙無打探一下，買個二進的宅子就行了。這件事先不跟老倆口說，怕老頭阻攔，橫生波折。

許蘭因沒打算在南平縣長住，覺得兩進院子也夠了。

秦氏沒提胡家給股和閔府給銀子的事，許蘭因都主動說了。「……至於閔府給了幾百兩銀子，我想存下來開茶樓。將來，若我不想嫁人，就帶著那兩樣產業立女戶；若想嫁人，那就是我的嫁妝。家裡的錢財和產業，都留給弟弟們。娘放心，我哪怕不要家裡的產業，還是會想辦法為家裡多掙錢的。」

秦氏說道：「那些東西是妳掙的，妳該留著。家裡的產業也是妳掙的，娘早說了，要給妳置筆不菲的嫁妝。」

許蘭因沒有再爭執，以後不要就是了。

之後，秦氏讓許蘭因去鎮上買些肉和豆腐回家，家裡掙了錢，晚上得請老倆口和大房來家吃頓飯。

就是晚上不請客，許蘭因也要去鎮上買東西。

去了鎮上，不僅買了肉和豆腐等請客的食材，還買了糯米粉、大棗、一小堆野草莓。明天她要跟趙無去大相寺看望戒癡和尚，想做一樣好吃的點心服侍好戒癡的胃，才好問問黑根草的作用。

買野草莓的時候，居然看到了王三妮。她擺了個小地攤，賣她嫂子和她做的鞋墊、荷包、香囊、帕子等小東西。由於她長得白淨清秀，許多男人都願意去買她的東西，生意很是不錯。

王三妮擺地攤的事許蘭因早就聽說了。村裡許多人都不能理解，她家再是被她大哥洗劫一空，也還有四十幾畝地，地裡的產出足夠他們姑姪嫂三人好好過日子，幹麼還要拋頭露面去鎮上擺小攤，被那些男人調戲？甚至有些多心思的，說她現在是孝期不能說親，怕三年一過歲數就拖大了，所以擺攤是想乘機釣女婿，孝期過了就嫁人。

許蘭因倒是很佩服王三妮，不管她擺攤的真實目的是什麼，人家不願意坐吃山空，想找事做，別人管得著嗎？

王三妮也看到許蘭因了，招呼道：「蘭因姊，妳也來買東西？」

許蘭因走過去笑道：「嗯，來買些吃食。」她蹲下看了看那些小東西，面料不錯，都是綢子做的，做工也精巧，至少比她自己的手藝好得多。許蘭因挑了兩個香囊、兩個荷包，笑問：「多少錢？」

王三妮大方道：「不要錢，送妳了！」

許蘭因搖搖頭。「那怎麼好意思？妳不要錢我就不好買了。」

王三妮笑說：「蘭因姊那麼聰明，真的以為我來擺攤就為了多掙幾文大錢嗎？」隔牆有耳，何況這裡沒有牆，她的話被一直注意著她的一個男人聽到了。

那個男人笑道：「三妮兒不是為了掙錢，難不成真是為了釣女婿啊？若是，看看大爺怎麼樣？大爺長相俊俏，家裡還有五畝良田，配得上妳了。」

他的話讓看熱鬧的人和旁邊的小販全哄堂大笑。

王三妮一下子沈了臉，端起旁邊一個裝了水的土碗向那個男人砸去，挑眉罵道：「砸死你個不要臉的醃漢子！告訴你，姑奶奶擺攤的確不是為了錢，是為了盡孝！信不信姑奶奶白刀子進去、紅刀子出來？殺了你以後，正好陪著我娘一起上路！」

王家命案在南平縣非常出名，這裡的人也都知道王三妮的娘殺夫被判秋後處斬。聽了她的話，再看她怒目圓睜，真的像要殺人一樣，小販們都嚇得把笑聲憋回了嗓子眼裡，那個男人也灰溜溜地跑了。

許蘭因極其佩服王三妮，這孩子變化真大，跟原來的傻白甜完全不一樣。

王三妮也不想再賣了，把東西攏在一起，用布包上，問許蘭因道：「蘭因姊還買東西嗎？」

許蘭因道：「買夠了。」

「那咱們一起走。」路上，王三妮自嘲地笑道：「如今我有了那樣一個身分，別人都怕我。」

許蘭因寬慰道：「一切艱難都會過去的。」

王三妮長長地嘆了一口氣，說道：「誰不願意在家裡享清福啊？可也要有那個命啊！進財還小，我大嫂又太老實，若我再像原來那樣不頂事，家裡會被人吃得連渣子都不剩。」

許蘭因有些明白了，王三妮出來擺攤，應該是為了接觸形形色色的人，鍛鍊自己。她由衷地讚嘆道：「自強自立，妳做得對。」

王三妮又說：「我知道，村裡人都恨我娘，覺得她心狠手辣，把我大嫂往死裡打。其實，我娘原本不是那樣的人。我記得我小時候，我娘雖然潑辣，但心腸很好，對我和大哥都非常好。我大嫂剛來家裡的時候，算不上頂頂伶俐，卻也乖巧懂事，一點都不傻。那時我爹在外面跑商，經常不在家，我們一家人和和美美，日子非常好過。我娘雖然對大嫂嚴厲些，會打幾下、掐幾下，卻也沒下過重手。後來我爹不再出去跑商，家裡就再也不和美了。他在家無事找事，經常打我娘和我大哥，每次打我都是我娘幫著擋了。慢慢地，我爹開始注意起我大嫂，我娘的性子也就徹底變了……」王三妮的眼淚流了出來，用袖子擦了，吸了吸鼻子後繼續說道：「若是我娘厲害些，把我爹治住，或是我嫂子厲害些，拚著命也要跟我大哥出去另過，也就不會搞得最後家破人亡了。我不想像我娘和大嫂那樣活著，我要……喔，就是妳剛才說的自強自立，讓別人欺負不了我。哪怕所託非人，也要想法子把他治住，或是和離過自己的日子。再不，乾脆不嫁人，自己立女戶，再收個義子給我養老。」

家裡突逢大變，有人會沈淪下去，以爛為爛；有人會堅強面對，吸取教訓，王三妮和王進財都選擇了後者。特別是王三妮，在古代能有這種覺悟，多難得啊！

許蘭因側頭看了幾眼王三妮，說道：「就是該這樣，命運要自己去改變……」又想著，若自己立女戶的話，是不是也應該收個兒子養老？她更喜歡閨女一些，只不過古代的姑娘一般都要嫁人，像她和王三妮這樣想著立女戶的，大都是受過打擊或是名聲不好的。

兩人說了一路，分手時，王三妮還是堅持把許蘭因挑的兩個荷包及兩個香囊硬塞給了她。

回到家，許蘭因跟秦氏說了王三妮的事。

秦氏愣了好一會兒，才若有所指地說道：「窮則思變，沒有活路了，就是要另闢蹊徑，才能活下去……唉，那孩子變化真大。」

看秦氏的樣子，一定是又想到她自己的遭遇了吧？

晚飯後，送走老倆口和大房一家，許蘭因抓差趙無幫她幹活，烤了兩大盤花生夾心餅乾，又為第二天要做的點心做準備。

趙無悄聲跟她說：「閔縣令說我大有前程，有機會時他會向閔戶大人舉薦我，讓我去他手下當差。」臉上滑過一絲譏諷，又道：「我覺得，閔縣令如此作為，不光是因為我能力強，抓到了淫賊，也可能是他已經知道姊姊在幫閔戶大人『治病』的事。或許，還有讓我跟著蔣大叔一起拉下章鋼旦的意圖……」

這孩子成熟多了，分析得頭頭是道。

第二天早起，許蘭因和趙無又做了一些桂花糯米棗和前世的網路爆紅小點「雪媚娘」。因為奶油不能久放，買回來的一點都用完了。給和尚吃的東西叫雪媚娘也不適合，就改叫雪團兒。主動做了加奶油和牛奶的點心，實在是因為想服侍好戒癡的胃，撬開他的嘴。

早飯後，趙無就拎著裝了三樣點心的食盒，同許蘭因去坐落在野峰嶺北坡的大相寺。

此時剛剛辰時，紅彤彤的朝陽懸掛在東邊天際，晨風徐徐，豐厚的植被散發著清香和濕氣。

半個多時辰後，許蘭因和趙無就到了野峰嶺的北麓。沿著青石階到了大相寺，沒有走正門，而是繞到旁邊進了一道側門。走過一段遊廊，穿過一大片櫻桃林，便來到一個籬笆小院前。

小院被一彎溪水圍了大半，籬笆牆裡花木繁盛；還有一小片菜地，一名小和尚正在拾掇菜園子；中間三間茅草禪房。在許蘭因看來，茅草房建在這裡，有一種詩意的美和刻意的低調。

許蘭因的腦袋裡畫了個大大的問號，一個飯頭僧住這麼棒的院子，大相寺的福利待遇也太好了吧？

趙無看出了許蘭因的心思，低聲笑道：「或許是我師父的輩分高，所以他的禪院跟其他和尚有所區別。」

兩人進了籬笆門，趙無跟那個小和尚打了聲招呼，就沿著碎石子步道來到禪房門前。他拍拍門說道：「師父，我把我姊帶來了，還給你帶了好吃的！」

一陣中氣十足的男聲傳來。「該打！不領著小丫頭自己進來，還想讓貧僧出去接你不成？」

趙無不以為意地笑笑，推門進去。

許蘭因跟著進屋，一股點心的甜香立即迎面襲來。禪房裡不是應該瀰漫著檀香味嗎？這也太違和了。

屋裡正對面是一張高腳供桌，擺著佛像和供果。兩人左轉去了左側屋，一個老和尚正坐在炕上數念珠。老和尚閉著眼睛，外表清瘦，臉色紅潤，白鬍子很長很有型，十足的高僧模樣，這形象根本無法同「經常因為偷吃酒肉而被罰、被打的飯頭僧」聯結起來啊！

趙無把食盒放在腳邊，作揖道：「見過師父。」

許蘭因也跟著雙手合十，作了個揖，說道：「拜見戒癡師父。」

戒癡睜開眼，沒理許蘭因，吸了吸鼻子後罵趙無。「該打！你又不是不知道貧僧最討厭繁文縟節了，還不快些把吃食拿過來！」

趙無趕緊把食盒拿去炕几上放好，再把三大碗點心取出來。

戒癡看了看，伸手拿起最好看的雪團兒吃起來。他慢慢地品味著，吃完一個又拿起一個吃，一連吃了三個後才拍拍手，對許蘭因笑道：「女施主心思巧，這點心好看也好吃，酸酸甜甜的，還有股濃濃的那什麼味，最適合炎熱的夏季吃。」

許蘭因笑道：「這點心叫雪團兒，師父喜歡就好。」

戒癡滿意地點點頭，比了個「請坐」的姿勢。

許蘭因坐去靠牆的椅子上，而趙無仍然畢恭畢敬地站在戒癡的身邊。

戒癡又道：「女施主今天這麼上道，主動送來加了那什麼的東西，所為何事？」

真是個聰明又直接的饞和尚。許蘭因笑道：「真人面前不說假話。我上年有幸結識了張老神醫，他看上我採的兩株黑根草，拿一盒如玉生肌膏和一塊小木牌換走了。我想知道黑根草到底能治什麼病，為何可以換那麼多神藥？」

戒癡捋著白鬍子說道：「我跟張小施主雖然見面次數不多，卻也算得上是忘年之交，而且交情長久。六十一年前他還是個孩子，同他師父來野峰谷的時候貧僧見過幾次。前年和上年他再次來到野峰谷，貧僧和他又見了幾次。但上年春他卻突然不辭而別，真真可惡！」

戒癡不僅管張老神醫叫張小施主，還說是忘年之交？六十一年前兩人就見過面，那這老和尚至少也有八、九十歲了吧？說不定上百歲都有可能！許蘭因肅然起敬。

戒癡又道：「黑根草乃罕見奇藥，一甲子才變異一次，萬千茉草才變異一株。黑根草再加上其他藥材，可以製成神藥仙骨丸。」

「仙骨丸？顧名思義，應該是治骨頭的？」許蘭因說道。

戒癡點頭道：「嗯，仙骨丸是促進骨頭生長發育的。生得矮小之人若是吃了仙骨丸，可以長成偉岸之軀；還能治斷骨，只要骨頭不是被斬斷離了血肉之軀，舉凡骨折、斷裂，甚至某種程度上的壞死，都能治好，當然還要佐以一些其他的治療方法。不過，二十歲以下的人要謹慎服用，怕長得太高。」

許蘭因沒想到這個世界的醫療水準這麼發達，不僅有能整容的如玉生肌膏，居然還有增高藥！在現代，長得醜的人可以整容，但長得矮的人就沒有辦法了。

怪不得老神醫那麼歡喜，黑根草不僅是殘疾人的福音，也是想長高之人的福音啊！這藥，得賣幾萬兩銀子之鉅吧？許蘭因內心一陣狂喜。

趙無也是喜得笑出了聲，趕緊給戒癡作揖道：「師父，張老神醫到底住在哪裡？我以後要去找他求藥，給我大哥治腿！」

戒癡突然翻了臉，伸手就打了趙無兩巴掌，罵道：「笨！我怎麼收了你這麼個笨徒弟？守著小丫頭，還要捨近求遠去找張小施主！」

趙無苦著臉說道：「我姊有黑根草有什麼用？她又不會製仙骨丸——」他的話還沒說完，身上又挨了戒癡的幾巴掌。

「笨蛋！若沒有其他方法，那丫頭會拿這麼多食物來找貧僧嗎？」氣不過，戒癡又欠身踢了趙無兩腳，踢得趙無一個趔趄。

這老和尚還是個暴力男啊，連表面的高僧樣都不裝了，啪啪的打人聲聽得許蘭因的心肝都在痛。

怪不得這麼有本事卻只能當個飯頭僧，的確太任性了些。

許蘭因不高興地說道：「戒癡師父，您是出家人，幹麼動不動就打人啊？要慈悲為懷，心平氣和。再說，我這個弟弟哪裡笨了？若真的笨，你還會收他當徒弟嗎？」

戒癡住了手，對許蘭因笑道：「這傻小子原來更加笨得緊，都是被貧僧打聰明的。貧僧不多打打，他聰明不了。」又道：「這傻小子還不算命苦，有人心疼，至少比貧僧的命好。」

趙無忙道：「師父的命好，徒弟我多孝順您啊！」

戒癡沒理他，身體又前傾，仔細端詳著許蘭因。

趙無不喜歡任何男人這樣看許蘭因，包括他師父，忙道：「師父，您這樣看小娘子，不好。」

趙無討打的話氣得戒癡又踹了他幾腳。

許蘭因笑道：「大師是想給我看命嗎？那大師看看我這輩子嫁不嫁得出去？」

戒癡唸了聲佛，說道：「貧僧最不喜與人看姻緣。若女施主實在想知道，就再做些加了那什麼和那什麼的吃食來。」

看他擠眉弄眼的表情，那什麼和那什麼應該是指肉或者酒，但這兩樣東西許蘭因可不願意做給他，有犯罪的感覺。既然他沒明說，自己就當他是指牛奶和雞蛋吧，便笑道：「好，下次做。」反正她對嫁不嫁得出去都持無所謂的態度。

戒癡似看出許蘭因在敷衍他，循循善誘道：「小丫頭若是上道，讓貧僧吃高興了，少不了妳和這傻小子的好處。這小子雖傻，卻是貧僧活了這麼大把年紀唯一收的一個徒弟，將來還是有些造化的。」

趙無完全沒有聽進去老和尚說的話，整個人魂不守舍地看著許蘭因。他想知道，許蘭因還能找誰把黑根草製成仙骨丸？

看到趙無的這副傻樣子，戒癡又摩拳擦掌想打人了。

趙無感覺到殺氣，趕緊走到許蘭因的旁邊。

戒癡扯了扯白鬍子說道：「今天你沒心情學武了，貧僧更沒心情教你。去去去，改天再來！」

趙無確實無心待在這裡，忙拉著許蘭因告辭。

出了禪房，趙無便迫不及待地說出自己的困惑。

許蘭因也在想這個問題。黑根草再是神藥，自己拿著它也沒用，得賣給百草藥堂實現它的價值。「老神醫當初說了，若我再尋到黑根草，就去京城的百草藥堂，那裡的萬掌櫃識貨，會給個好價。既然百草藥堂有人識貨，就肯定有人會製那種藥。到時我把藥賣給他們，前提是要幫我治好一個人，頂多他們少付我些買藥銀子就是了。」

趙無感動得眼圈都泛紅了，他沒想到十四歲就斷了腿的大哥還有希望重新站起來！他給許蘭因深深作了個揖，說道：「姊，我先是欠了妳那麼多如玉生肌膏，現在又要欠妳仙骨丸，這得多少錢啊？我會有出息，會多多掙錢，讓姊享福的！」似乎覺得還不夠，又道：「我把我整個人都賣給姊，不僅錢是姊的，命也是姊的！」

許蘭因玩笑道：「你以後有出息了，給姊些錢姊接著。命嘛，我不要，要了也沒用。」

趙無有些受傷。「姊就那麼嫌棄我？銀子有價，命無價！」

許蘭因笑了笑，又說：「以後我們找機會去京城的百草藥堂賣藥。」

趙無握著拳頭說道：「以我現在的功夫，溜進溫府把我大哥弄出來沒有問題。我們早些進京，也能早些給我大哥治病。」

許蘭因仔細打量著趙無，大半年的時間他長高了近十公分，現在目測有一百七、八十，整個人也壯實多了。再加上大大的酒窩，逐漸沈靜深邃的眼神，跟她初見時的彆扭少年變化非常大。但變化再大，也跟之前有四、五分的相像之處。不過，他再化化妝的話，應該沒有熟人會認出他。「如何救人，方方面面都要想好。人弄出來了，還要有藏身的安全之所，又要想辦法弄出京城，要做到萬無一失。」

趙無也知道，救人的事要好好謀劃。「哪怕不馬上救人，我也想回京去，在夜裡偷偷跟大哥見上一面。」

許蘭因點點頭。「是該回去看看你大哥。不過我娘一直不願意我進京，再等等吧，找到好的藉口再說。」她想到那塊小木牌，又問道：「你知道百草藥堂的東家是誰嗎？」

趙無搖搖頭。「我只知道百草藥堂在京城僅次於太醫院，是民間最大和最好的醫館及藥堂。」

兩人去大殿拜了菩薩，吃過齋飯，就去遊山玩水，兼看當初趙無掉下崖的地方。

下了山，已經日薄西山。

在快到野峰谷的時候，趙無突然停住腳步，輕輕跟許蘭因「噓」了一聲。他腳尖一點上了樹，看了看前面，又跳下來，對許蘭因耳語道：「裡面有個人像是洪大哥，他被兩個人追殺。」趙無讓許蘭因躲進一叢灌木林裡，他迅速衝進谷裡。

大概一刻多鐘後，趙無的口哨聲傳來，這是叫許蘭因過去。

許蘭因跑了進去，在一處山坡下，看到趙無蹲在地上，懷裡抱著臉上有傷、衣裳有多道血印的洪震，旁邊臥著兩具屍首，她驚道：「洪大哥，你沒事吧？」

洪震說道：「多虧趙兄弟及時趕到，我才沒被他們殺死。」他的眼裡盛滿了悲哀，喃喃道：「他們不會讓我活下來的，你們走吧，不要被我連累了……」心裡憤恨不已著：『洪偉那個豎子，居然要殺人滅口！自己死就死了，可是妻兒父母會不會也被他們弄死……』

許蘭因的腿挨著洪震的腿，聽到了他的心聲，知道是洪偉派人暗殺他。

許蘭因沒想到，她一直想找的機會竟以這樣一種方式送到了面前。有了洪震的告密，趙無有足夠的理由去跟閔戶講明情況，調查怡居酒樓一案的時間會比書裡提前了整整三年。

自從生出那個懷疑，許蘭因就有些矛盾，怕惹禍上身。但有了洪震這個變故，有他做內應，許多事情就好辦多了。若計劃好了，可以完全改變預定的軌跡，不僅洪震一家脫險，她也能救她想救的人。

她對著洪震的耳邊低語道：「洪大哥被人追殺，是有人要滅口嗎？」

洪震愣了一下，不可思議地看著許蘭因，問道：「妳怎麼知道？」

許蘭因又低聲說：「趙無早就注意到怡居酒樓不妥，你的親兵劉用跟他們走得又非常近，也就注意到了你和平進伯府。」聲音壓得更小了。「省城的提刑按察司副使閔大人也注意到了他們。」

「姊……」趙無不可思議地輕喚一聲。他沒想到許蘭因的膽子這麼大，居然敢撒謊把閔戶扯進來！不過，他也沒傻到揭穿許蘭因的謊言。

聽了許蘭因的話，洪震的眼睛都紅了。他沒想到，洪家叛國通敵一事已經被人發現了！他難過地說：「我沒有通敵，可家人最終逃不過被抄家滅門。我們冤枉，冤枉啊……」

許蘭因說道：「那些人不放心你，也不可能放心洪大嫂。只怕洪大嫂和芳兒、文兒還沒等到被朝廷抄家滅門，就先被他們滅口了。」

洪震的拳頭握得緊緊的，咬牙罵道：「洪希煥那個老賊！洪偉那個豎子！」

洪希煥就是現任平進伯，時任右軍都督府僉事，正二品，右軍都督府掌管西部兵馬。

許蘭因循循善誘道：「若洪大哥有所作為，洪氏族人功過相抵，不僅能保你一家老小平安，說不定還會把洪氏一門沒有參與進去的族人都保下來。你細想想，是不是這個理？」

洪震聽懂了，說道：「……妳是讓我當釘子？」

許蘭因點頭。「嗯，把你知道的情況告訴趙無，趙無再跟閔大人聯繫。」

洪震又問：「閔大人信得過我？」

「閔大人是個聰明人，又是好官，一番暗查下來，自然會信你。」

洪震看了看那兩具屍體。「可他們……」

「你的武功好、聽力好，又熟悉周圍的地形，所以發現有人跟蹤，你就把他們引到陷阱裡，殺了他們。之後你思考了很久，為了妻兒老小，只得選擇與他們合作。這樣被逼迫跟他們合作，或許比你痛快地答應還令他們放心。」

洪震捏緊了拳頭，思考片刻後，咬牙說道：「我別無選擇、走投無路……他奶奶的，我幹！」

他的身上有多處傷，但沒有一處致命，能夠撐著走回軍營。此時縣城的城門已關，只得明天早上再回去。

洪震說，聽洪偉的意思，洪家是在秘密幫太子劉兆平辦事。等太子登基後，就會立時為太子良媛的洪家女為皇后。

許蘭因之前的懷疑更甚了！若太子劉兆平真的是幕後大boss，怎麼可能把這麼重要的事情隨意告訴還沒被徹底拉進他們陣營的洪震？

幾人商量了一會後，洪震跌跌撞撞地走了，趙無把那兩具屍體拖到更深處的一個陷阱裡，夜裡野獸會把他們吃了。剩下不全的屍骨，除非是湯仵作，一般人看不出他們是怎麼死的。

趙無這才悄聲問許蘭因。「姊，妳怎麼能騙洪大哥？閔大人哪裡知道那件事？」

「傻，你近兩天找機會去一趟省城，悄悄跟閔大人稟明，他不就知道了？你趙無火眼如炬，又聰明異常，發現怡居酒樓的掌櫃行跡可疑，所以一直密切注意著這家酒樓，後又無意中救了洪大哥……」

南平縣洪震家。

平進伯世子洪偉還在客房裡來回踱步，心事重重。

這段時間，洪偉一直在想辦法說服洪震跟著他們幹。說洪家祖上不是漢人，而是鮮卑人，他們同西夏國合作不算叛國。還給了洪震六千兩銀票，說若是西夏國打得過來，他們就是開國功臣；若打不過來，他們秘密幫怡居酒樓做些事，就能舒舒服服地過上好日子。當然，最機密的事不可能跟他說。

前來說服這個又蠢又倔的洪震也是沒辦法了，實在是洪震當官的地方離怡居酒樓近，若洪震能為他們所用，許多事就好辦多了。

洪震聽了洪偉的策反後，沒有馬上表態，只說考慮考慮。

洪偉看出了洪震不太願意，但覺得他哪怕是為了妻兒父母考慮，也不敢不答應。可過了這麼多天，洪震還沒給句准話，洪偉就有些害怕了。正好今天洪震要去山裡打獵，他便派了兩個殺手前去滅口，到時候只說洪震被野獸吃了即可。

只等洪震一死，自己就離開，過後再一把火將胡氏母子三人解決，便什麼都過去了。

洪偉等著殺手回來向他稟報，可等到天黑城門都關了，也沒等到他們。

次日城門一開，洪震就騎馬趕回了洪家，他踉踉蹌蹌來到客房，一下子跪在洪偉面前，紅著眼睛說道：「二哥，我願意跟著你們幹……」

洪偉的臉上露出笑意，忙把洪震扶起來。

巳時初，許蘭因拿著在省城買的、要送閔縣令家和洪震家的禮物去了縣城。為了做樣子，跟洪家的表面關係要如原來一樣地維持下去。

許蘭因先去點心鋪子看了一圈，送了閔家禮物後，才帶著禮物去洪家。

看門的胡老伯說道：「我家老爺身子不好，夫人忙著照顧他……」

這是不讓自己進門了。洪震昨天晚上受了傷，又有那件大事，肯定不願意見客，這是意料中的事。

許蘭因笑道：「請洪大哥好好將養身體，我就不進去打擾了。這是我在省城給洪大嫂和芳兒、文兒買的禮物，麻煩胡伯送進去。」胡老伯接過禮物道了謝，許蘭因就走了。

她直接去了一家牙行。

牙人聽說她想買個二進宅子，笑道：「我這裡還真有兩個不錯的宅子呢！」

一個在城北邊，價格便宜，只需一百三十兩銀子。

一個在離樹花街不遠的槐花街，據說房屋很新，要價二百兩銀子。

許蘭因看中了槐花街的宅子，那裡口岸好，離許家鋪子不遠。到時候跟趙無和秦氏去看看，若適合就再講講價買下來。

傍晚趙無回來，不是走回來的，而是騎著大馬。

站在院門口玩的許蘭亭和許願老遠就看到了他，扯著大嗓門吼道：「趙大哥（趙大叔）騎大馬、趙大哥（趙大叔）騎大馬……」

村子裡立即喧鬧起來，許多人都出來看騎大馬的趙無。

趙無進了許家，把馬牽去後院他搭建的簡易馬棚，又把帶回來的飼料放進槽裡餵馬。

許蘭亭和許願跟過來，站在一邊看稀奇。

趙無囑咐道：「離遠些，別被牠踢著。」

他去了前院，許蘭因和秦氏在廚房裡做著飯。

許蘭因問道：「怎麼讓你把馬騎回來了？」

趙無笑道：「我明天一早要去給寧州府衙送信，是閔縣令點名讓我去的。」說著，還對許蘭因眨了眨眼睛。

許蘭因一喜，真是瞌睡就來了枕頭，還沒等趙無請假，就有了這個美差。閔縣令的好和歹，皆源於「通透」二字。

秦氏則是替趙無得了縣太爺的青眼感到高興。

幾人歡歡喜喜地吃了晚飯後，許蘭因藉口幫趙無整理東西去了西廂。她跟趙無又進行了一番密談，該怎樣跟閔戶把事情說清楚。同時，還要特別說明，這件事牽扯進了奪儲風波中，必須避開幾股勢力。

閔戶睿智，專司破案，跟他說話不需要太過小心，相反地要誠實坦白，不能藏著掖著惹他不喜。特別要強調一點——洪偉居然把太子及太子的承諾跟洪震這個還沒有完全被拉攏進去的小蝦米說了出來！

許蘭因還拿了一大一小兩隻小鴨玩偶、一個兩寸長一寸寬的小繡花枕頭、一條繡了小花的小被子，請閔戶轉送給可愛的小閔嘉。小鴨子玩偶是她之前做好的，小枕頭和小被子是她讓秦氏幫忙做的，由於東西小，一天半就做好了。原本想等到以後有機會再送給小姑娘的，正好這次讓趙無帶去。

第十四章

第二天一早，許蘭因又起來做了一食盒的桂花糯米棗，也是送小姑娘的。這種小點鋪子裡還沒開始做，夏天又經放。

望著絕塵而去的趙無和在天空中展翅飛翔的麻子，許蘭因的心又揪了起來。此時破釜沈舟去找閔戶，按理沒有錯，但此事事關重大，她還是怕有個萬一。

等到秦氏和許蘭亭起床後，許蘭因強壓下不安的心緒，和秦氏商量著在縣城買宅子與裝修宅子的事。

原來秦氏也是精緻慣了的，完全同意許蘭因要買好宅子的意見。「家裡如今有錢了，娘也想讓你們把日子過好些。特別是妳，在娘家也過不了幾年，該好好嬌養著。搬去了縣城，就買個婆子和丫頭服侍，不讓妳再辛苦了。」

許蘭因說道：「最好再買個頂事的男人，可以幫著管管田地和庶務，把蘭舟從雜務中解脫出來，好好讀書、練武。有了男下人，家裡就能買車了。」

許蘭亭也願意搬去縣城，那樣他就能就近讀書了。特別是聽到要買下人、買車，那自己就變成少爺了，更是喜不自禁。

次日晚上，許蘭因剛洗漱完上炕，就聽到花子的叫聲和一道啄正房門的聲音。她下炕打開門，居然是麻子回來了。

許蘭因高興地把牠捧進屋裡，從牠腿上的小竹管裡取出紙條。

紙條上寫著：我住在閔府，一切順利，明早放麻子過來。

一切順利，還住進閔府，表示趙無應該已經取得閔戶的信任。許蘭因長鬆了口氣。

她給麻子餵了水和食物，才把牠關進東廂耳房的窩裡。

天剛矇矇亮，許蘭因就起床了。

她給趙無寫了張小紙條：昨天戌時三刻到家，今卯時二刻放飛。祝安好。

餵了麻子後，把小紙條塞進小竹管，又親了親牠的小尖嘴，笑道：「去吧，旅途愉快。」

雙手往西南方向一托，麻子飛上天空，消失在微紅的朝霞中。

花子也起來了，衝著天空一陣狂吠。牠很憂傷，為什麼主人出去玩都只帶麻子不帶牠？

晚上麻子又飛回來送信，許蘭因也寫了信，打算第二天一早再把牠送走。

趙無讓麻子這樣頻繁來往於家裡和閔府，是想讓牠記住閔戶和這條路，以後方便給他送信。

三日後的晌午，麻子飛回了家。

許蘭因看了牠腿上趙無寫的紙條：我先去衙裡送信，晚上回家。

他已經回到南平縣了。

許蘭因餵了麻子後，就去杏花村口買肉，晚上慰勞趙無。

傍晚，趙無回來了。他沒有騎馬，而是走回來的，手裡拿著兩個包裹。有他買的奶油和一些吃食，還有閔府送的禮物。

閔嘉非常喜歡許蘭因送的那幾樣小玩意，閔戶和她的乳娘十分高興，送了許蘭因兩疋錦緞、兩塊尺頭。

閔府這樣的富貴人家，送料子一般都是送整疋的，而這次竟像普通人家那樣送了兩塊尺頭，實在是因為這兩塊料子太難得了，他們府上也只有一樣一疋。

許蘭因只覺得漂亮、好看、華光溢彩，卻不知道它們是什麼料子。

秦氏識貨，讚道：「天哪，好美，這些都是貢品呢！」她指著楊妃色料子說：「這種七彩妝花錦，適合做衣裳，留著給妳出嫁的時候做。」又指著另一塊清新淡雅的淺藍色料子說：「這是蟬絲紗羅，適合做披帛和罩紗，也留著給妳出嫁以後用。」

許蘭因沒有太過注意那塊華麗的妝花錦，而是把蟬絲紗羅拿過來打開。輕飄飄的，淡淡的藍，純淨清新得像一片悠遠的藍天。

許蘭因笑得眉眼彎彎，說道：「這料子我另有大用，娘要幫我。」

秦氏以為許蘭因要做什麼不一樣的罩紗，笑道：「娘還怕妳的手藝浪費了好料子呢，娘親自給妳做！」

許蘭因把兩塊料子拿回屋放好，才出來把飯菜端上桌。

幾人吃了飯，趙無還喝了兩盅酒。

飯後，許蘭因去廚房洗碗，趙無跟了進來，又讓花子守在門口。

趙無從懷裡取出一個信封說：「那天的殺人犯已經抓到了，真的是婦人催眠時說的那個人，閔大人極是高興，說姊姊有大本事。他本來要派人來家裡送這封信的，正好我去了，就讓我帶給妳。寧州府衙賞妳五十兩銀子，他個人賞妳一百兩銀子。」

許蘭因把手上的水擦乾，接過信，裡面有三張銀票，分別是五十兩、一百兩及二百四十兩。

還有一封閔戶親手寫的信。他先感謝了許蘭因對他本人的治療，又感謝許蘭因對閔嘉的善意，說閔嘉在她走後，難過了很久。之後，又不吝溢美之詞地大加讚揚了許蘭因的那手「本事」，說他想秘密請許蘭因當他的「女師爺」，不需要天天跟在他身邊，只在他需要時去幫幫忙，任務是幫他治病和破難破的案子，一個月二十兩銀子，先付她一年份。若破了大案另有重賞，催眠也另有賞。當然，請她幫忙破案是秘密的，為了她的安全和名聲，不會對外明言。

閔戶這是要聘請自己當他的私人醫生兼破案助手了。這個工資可夠高的，一個月比趙無一年的工資還高，跟許多高官的幕僚一個價，還不用當班。除了皇宮裡的女官，自己算不算大名朝第一個被高官聘請的職業女性？還是這麼刺激的職業。

許蘭因非常願意做，不只是看在錢的分上，還有她當慣了職業女性，願意有工作，最重要的原因是，她想跟閔戶把關係維繫得更緊，能夠用自己的「聽心術」幫助他們辨別真正的朋友和敵人。

趙無只知道閔戶給許蘭因賞錢，卻沒想到還要請她當「女師爺」。

他不太願意，說道：「可以給閔大人治失眠症，但別答應幫忙破案。破案總有危險，那些罪犯窮凶極惡，我不願意讓姊涉險。」

許蘭因笑道：「我想做。他說了會保密，不讓外人知道。不過，還是要跟他先說明，不是每一件案子都適合用催眠。」

她會「聽心」，每一件案子她其實都能幫忙破，只不過這項特殊本事不能亮出來，就只能幫著破一些適合用催眠或者心理疏導的案件了。

趙無向來都很聽許蘭因的話，見她執意要做，只得說道：「姊記住了，只要讓妳去參與破案，前提條件就是我必須跟在妳身邊。」

許蘭因允諾。「好。」她也惜命啊，當然希望有趙無這個保鏢跟著。

趙無又說了同閔戶密談的事。那天他去提刑按察司找到閔戶，簡單說了下怡居酒樓的可疑之處，閔戶頓覺事關重大，把趙無領去了閔府外書房秘談。

趙無又解釋道：「現任按察使肖大人，年紀大了身體也不好，好像又跟閔大人、閔尚書政見不合，閔大人不願意讓他知道，還說水落石出之前要把事情控制在極小範圍內。

「閔大人睿智，還沒等我提醒，他就把怡居酒樓跟兩年前的周侍郎遇襲案和七年前的前太子遇刺案聯繫在一起。這兩件大案到現在也沒破，一件發生在河北境內，一件發生在河北與襄南交界。閔大人說這或許關係到更深層的原因，洪希煥應該不是幕後最大的官員，他的勢力還不夠。也不能肯定一定是現任太子想通敵得到儲君之位，因為當初前太子遇刺後能獲得好處的可不止現太子。不能驚動怡居酒樓及京中那幾股勢力，特別是現太子和三皇子一黨，要放長線釣大魚。

「他讓我時刻注意怡居酒樓和王縣丞的動向，軍營也要注意，他會關注京城的動靜。他還給洪大哥寫了封密信，讓洪大哥看後立即銷毀掉。閔大人會派人來協助我，也會陸續在許家鋪子、縣衙及洪家各安排進一個人。

「我說了這件事是姊姊給我提的醒，閔大人褒獎姊姊冰雪聰明，是巾幗英雄。還說這個案子不同於一般的刑事案件，為了姊姊的安全，能不麻煩姊姊就儘量不麻煩，那幾個幫我的人都不知道姊姊也參與其中。」

趙無之前和洪震商量過碰面的暗號，趙無已經去軍營附近把信交給了他，他看過後直接吃進了嘴裡。

事情進展得非常順利。

許蘭因暗道，閔戶真是睿智，他現在是不相信現任太子和三皇子的任何一個人，這樣最好。

書裡沒寫周侍郎遇襲之事，也沒寫明前太子劉兆平是哪一年遇刺的。

突然，許蘭因的腦海裡出現了一種假設，以至於她自己都被這種假設嚇到了。

從事秘密行業的許慶岩正是七年前突然被叫走後，再也沒回來！萬一他就是參與了這件密事而被殺呢？他是保護前太子那一方的死士還好，若是刺殺前太子那一方的殺手……

「姊，妳怎麼了？莫怕，已經有人幫我了，姊就不要再參與進去了。妳什麼都不知道，只需要幾天後把那個人弄進許家鋪子即可。」趙無以為許蘭因被嚇到了。

許蘭因「喔」了一聲，心裡又自我暗示著，許慶岩那麼正直的人，不可能叛國去刺殺前太子的。「前太子遇刺案是七年前的什麼時候？」

「那件事鬧得很大，我記得好像是秋天，中秋節過後。」

許蘭因記得，許慶岩就是九月初被叫走的。

許蘭因按下心思，把碗洗了，準備著明天做點心的食材。衙裡給了趙無兩天假，明天他要去大相寺一趟。現在，趙無練武更勤奮了。

忙完已經戌時末，許蘭因回了臥房。那年的大案和許慶岩失蹤一事，還有莫名的不對勁，總讓許蘭因靜不下心來。

她打開炕櫃，把一個小錦盒拿出來，裡面裝了一千一百兩銀票、十幾兩銀錠子，再加上閔戶給的二百九十兩銀票，就有一千四百多兩銀子了。如今，她儼然成了一個小富婆，再攢些錢就能在省城租一棟小樓，開家不錯的茶鋪了。

想到茶鋪，她的心情又輕鬆了幾分。

夜裡下起雨來，嘩嘩的雨聲擾醒了許蘭因的清夢。她又想起趙無說的話，一個猜測湧進腦海——前太子的外家姓周，張老神醫救過前太子的命，那塊小木牌會不會是周家給老神醫的，而百草藥堂的幕後東家就是周家？

書裡寫了，周家祖上輔佐太祖帝打下江山，大名朝第一任皇后也是最賢德的皇后就是周家女，周家在大名朝的地位超然，得歷代皇帝看重，從不參與皇子之爭……

許蘭因一陣激動，那塊小木牌若真是出自這個周家，那是有大用了！

大雨到早上還沒有停歇，許蘭因還是頂著熊貓眼起來了。

她去敲趙無的窗戶，問他還去不去大相寺，趙無說要去，許蘭因就開始做雪團兒和奶油烤饅頭片，沒過多久趙無也過來幫忙。

早飯後，趙無就穿著蓑衣、戴著斗笠走了。

許蘭因開始在大紙上畫花樣，修修改改，連晌飯她都沒有出去做。秦氏做了一鍋麵，她出去吃過後，又回屋裡繼續畫。

直到傍晚許蘭舟回家，許蘭因還沒畫完，也只得撂下筆去廚房做飯。

許蘭舟一旬回家一次，他回家時老倆口都是要來二房吃飯的。

雨已經停了，房簷和樹葉上還滴著雨滴。

許蘭舟笑著說：「姊，妳猜我給妳帶什麼了？」許蘭舟從懷裡取出一個荷包，又從荷包裡取出一對梅花銀耳墜。「這是我在南平銀樓裡給姊買的生辰禮，掌櫃說是江南過來的新款。六月十二是姊的生辰，娘說要給姊補辦及笄禮。」

六月十二許蘭因滿十六歲。因為上年許蘭因偷偷賣地，全家人很生氣，沒給她過十五歲生辰，也就沒有辦及笄禮，以至於現在許蘭因梳的還是雙丫髻。秦氏便想著，今年給她好好過個生辰，再把笄禮補辦了。

這副耳墜做工十分精緻，至少得一兩銀子。

許蘭因看看下巴尖尖的許蘭舟，問道：「你哪來那麼多錢？」

許蘭舟回道：「反正不是偷的。」

「你現在正在長身體，正是能吃的時候，不要省嘴裡的那口吃食。身體不長壯實，怎麼考武舉？」她收下那副耳墜，又拿了一個銀角子硬塞進許蘭舟的手裡。

今天沒有時間出去買肉，許蘭因殺了一隻公雞。

等到老倆口和兩個孩子過來，一家人吃了飯。

秦氏又說了給許蘭因補辦及笄禮的想法。

許老太看看日漸白淨穩重的許蘭因，說道：「因丫頭是個能幹的孩子，我送她的銀簪子都準備好了，還想著今兒來提醒你們，給因丫頭辦個體面的笄禮，希望她將來找個好人家，一輩子享福呢！」

秦氏高興得一迭連聲地感謝，又道：「還要請您老人家當正賓。」

許老太自是允諾。

之前秦氏想辦得更隆重一些，請閔夫人來當正賓，閔楠來當有司，但許蘭因沒同意，說兩家身分懸殊，這事不好求她們。

趙無是在亥時初回來的。

許蘭因聽到動靜，起身把頭伸向小窗望出去。

趙無也正在窗前望著她，朝她笑得燦爛，還用手比了個「OK」的姿勢。

這是許蘭因教他的，是他們的暗號，這個手勢就是一切都好的意思。

許蘭因也對他比了一下「OK」，兩人才離開小窗。許蘭因去歇息，趙無去小樹林裡練武。

第二日，所有人都在家，早飯後就一起坐驢車去縣城看房子。

五爺爺等人笑道：「今天人數齊，去看點心鋪子啊？」

許蘭舟點頭稱是。

進縣城後，他們先去了鋪子，許蘭因跟許大石、許蘭舟商量，如今點心特別好賣，該是適當擴大規模了。把旁邊那個租出去開乾雜的小鋪子收回來，再招一個做點心的學徒、一個採買兼小二、一個幹雜活的婆子。這樣許大石和李氏能輕鬆些，以後許願來縣城上私塾也好照顧。

採買兼小二，就是許蘭因和趙無專門為「暗樁」量身訂做的職務，既能在鋪子裡監視怡居酒樓，又有充分自由的時間。

幾人商議完，許蘭因去前面鋪子看看，就看見穿金戴銀的古婆子來了，見到如此的古婆子，許蘭因猜到一定是她兒子出息了，找自己顯擺來了。

這幾天古婆子一直讓人注意許家鋪子，若許蘭因來了就趕緊告訴她。古婆子撫了撫頭上的金簪，得意地說道：「我兒已經與蘇二姑娘訂親了，如今他可是侯門女婿，是貴人了！他還當上了戶部從七品的大官，僅次於縣太爺呢，過些日子我就要去京城住大宅子享福了！哼，一個泥腿子，還敢嫌棄我兒？呸！」

原來古望辰和蘇晴已經訂親了。一個如願攀上高枝，一個退而求其次用上了一直準備著的備胎，也算遂了他們的願了。

許蘭因漠然道：「喔，恭喜他們了。」

許蘭因冷靜的態度讓古婆子愣了愣，這死丫頭不是應該氣得罵人或是說說酸話嗎？她還想再顯擺顯擺呢，就被趕來的婆子勸走了。

之後許蘭因幾人去了那家牙行，牙人帶他們去槐花街，看到宅子很新，院子也大，裡面栽了許多樹木和花卉。這裡距鋪子、縣衙都很近，前一個胡同還有一家私塾。

牙人說這個宅子可以少十兩，賣一百九十兩銀子，這是賣家給的最低價。

雖然許蘭舟嫌貴，但見母親和姊姊都喜歡，還是同意買下來。

轉眼到了六月十二，這天趙無和許蘭舟都請了假。

趙無一大早就拿來一根碧綠通透的蓮花玉釵，這是他上次在省城買的，特地等到今天送給許蘭因。

秦氏已經準備了一支赤金嵌珠釵、兩支銀簪，見這支玉釵漂亮通透，就用這支玉釵換下一支銀簪。留下的另一支銀簪是老太太送的，薄薄的一片，樣式非常一般，但因為是老太太送的，她也只得讓閨女今天戴上。

秦氏還親手給許蘭因做了一套漂亮的襦裙，用的是閔楠當初送的九絲羅，又華麗又好看，領口壓邊繡的是纏枝牡丹，期許閨女能一生富貴。

請了大房一家和許里正、五爺爺家裡的幾個婦人來觀禮，胡氏領著一雙兒女也趕來了。

許老太為正賓，許玉蘭為有司，贊者是五爺爺的孫女許敏娘。

雖然正賓的說辭簡單，整個流程也不那麼複雜，但這場笄禮無疑是小棗村最豪華的笄禮。不僅衣裳和首飾最好，上了淡妝的許蘭因更是眉目精緻，皮膚細膩如脂。

當許蘭因披著烏黑的長髮，穿著洋紅絲羅繡蝶穿牡丹的襦裙，沈靜優雅地款款走出西屋時，所有觀禮的人都是一怔。他們一直知道這個丫頭模樣好，但什麼時候變了，變得一點都不像鄉下丫頭了？不只是皮膚變白變細膩了，還有眼神、氣韻，跟原來都不一樣了。

之前，無論說話還是舉止，許蘭因都向原主的形象靠攏，久了也是很累人的，有了以前那麼久的鋪陳，從今以後她要活成自己。而且這些日子她經常搽如玉生肌膏，皮膚白嫩細膩多了。

秦氏用手捂住了嘴，淚水在眼眶裡打轉，她覺得這個亭亭玉立的女孩就是曾經的自己……

看到這麼漂亮的姊姊，許蘭舟和許蘭亭都極激動和自豪，心裡下定決心，一定要好好讀書，自己有出息了才能保住這麼漂亮的姊姊。

趙無就更恍惚了。原來姊姊這麼漂亮，自己之前真是目不識珠，居然以為她比自己大得多。若這裡不是簡陋的農家小院，若不是那張美麗的臉龐極其熟悉，他都覺得這是哪家高門貴女在行笄禮了。

眾人的嘖嘖稱讚聲，讓許老頭掙足了面子，許蘭因頭上亮晃晃的漂亮首飾及身上的漂亮衣裳也就沒有那麼讓他心疼了。剛才，他還覺得那些好東西應該留給兩個孫子置聘禮呢！

行完笄禮，吃完晌飯，下晌送走客人。

趙無偷偷跟許蘭因說：「姊，妳真漂亮，比『京城四美』還美！以前是我眼拙，不識金鑲玉。」

「你說的『京城四美』是哪四個人？」

趙無想了想，說道：「周梓幽、柴菁菁、黃淺、蘇媛。」

原來蘇大姑娘也是四美之一啊！許蘭因打趣道：「你少哄我，原來你可是說過我皮膚又黑又糙，年紀還很大的……」

趙無的眼睛鼓得像牛眼，驚道：「姊，這話我只在心裡想過，什麼時候說過……」話沒說完就趕緊捂住了嘴。

許蘭因立即拎著他的耳朵使勁扭兩下，說道：「你喝醉了說的！」

趙無揉揉耳朵，他喝酒是有節制的，什麼時候醉得把那些話說了出來？又想著，或許是面對許蘭因，自己有一點醉態就說了實話？

他不好意思地嘿嘿笑了幾聲，說道：「姊，以後我去京城了，一定去沁淑閣給妳買香脂，搽了臉更嫩。」說完他才想起，許蘭因有如玉生肌膏的。之前他以為用完了，但看許蘭因的皮膚變化得這樣快，八成那種神藥她還有。若是那樣就更好了，之前他只要一看到許蘭因略微粗糙的皮膚就很自責。

幾天後，許蘭因又去了鋪子，定下了採買兼小二的人選。這個人叫王裡，二十多歲，是閔戶派來幫助趙無的暗樁。許蘭因已經跟趙無說過許大石熟悉縣城的情況，又粗中有細，可以把他爭取進來。他們幾人共同在這裡監視，怡居酒樓的事許蘭因就不需要時時操心了。

之後，許蘭因帶著一包油紙封點心去了洪家。

洪偉已經走了，許蘭因直接去了內院，看到上茶的丫頭是個新面孔。洪家的下人不多，來了新人許蘭因一眼就能認出來。這時候來新人，許蘭因很警戒。

在那個丫頭轉過身的時候，胡氏朝許蘭因意味深長地眨了一下眼睛。

許蘭因逗了逗兩個孩子，笑道：「我來是想求洪大嫂一件事。我家在縣城買了一處宅子，想買幾個下人，最好男人能懂點庶務，可以照看一下家裡的鋪子和田地。可我是在鄉下長大的，不會看人，想求洪大嫂幫我掌掌眼。」

胡氏笑道：「正好，我也想買兩個男下人。胡伯老了，如今只能看個門，許多粗活都做不了，跑個腿也不成。」說著，胡氏讓人去把馬車準備好，還點了新來的丫頭小蟬跟著去，似乎很喜歡且信任她。

幾人剛起身，胡伯就急匆匆地跑進來報。「大奶奶，聽說章家的大爺章鋼旦得暴病死了！」

胡氏和許蘭因都跟章鋼旦不熟，也不喜歡這個人，所以雖然有些吃驚，卻也無所謂。胡氏讓胡伯準備祭奠用的東西，等到洪震晚上回來了去章家。

胡氏笑道：「章鋼旦死了，章家在南平縣是翻不起來了。」言外之意，以後趙無的日子更好過了。

許蘭因笑道：「不是還有個章銅旦嗎？」

「章銅旦在站班裡，聽說比章鋼旦差遠了，掀不起風浪。」

她們出門坐馬車去牙行，走在胡同裡還能聽到隱隱的哭聲。

南平縣城共有三家牙行，許蘭因和胡氏都跑遍了，連晌飯都是在麵鋪裡吃的。

許蘭因在第二家牙行買了個十二歲的小丫頭。小丫頭剛被祖母賣進牙行，就被許蘭因看上買了過來。

又在第三家牙行買了一對三十出頭的夫婦。

胡氏也在第三家牙行買了個十五歲的小子，叫祝小早，這個後生當然也是閔戶派來的。

許蘭因跟胡氏分手後，就把買來的三個人領去了新宅子。重新給小丫頭起名為掌棋；那兩夫婦男的叫丁固，女的姓盧，他們還有一個十二歲的兒子，聽說賣去了省城。他們一家原是省城一戶大商人的奴才，因為盧氏長得好，被主子惦記，那家的主母一生氣就找了個錯處把他們一家都賣了。

買人的時候胡氏私下跟許蘭因說「這對夫婦一看就精明，若用好了，能當大用；若心凶，就是兩個禍害」，許蘭因非常痛快地買了，她就是想買能當大用的人。她「看」得懂人心，若得用就留下，若是禍害就賣了。

新宅子不用重新裝修，只讓木匠來打些家具，再把環境打掃好就能入住了。那三個人先去收拾屋子和院子，再讓盧氏把沒當過丫頭的掌棋調教好。

許蘭因回家後，把奴契交給了秦氏。

秦氏又把丫頭掌棋的奴契還給許蘭因，說道：「好好培養那個丫頭，將來讓她一直跟著妳。」

許蘭因也是這麼想的，便接過奴契放好。她又拿出一張大花樣交給秦氏，笑道：「娘用那塊蟬絲紗羅繡個屏風吧。這花樣看著大，其實繡得不多，也簡單。」

這是一幅野外虞美人的圖，又沒著色，在白色的宣紙上一點都不出彩。

秦氏眉頭微皺，說道：「人們喜歡牡丹的富貴，梅花的傲然，蓮花的純潔，水仙的清雅，就沒有人喜歡畫或是繡虞美人的。而且，凡是繡花或是畫花都要突出花本身或是�幹，必須朵大。這幅圖，花這麼小，又都夾雜在綠草中間，大半構圖是空的，只有幾朵浮雲……」平和的秦氏批評這幅圖是一點都沒留情面。

許蘭因知道這種圖不符合這個時代的審美，笑道：「娘，這幅圖不是花鳥圖，而是景物圖，是一種景色。繡在藍色的蟬絲紗羅上，空著的地方就是淡藍色的天空，繡出來的效果絕對很好、很與眾不同。這幅繡品不是要拿去賣的，是要送給閔大人治失眠症的。」

秦氏不可思議道：「繡品還能治病？」

許蘭因笑道：「應該能。閔大人的失眠症主要是因為想多了煩雜的朝事和家事引起的，他內心很嚮往自由自在的生活，這幅繡品的風景應該是他喜歡的，能夠令他放鬆身體，心情愉悅。」

秦氏笑道：「好，娘繡。這幅圖看著大，其實比繡小幅的花態還省時省力。」

許蘭因又說了哪裡的花繡什麼顏色、蝴蝶繡什麼顏色，不僅綠色要遞次變換，白雲的色彩也要有變化，還要用最好的繡線，幸好當初在省城買了許多。

經過許蘭因的講解和描述，秦氏想像著那幅畫面，又笑道：「雖然還沒繡出來，娘也覺得那個風景一定很美。」

許蘭因笑起來。喜歡了，才能投入全部的熱情。

晚上趙無回到他自己的家，提筆在小紙條上寫了「順利」兩個字，就把紙條揣進小竹筒，從西廂的窗戶放飛了帶著竹筒的痳子。那兩個人順利進入許家鋪子和洪家，另一個人也順利去了縣衙。

做完這件大事，趙無才來到許家廳屋，說了他去章家祭奠章鋼旦的事。

章鋼旦是醉死的。昨天他媳婦回了娘家，晚上他心情不好喝了許多酒，還是章銅旦把他扶上床的。今天早上見他沒有起床，家裡人想著他昨天喝多了酒，也沒去叫他，還讓人去衙裡幫他請了假。可到了巳時還沒起床，他娘就去叫他起來吃飯，這才發現他已經死了。請了大夫來檢查，說是喝酒喝得太多，醉死了。

章捕頭現在還是捕頭，章鋼旦又是馬快，衙裡的人幾乎都去祭奠了，包括閔縣令、王縣丞、孫縣尉等南平縣的幾位上級，蔣捕快也去了。

章捕頭和章銅旦、章鐵旦一看到蔣捕快都紅了眼睛，說就是蔣捕快把章鋼旦逼死的，父子幾個一起衝上去打人，被人拉開。

蔣捕頭也有些心虛，忙不迭地跑了。

趙無幸災樂禍地說：「都說章鋼旦年紀輕輕送了命，是章捕頭壞事做得太多，報應在他兒子身上！」由於高興，趙無晚上喝了好幾盅酒。

許蘭因想起兩次來家串門子的章曼娘，那姑娘真不錯，但自己不想多事，沒有去章家看望她。

次日辰時，麻子飛回來了。

許蘭因拿下小竹管，也沒有看裡面寫的什麼，直接鎖進了炕櫃，晚上趙無回來再交給他。

上午，許蘭因去縣城的田氏木匠鋪，請田木匠帶著三個徒弟來宅子裡做家具。同時，她還請他們做幾件孩子玩的東西，以及跳棋棋子和國際象棋棋子。

跳棋棋子像一個小人，小頭長身子，大概一寸半長。十五個刷一種顏色，分為紅、黃、綠三種色，各做三十顆，是兩副棋的數量。可以做六種顏色，但不想那麼麻煩。

國際象棋的棋子也做兩副，為黑色和白色。

棋盤沒讓他們做，只讓他們做了四塊平滑的木板，她拿回去自己畫。

田木匠看著這麼多的大人兒、小人兒，還以為是孩子們的玩具。

許蘭因給了丁固媳婦盧氏一貫錢的伙食費，讓她和掌棋給木匠做飯。一貫錢至少可以用半個月，還能吃得好，她特意多給些，是想看看丁固夫婦的為人。丁固隔幾天會去看看自家的田地，再給那些木匠打打下手即可。

許蘭因每天都會去新宅子看看，盧氏會跟她稟報用了多少錢？掌棋有哪些進益？許蘭因很喜歡盧氏，溫柔、能幹，就是心事重重，或許是在擔心被賣去省城的兒子吧，許蘭因能理解，這是人之常情。

這天一早，趙無放飛麻子後，又出去忙了。

巳時，章曼娘來了，還帶了章鐵旦，拿了一套細瓷碗當禮物，瞧著比上次更瘦了一些。

許蘭因讓許蘭亭陪章鐵旦在院子裡玩，還拿了許多點心擺在院子裡的石桌上，她把章曼娘拉進自己屋裡坐下，拿出金絲糕招待她。

再香的東西章曼娘也吃不下，她拉著許蘭因的手說道：「許姊姊，我大哥死了，我家再也回不到從前了。我爹要帶著我們一家回鄉下老家……」

許蘭因吃驚不已，這麼快就放棄他們章家打了幾十年的地盤，這不太符合章捕頭的個性啊！照他的性子，哪怕拖著一條斷腿，也要跟蔣捕快……不，現在是蔣捕頭了，也要跟蔣捕頭死磕到底，否則也不可能連閔燦都不願意明面上得罪他。難道，長子的死讓他難過得改變心性了？

章曼娘心情不好，後來和章鐵旦又吵了幾句嘴，差點打起來。章曼娘幽怨地說她大哥死了她爹是假難過，當著別人的面哭得厲害，人家一走就木著臉罵老婆、孩子。

章鐵旦氣得大聲斥責她，還罵她是傻大姊。

章曼娘氣不過，打了章鐵旦的頭一巴掌。

章鐵旦紅著臉要打回去，被許蘭因拉開了。

許蘭因不用聽章曼娘的心聲，也知道這個姑娘實誠，不會撒謊。那麼，章鋼旦死得或許有些蹊蹺了……許蘭因又聯想到章鋼旦和怡居酒樓的關係，難不成是章捕頭知道了什麼，下了狠手？

下午申時，許蘭因才請五爺爺把姊弟兩人送回家。

趙無沒有回來吃晚飯，他是在戌時初回來的。

許蘭因聽到動靜，出去走到西廂小窗外。小窗沒關，屋裡也沒點燈，明亮的星光照進去，看見趙無正在洗臉。

許蘭因問：「吃飯了嗎？」

「還沒。」

「給你留了，你等著。」

許蘭因去廚房把留的四張餅和幾碟小菜端過去，趙無屋裡有酒。

她把麻子帶回來的小竹筒交給他，說了章捕頭一家要回老家的事。

章捕頭要回老家讓趙無也很納悶，再聽說章曼娘那麼說章捕頭，也覺得其中定有蹊蹺。

看他還有些稚氣的臉上滿是嚴肅和一本正經，許蘭因笑起來，這孩子成熟多了。

趙無又看了小竹筒裡的秘信，悄聲說道：「閔大人又有好些天沒有好好睡了，期間還吃過一次那種藥，只得請妳再去一趟省城幫他。他已經派人給閔縣令送信，讓我護著妳過去，咱們正好可以把章家的事跟他說一說。」

許蘭因現在是閔戶的私人醫生兼女師爺，催眠就是工作，責無旁貸。「閔大人派的人今天早上出發，快馬加鞭也要今天晚上才能趕到南平縣來，明天早上進城跟閔縣令送信。那麼咱們後天啟程，對外就說我去省城給新家置辦家當。」

這倒是個好理由。趙無又道：「姊，我想把我的真實身分告訴閔大人，請他在回京的時候去看看我大哥，或者派心腹給我大哥送封信，讓我大哥早些知道我還活著。」

許蘭因覺得，連怡居酒樓這件大案他們都牽扯其中，再加上閔戶需要自己幫著治病和破案，以及他跟溫卓豐的關係，於公於私他都會幫趙無這個忙，便說道：「告訴他也好。若你大哥知道你還活著，生活會更有盼頭。」

之後，許蘭因又說了自己想在省城開茶樓的打算，這次正好可以參觀一下那裡的茶樓，做一做準備。

趙無點頭道：「好啊！姊的錢不夠，就用我的銀子。」

次日上衙前，趙無把麻子放飛給閔戶送信。麻子都是去閔府的外書房，那裡的小廝清風會負責接收牠。

許蘭因悄悄收拾要帶去省城的東西，有自己和趙無的換洗衣裳，有給小閔嘉的幾件小玩意兒，還帶了剛做好的跳棋。也給胡依帶了幾樣她愛吃的點心，這時候胡萬已經娶過親了，胡少更夫婦和胡依還沒回來。

下晌，趙無騎馬回來了，他說，閔縣令派他去省城送信。他還是悄悄跟秦氏說了閔大人請許蘭因幫著催眠的事。閔縣令明天一早會派馬車過來送許蘭因，掌棋也會跟著一起去。

秦氏不太願意許蘭因跟大官走得太近，但人家提出來了她也不敢不應，只能說道：「不要耽擱歸期，七月初五要給妳爹立衣冠塚。」

他們家搬進縣城之前，必須讓許慶岩「入土為安」。

了車。

第二天一大早，許蘭因幾人吃完飯，一輛馬車就來到許家門口，掌棋也坐著車來了。

掌棋下了馬車，給秦氏和許蘭因見過禮後，就把要帶的東西搬上馬車，又扶著許蘭因上

趙無騎馬，一馬一車一鳥絕塵而去。

許蘭因悄聲跟掌棋交代了一些事情，並讓她管好嘴巴。

掌棋說道：「奴婢遵命。」

小姑娘很伶俐，規矩跟盧氏學得像模像樣。而且也得了盧氏的暗示，將來她是要跟著姑娘嫁人的，那麼她的主子就是許蘭因一人，對許蘭因也就更加忠心耿耿。

他們走的依然是上次的路線，晚上住的是封縣同一家客棧。

一天沒跟許蘭因說到多少話的趙無來到她的房間，說到亥時才走。

次日，也就是六月二十四下晌，離開一個多月的許蘭因又到了寧州府北城門。

趙無直接去寧州府府衙送信，許蘭因的馬車則來到閔府門前。

郝管家一直在等著許蘭因，聽說她來了，親自迎了出來，笑得一臉燦爛。「總算把許姑娘盼來了！」又哈哈笑道：「不僅我盼著妳，我家姊兒也盼著妳，聽說妳要來，她興奮得睡

不著覺呢！」

他親自帶許蘭因和掌棋去內院。

見掌棋費勁地拿著一個碩大的包裹，聽說是許蘭因送自家小姐的，郝管家便接過來親自抱著。

路上，郝管家講了一下閔戶的失眠症狀。經過許蘭因的兩次催眠後，閔戶的睡眠還不錯，只要一失眠他就會想像著許蘭因催眠時的狀態，每天都能睡上近兩個時辰。但自從上個月底起，閔戶的睡眠就又不好了起來，中途還吃過一次蒙汗藥。

許蘭因暗道，知道了那件驚天大案，他能睡得好才叫怪。

郝管家又問：「若今天晚上催眠，需要像第一次那樣準備，還是第二次那樣準備？」

許蘭因說道：「都行，不過不需要鳥鳴聲。」

到了閔嘉住的小院，小姑娘居然站在院門口望眼欲穿。

她的乳娘劉嬤嬤也陪她站著等，見許蘭因來了，笑道：「哎喲，許姑娘總算到了！姊兒知道妳要來，高興得晌歇都不睡呢！」

閔嘉的表現更是讓人不可思議，只見她的小鼻翼一張一合，看著許蘭因的眼裡還有淚光，一副極幽怨、被拋棄的表情。

小姑娘的表現讓許蘭因的心異常柔軟，想著，她或許是生氣自己走的時候沒有跟她道別吧？許蘭因還是有些納悶，她跟自己相處的時間很短，如何能讓她對自己產生這樣特殊的情感？

許蘭因趕緊走上前蹲下，跟閔嘉的目光平視，柔聲說道：「姊兒，對不起，上次許姨走得急，沒有跟妳道別。」小姑娘跟她都那麼親了，她自稱為「許姨」，更加拉近了兩人的距離。

閔嘉沒有說話，但眼淚落了下來。

郝管家和劉嬤嬤茫然了。自家的姊兒，自從大奶奶去世後，就再也沒說過話、沒笑過，也沒流過淚，甚至連面部表情都沒有。這位許姑娘不過跟姊兒相處了半宿，送了姊兒幾個玩偶，怎麼就讓姊兒如此對她？

許蘭因拿帕子給閔嘉，讓她擦眼淚，然後聽她心裡的聲音：『姨姨沒有跟娘親一樣，走了就再也不回來……』

原來是這樣！

許蘭因了然了，機緣巧合下，自己成了她娘親死後第一個走進她心裡的人，所以特別捨不下自己，怕自己也一去不回。

許蘭因更感動了，把閔嘉摟進懷裡輕聲說道：「許姨道歉，下次再不那樣了。不管有多急，都會跟姊兒當面告別，約好再見的時間。許姨給姊兒準備了禮物，想看嗎？」

閔嘉知道許姨準備的禮物肯定是自己喜歡的，看著她點點頭，掛著淚水的眼裡盛滿了希望，沈寂的小臉更加鮮活生動。

這個小模樣讓人愛死了，許蘭因強忍住了捏一捏、親一親的衝動，用帕子幫她把眼淚擦淨，然後站起身來，大手牽著小手進了院子。

郝管家把手裡的東西交給一個婆子，才興沖沖地往前院走去。

他著急啊，大爺怎麼還沒有回來？他要把姊兒有進益的好消息告訴大爺，讓大爺高興高興！

進了廳屋，許蘭因問閔嘉道：「那兩對母女呢？」

這話一出，讓屋裡除了閔嘉以外的所有人都大吃一驚！這裡哪有什麼母女？還兩對?!

閔嘉的嘴角勾了起來，喜孜孜地跑去臥房的床邊拎出一個籃子，劉嬤嬤才搞懂是什麼母女，也趕緊進去拎著另一個籃子出來。

一個籃子裡躺著大貓咪和小貓咪，蓋的依然是許蘭因當初的手帕，只是枕頭和床單換了；另一個籃子裡躺著大鴨子和小鴨子，枕頭和被子是秦氏做的。

許蘭因接過婆子手裡的包裹打開，裡面是一些木板及小桌子、小木框等東西。

許蘭因把木板組裝搭建好後，居然成了兩間小房子，這就是前世孩子喜歡玩的玩具組合屋啊！

許蘭因又把貓咪母女放進淺妃色的房間，鴨子母女放進綠色的房間，笑道：「這是它們的家，漂亮嗎？」

閔嘉一直睜著亮晶晶的眼睛看著許蘭因佈置房間，聽見許蘭因問她，忙重重地點了點小腦袋。

許蘭因又笑道：「以後無事了，姊兒還可以讓人做些漂亮的紗帳和被褥給它們換著用，也可以按照自己的喜好佈置房間。」

閔嘉看得興味盎然，還會親自動手挪挪小桌子或是小凳子。

許蘭因和掌棋這才由小丫頭清音帶去西廂安置。

許蘭因洗漱完，掌棋幫著重新梳了頭，正在換衣裳之際，就聽到院子裡有人喊「大爺」的聲音。

是閔戶回來了。

閔戶一回府，就聽見等在門房的郝管家說了閨女的情況。他極是不可思議，或者說不敢相信，急急前來看閨女。

一走進廳屋，就看見閨女正靜靜地望著圓桌上的兩個木框，嘴角上揚，眼裡盛滿了笑意。

閔戶有些激動，閨女的這個笑，只在她娘還活著的時候才有。

他的心柔軟得就像窗外柔柔的風，腳步更輕了。

沈浸在自己世界裡的閔嘉還是被「驚醒」了，她抬頭看了眼父親，向上翹的小嘴馬上抿起來，發亮的眼也立刻沈寂下去。

閔戶止不住的失望，苦笑著搖了搖頭。他無聲地陪閔嘉坐了半刻鐘，見閨女還是那副呆呆的樣子，不忍再打擾她，只得起身退出。

來到院子裡，正好遇到從西廂走出來的許蘭因。

夕陽下的姑娘，五官精緻，氣質脫俗，乾淨美麗得如同幽谷中的花束。特別是那雙眼睛，透亮得像兩汪清泉，似能流進人的心田。

閔戶之前見過許蘭因幾次，但催眠時房屋內佈置得偏暗，他看得不算清晰。後一次在寧州府衙，當著那麼多的人他也沒仔細端看。之前對這個姑娘的感覺是，穿著普通，中上之姿，聰慧得令人吃驚，溫柔的聲音讓人心安，又極具誘惑力。

現在他才發現，原來這位姑娘這麼年輕、這麼美，身上散發出的韻味和氣質極其特別，不同於他之前見過的任何一個姑娘，跟她的聲音一樣令人著魔……也對，有那樣一手本領的人，本就應該與眾不同……他不自覺的有些心跳過快。

覺得自己失態了，閔戶趕緊斂眉輕咳一聲，笑著打招呼。「許姑娘。」

許蘭因見閔戶一臉的倦色，大大的黑眼圈和眼下的眼袋又明顯起來，臉色還有些潮紅，八成是失眠嚴重影響了身體的新陳代謝。她忙屈膝行了禮，笑道：「閔大人，又見面了。」

閔戶笑了笑。「又麻煩許姑娘來寧州府為本官治病，也謝謝妳對嘉兒的善意。唉，這孩子，自從她母親兩年前去世後就再沒說過話，也沒笑過和哭過。可是妳，居然讓她笑了，還流了淚。」

許蘭因笑道：「姊兒是個記情的好孩子，我非常非常喜歡她。」

閔戶覺得許蘭因說的是客氣話，但這話他還是愛聽。又朝她點點頭，他才腳步匆忙地去了外院。他覺得自己很無用，成過親還有了女兒，又混跡官場這麼多年，一個那麼小的小姑娘居然讓他方寸大亂。他想著，一定要鎮定，這位許姑娘善於揣摩別人的心思，萬不能讓她看出自己的慌張，笑話自己，腳步也就逐漸穩健起來。

許蘭因進屋坐去閔嘉身邊，陪她看了一會兒小房子，就指著小蝌蚪笑道：「它的名字叫小蝌蚪，蝌蚪寶寶是不是很可愛？」

小蝌蚪有著大大的腦袋、尖尖的尾巴，除了眼白是白色，全身都是黑色。

閔嘉很給面子地點點頭。

許蘭因笑起來，說道：「那許姨給妳講個小蝌蚪找娘親的故事，好嗎？」

閔嘉的眼裡立即盛滿喜悅，趕緊點點頭。

一旁的劉嬤嬤卻急壞了，忙衝著許蘭因搖搖頭，意思是不要在姊兒的面前提娘親，那樣姊兒會更傷心，大爺也不會高興。

她氣得眉頭都皺了起來，覺得這位許姑娘太莽撞、太自以為是了。若不是事先得了大爺和郝管家的囑咐，她會毫不客氣地說她幾句。

看見劉嬤嬤的小動作，閔嘉的小臉立即嚴肅下來，小嘴抿成了一條線。

劉嬤嬤也發現閔嘉對她不高興了，尷尬地笑了笑，沒敢再使臉色。

許蘭因把錦凳往閔嘉身邊挪了挪，輕聲講起了改編版的〈小蝌蚪找娘親〉。「暖和的春天到了，池塘裡的冰融化了，青蛙在池塘裡生下四個小寶寶，就是小蝌蚪……」

小姑娘聽得非常專心。她十分聰明，雖然沒有連環畫，只憑許蘭因的語言描述，她就能聽懂並想像出來，面部表情不時變換著。

當聽到小蝌蚪終於找到娘親，變得跟娘親一樣的時候，小姑娘激動得紅了眼圈，也順勢倚在了許蘭因的懷裡。她心裡想著：『小蝌蚪終於找到娘親了，真好！我的娘親找不到了，但我還是替小蝌蚪高興……』

這個心聲又被許蘭因聽到了，雖然心聲不多，許蘭因還是聽出了小妮子的善意及對母親的思念。有了這份善心，就更容易溝通了。

許蘭因把一天竊聽兩次心聲的次數用完了，本來想給閔戶留一次都沒留。實在是她太想知道小姑娘的想法，希望早些讓她快樂起來。快樂了，或許就能再次說話。

許蘭因笑問：「蝌蚪寶寶在沒找到娘親的時候快不快樂？」

閔嘉點點頭。

許蘭因又道：「娘親不在的時候，蝌蚪寶寶是不是一直在努力練本事，讓自己越來越像娘親？」

閔嘉又點點頭。

許蘭因笑著摟了摟小姑娘，說道：「所以呀，姊兒也要像蝌蚪寶寶一樣，雖然沒見到娘親，但也要快樂、堅強、好學，這樣長大了就能跟娘親一樣漂亮，一樣聰慧有本事。」

她不知道閔嘉的母親到底是什麼樣，但在孩子的心目中，母親肯定都是最好的。哪怕閔戶的妻子生前真的跟他有隔閡，或者他妻子真的犯了什麼錯，但要讓孩子記住的應該是母親美好的一面。

這時，丫頭拎著裝飯菜的食盒來了。因桌上擺著小房子，就把飯菜擺去了羅漢床上的小几上，六菜一湯，兩副碗筷。

這是讓許蘭因跟小姑娘一桌吃飯了。

掌棋趁劉嬷嬷領著閔嘉去淨房的時候，悄聲跟許蘭因說：「剛剛郝管家遣人來說，讓姑娘先陪嘉姊兒玩，等姊兒睡了再去外書房診病。還說趙爺也來了，就住在客房。」

許蘭因點頭。

飯後，許蘭因帶著閔嘉出去消食。

穿過一段花徑，走過幾個亭閣，居然來到一片碧水前。翠柳繞堤，碧婆蕩漾，晚霞餘暉落在寬闊的水面上，像一隻跳動著的金色蝴蝶。

閔嘉左手拉了拉許蘭因，右手撫著耳朵聽了聽。

許蘭因也跟她一樣撫耳聽了聽，笑道：「真的有蛙鳴呢！」

小姑娘抬頭望著許蘭因笑了起來，有一個懂自己的人真不容易。

她的眼睛笑得彎彎的，小糯米牙白白的，粉紅的小嘴像桃瓣。

許蘭因覺得，小姑娘長得不算很像閔戶，那麼更多的應該是像她的母親。她的母親一定是個少見的美人。

幾人聽了一陣蛙鳴後，在劉嬤嬤的催促下，小姑娘才拉著許蘭因回了小院。

來到屋裡，小姑娘已經睡眼惺忪。

她讓劉嬤嬤洗漱完後，又讓小丫頭把那兩間小房子端進臥房，擺在小几上。

許蘭因見她期待地看著自己，便笑道：「姊兒晚安，明天許姨還會在這裡陪妳。」

小姑娘這才放心地由劉嬤嬤牽進了臥房。

第十五章

坐了大半天的馬車，又當了小半天的幼教老師，實在很累人，因此許蘭因去西廂倚著床上先歇息了一陣，才同掌棋一起隨著過來的半月陪同前去外書房。

星光下，郝管家在外書房的院門外徘徊著。

見許蘭因來了，忙迎上前笑道：「一切都佈置好了，彈箏的姑娘就在那個亭子裡。」

半月和掌棋去了廂房的耳房，許蘭因和郝管家進入書房廳屋。

屋裡如上次佈置的一樣，或者說，從上次後就沒有改變過。

郝管家進了側書房，片刻後秘密交談的閔戶和趙無走了出來。

趙無對許蘭因笑了笑後，前去廂房等她。

閔戶看許蘭因的目光有些不一樣，看來，趙無已經跟他全盤托出身世及被她救下的事了。

閔戶笑著指了指羅漢床邊的椅子，請許蘭因坐在左側面的第一把椅子上，他則坐去了羅漢床上。

郝管家親自給許蘭因上了茶，在閔戶的示意下坐去另一邊。

閔戶貌似等著許蘭因讓他躺下或是靠在椅背上。

許蘭因沒請他躺下，而是笑道：「閔大人一定不知道嘉姊兒有多聰明、多可愛。」聲音清脆，笑容滿面。

她的話成功地把閔戶從他的思緒中拉了出來。他挑眉問道：「許姑娘說嘉兒聰明？」

許蘭因點頭道：「還不是一般的聰明，是比同齡孩子聰明得多。」

一說起閔嘉，閔戶便不像剛才那樣心猿意馬，緩緩敘說起這個令他頭痛的閨女。「嘉兒之前的確是個極其聰慧的孩子。她一歲就能把家中的長輩叫全；兩歲時能背十幾首詩，還會認字；三歲不僅會認字、背詩，還會寫幾個簡單的字，所有人都說她長大會成為蔡琰那樣的才女。之前我一直在膠東為官，而她跟著她母親安氏……」他頓了頓，又說道：「嘉兒跟著安氏在京城府裡生活。兩年前，安氏突然患重病去世，嘉兒極其難過，一直走不出陰影，不僅不再說一句話，人也變癡了一般。我捨不得把她留在府裡，就一直帶在身邊……」他敘述得平靜無波，但在第一次說到「安氏」兩個字時，眉毛皺了一下，眼裡的戾氣一閃而過。

平和的閔戶在說到妻子時居然變了臉，這讓許蘭因非常吃驚。

而且，他現在能把年幼的閨女帶在身邊，當初為何沒有在妻子活著的時候把妻女帶在身邊？許蘭因知道，閔戶還有其他親兄弟在父母跟前，完全不需要將媳婦留在公婆身邊盡孝道。她猜測，閔戶同他妻子生前一定有不可調和的矛盾。

許蘭因還是講了一下自己上次無意中看出閔嘉思念母親，想跟母親在一起的心思。

「……在每一個孩子的心底，母親都是最美好的，也是她的榜樣。與其怕她傷心而有意避開這個問題，不如直接面對，讓她記住母親的美好和對她的愛，這樣她會快樂許多。比如今天，我跟她講了那個『小蝌蚪找娘親』的小故事，她跟我笑了好幾次呢，還主動拉我去池湖邊，示意我聽蛙鳴。她的失語或許跟心結有關，心結打開了，興許也就能開口說話了。所以說，嘉姊兒的事還算樂觀，閔大人無須太過憂慮。」

閔戶頻頻點頭，他已經聽人稟報了許蘭因和閔嘉的互動，也看出這位許姑娘的方法讓閔嘉快樂多了。

他的笑容更明亮了一些，覺得閨女的前路遠沒有自己想的那麼暗淡無光。這位許姑娘不僅得了老神醫那麼多如玉生肌膏、跟老神醫學會了催眠，更是會察言觀色。

若有幸把這位姑娘收羅在自己的羽翼下，於公於私都好處多多……

許蘭因看出閔戶的心情極佳，話音一轉，又道：「催眠治療失眠雖有一定的作用，但治標不治本。要徹底治好失眠症，最主要還是要自我調節。我覺得，閔大人的失眠是心理壓力造成的。」怕他不高興自己妄猜他的心思，又趕緊解釋道：「我也聽了閔大人的一些傳聞，從小優秀到大，這樣的人往往想得比別人多，心理壓力比別人大。不過，心理壓力造成的失眠，只要調節和疏導好了，比其他原因造成的失眠更好治療……」又講了一些如何放鬆心態的小妙招。

不知何時，隱約的古箏聲和流水聲已經響起，燈光也暗了下來。

許蘭因笑道：「好了，我們開始吧。閔大人請躺下，閉上眼睛，放輕鬆。我知道，你現在的心情已經非常輕鬆了，身體也要放輕鬆……」隨著許蘭因具有魔力的語言暗示，不到一刻鐘，閔戶就睡著了。

這次用的時間比之前兩次都短。

郝管家喜得想大笑出聲，趕緊忍住。

許蘭因輕手輕腳走出廳屋，來到西廂，趙無正在那裡喝茶。

兩人輕聲說了一陣話，許蘭因去廳屋看了一眼閔戶，他睡得非常安穩，於是許蘭因就帶著掌棋回閔嘉住的小院休息了。

巳時初，閔嘉醒了。她睜開眼坐起來，第一個動作就是往廳屋張望。見許蘭因站在臥房門外向她招手，她的眼裡溢滿喜色，咧開小嘴笑起來。

小姑娘一穿上衣裳就跑出來拉著許蘭因進臥房看貓咪和鴨子的家。

不能讓小姑娘把全部的心思都放在娘親和寶寶身上。許蘭因笑道：「姊兒乖乖吃飯，許姨還有更好玩的東西呢！」

聽說還有更好玩的，閔嘉非常聽話地任劉嬤嬤給她梳洗好，再乖乖吃了飯，就眼巴巴地看著許蘭因。

許蘭因牽著小姑娘坐上羅漢床，讓掌棋把跳棋擺在几上。她邊講邊示範下跳棋的規則，小姑娘看得非常認真。

的棋。

許蘭因暗樂，她就說嘛，這孩子專注力超強，又聰明，肯定會喜歡這種花花綠綠又好玩

第二遍起，小姑娘就試著跟她下。

第三遍，小姑娘就大概搞懂了規則，認真地下起來，並且樂此不疲。

劉嬤嬤看到這樣的小主子，高興地雙手合十，不停地唸著佛。

兩人一直下到晌午，丫頭把晌飯擺上了桌。

小姑娘正下到興頭上，見有人打擾，立即沈下臉發起了脾氣，起身想把桌上的飯菜掃下地。

許蘭因忙制止道：「姊兒不可。若妳這樣，許姨就生氣了，現在就拿著跳棋回家。」

閔嘉沒敢再動，但大滴大滴的眼淚落了下來。

面對這樣的孩子，許蘭因無奈至極，只得說道：「姊兒乖乖地吃飯，乖乖地歇午晌。晌歇後，許姨繼續陪妳下跳棋。」

閔嘉不願意，跟許蘭因對峙著。

許蘭因溫柔地看著她，沒有要妥協的意思。

半刻多鐘後，閔嘉權衡了下利弊，下午能繼續下棋或許姨馬上就走，她選擇了前者，乖乖坐去桌邊吃飯。

飯後，閔嘉也睏了，劉嬤嬤把她服侍去床上睡覺。

許蘭因讓掌棋去外院告訴趙無，今天她出不去了，明天再去。又教閔嘉的兩個貼身小丫頭清音和妙語下跳棋，等自己走後就由她們陪著閔嘉下。

平時閔嘉要申時初才會起床，今天未正三刻就起來了，然後又跟許蘭因下棋。

許蘭因如上午一樣，多數讓著小姑娘，下三盤，小姑娘贏兩盤。小姑娘的棋品還不錯，下贏了就咧開小嘴笑一笑，下輸了就把小嘴翹一翹。

兩人一直下到夕陽西下，已經由兩個人下棋發展到了三個人，閔嘉的興致還是極高。

許蘭因看到，閔戶已經來了這裡，而閔嘉的注意力一直在棋盤上，沒注意到他。

閔戶向許蘭因和下人們擺擺手，讓她們不要招呼他，他要觀棋。

跳棋簡單，閔戶沒多大功夫就看會了，給清音做了個手勢，意思是：妳下去，我來。

坐在錦凳上的清音趕緊讓開，換閔戶坐下。

閔嘉的心思都在棋上，由著閔戶坐下繼續下。

沒想到閔戶是個寵女狂魔，專擋許蘭因的道，為閔嘉掃清一切前行障礙。許蘭因故意說道：「當真是打仗親兄弟，上陣父子兵。閔大人這樣下棋，雖阻了我，你也要走到最後。」

閔戶笑道：「我閨女第一，許姑娘第二，我最後。呵呵，我高興。」

閔嘉見許姨氣得翹起了嘴，還體貼地用小手拍拍她的手以示安慰。

閔戶這是在妻子死後第一次跟閨女這麼長時間的近距離接觸，閨女又這麼高興，再加上許蘭因哄閔嘉的溫言軟語，他心裡美得不行，覺得這是他二十幾年來最輕鬆愜意的時光。

飯後，閔戶去了前院，許蘭因又哄著小姑娘去池塘邊聽蛙鳴。

回到屋裡天已經黑透，閔嘉也非常疲倦了，由劉嬤嬤服侍著去歇息。

許蘭因嘆了口氣。她不能再耽擱了，明天等小姑娘起了床，無論如何也要去辦自己的事，以便後天回家。

許蘭因剛走出正房門，半月就悄聲道：「大爺請您去一趟外書房。」

許蘭因納悶，不會又讓自己去給他催眠吧？太頻繁的催眠也不好。

到了外書房，閔戶正同趙無說著閒話，郝管家和清風站在一旁服侍著。

閔戶說了一些感謝許蘭因的話，就問道：「那跳棋簡單、益智，很適合孩子們玩。許姑娘是在哪裡買的？」

許蘭因厚著臉皮笑道：「喔，那種棋是我無事想出來的。」

閔戶看許蘭因的眼睛又溢滿了佩服和欣賞，笑道：「許姑娘有大智慧。」頓了頓，想到什麼，又問：「那款飛鳥棋是不是也出自許姑娘之手？」

許蘭因有些為難，不好說是出自她手，又不好說不是出自她手。

閔戶看懂了她的表情，笑道：「許姑娘無須回答，這個問題當我沒問。」又問道：「聽說妳想在這裡開個茶樓？」

許蘭因點頭道：「嗯，明天想去街上看看寧州府的茶樓，再去牙行看看鋪子的大概價位。」

閔戶側頭問郝管家。「我記得家裡最大的一個鋪子是在青渠街，那家生意如何？」

郝管家回道：「家裡剛搬來寧州府不久，總共置有兩個鋪子，青渠街的鋪子的確是最大的，共三層樓，十六扇大門面，在做皮貨生意。生意嘛……」他本想說「尚可」，但想通大爺的心思，又改口道：「生意不太好。」

閔戶點點頭。「不好做就不要做了，那麼大的鋪面做皮貨生意委實可惜。」又對許蘭因道：「青渠街雖然不是寧州府最繁華的街道，但也算得上車水馬龍，熱鬧非常。若妳開茶樓，那裡應該是不錯的地方。妳願意買也成，想用租也成。」

許蘭因一喜，青渠街是寧州府第二繁華的街道，胡萬要買的「百貨商場」也在那條街上。她相信，無論自己買還是租，閔戶都不可能收高價。自己現在窮，大老闆願意給員工一點優惠福利，她也樂得接受！她笑道：「謝謝閔大人，這樣再好不過了。之前一直有些茫然，畢竟我不熟悉寧州府。」

閔戶笑道：「當不得妳的謝，要說感謝的也應該是我，妳給了嘉兒我給予不了的快樂。再說，我也存有私心，妳將來若長住寧州府，於公於私，我和嘉兒都受益。具體庶務就跟郝叔商量吧，他明天也會陪你們去街上走走。」又意有所指地說：「趙無身手好，又聰明，定會前程似錦，等他辦完『那件事』後就調來提刑按察司，許姑娘以後住來省城也有個幫襯。」閔戶已經私下給趙無許諾，將來到提刑按察司當差，還會為他請封。

許蘭因看向趙無，就見趙無勾著唇角對她微微頷首。

幾人說笑一陣後，許蘭因先告辭，趙無還有要事與閔戶商議。

郝管家跟了出來，說道：「那個鋪子許姑娘再容我一、兩個月的時間，總要把鋪子裡的皮貨處理完才好。若買，就三千兩銀子；若租，一年三百兩銀子。」

許蘭因知道這個價格實在是太低廉了，胡萬在青渠街買那個鋪子，可是花了四千二百兩呢！那位大老闆真是大方，居然讓利這麼多。她笑道：「我沒有那麼多錢，暫時還是租吧。也不著急，年底給我都成。」

郝管家笑說：「用不了那麼久。」

第二天，許蘭因等到閔嘉起床，又等她吃過飯後，才笑道：「許姨今天要出去辦事，姊兒同清音和妙語在家下棋——」她的話還沒說完，閔嘉就咧開小嘴哭了起來。

閔嘉的嘴張得老大，卻沒有發出聲音，只大顆大顆的眼淚掉下來，流淚的眼睛還一眨也不眨地看著許蘭因，小模樣可憐得不行。

劉嬤嬤先受不了了，求道：「許姑娘，您就再陪我家姊兒玩一天吧……」

許蘭因極是無奈，自己是她爹聘的女師爺和私人醫生，難不成現在又要兼家庭教師了？為了可愛的小姑娘，當家庭教師也成，但總不能天天吊在這裡吧？

她只得問道：「那姊兒想不想跟許姨去街上玩呢？許姨給妳買好吃的糖人、炒栗子，再給小貓咪和小鴨子買漂亮的被子和床單。」

有這麼多誘惑，還能跟許姨在一起，閔嘉立即收淚點點頭。

忙碌一陣後，許蘭因牽著閔嘉，後面跟著六個婆子、丫頭，一起去了前院。

趙無和郝管家、幾個護院已經等在那裡了。趙無面色如常，可郝管家的臉色卻不太好。

郝管家看到許蘭因，想起今早的事，又有些肝痛了。

今日天沒亮，郝管家就趕到外書房，把其他下人打發下去，對正在吃早飯的閔戶說道：「大爺，您覺得許姑娘怎樣？」

閔戶臉上露出愉悅的笑容，說道：「很好，聰慧、有本事、心善，還特別善解人意。她若遇到什麼為難之事，郝叔要全力相幫。」

郝管家歡喜不已，又笑道：「老太君及老爺對您和姊兒的病操碎了心，若是能把許姑娘長久留在府裡……」

閔戶點頭道：「我已經請許姑娘長期當我的私人大夫和女師爺了，她不僅能在私事上幫我，特殊的公務上也能幫。」又囑咐道：「她在公務上幫忙的事切勿外傳，以後若有這方面的需要了，你要把她的一切事宜安排好，讓她住好、吃好。」

郝管家看了看這個什麼都聰明，唯獨在女人的事上不聰明的主子，只得說得更明白一些。「大爺，老奴的意思是，把許姑娘長期留在府裡，不需要聘請，她就能一直為您所用。」

閔戶的臉有些沈了，問道：「郝叔的意思是……」

郝管家又道：「大夫人一直在插手大爺的婚事，又是給您到處說親，又是三番兩次地給您塞女人，大爺雖然都拒了，但因為子嗣的問題，老太君和老爺多少也對您不高興。許姑娘家世低，老太君不會同意她給您當正妻，不如納她為貴妾吧？如此不僅能一直幫著您和姊兒，還能為您綿延——」

郝管家的話還沒說完，閔戶就徹底沈了臉，把手中的碗重重擱在桌上，低聲喝道：「夠了！許姑娘因為善意，主動來幫了我，又主動幫了嘉兒。她於我們父女有恩，我怎麼可能讓她當妾？這是在害她，是恩將仇報！」他起身向門外走去，到了門檻前，又回頭說道：「許姑娘那樣的女子，怎麼會甘於當妾？那是對她的褻瀆。掐掉你的那個心思，萬不能讓她看出來，否則我就把她推遠了。」說完，他徑直上衙去了。

郝管家是閔戶小時候的長隨，一直很得閔戶的尊重，今天還是閔戶第一次如此給他沒臉。郝管家的臉一陣紅、一陣白，他實在想不通，不要說尚書府裡的丫頭只有兩分姿色就想當大爺的通房，就是許多官家女兒也想給大爺當妾啊！自己出這個主意，還以為既解了主子的困，又能讓許姑娘有了好出路，沒想到主子卻認為是害了她……

看到許蘭因牽著小小姐款款而來，郝管家才注意到，這位農家女居然這麼妍麗，且氣度一點都不比京城貴女弱，甚至有種貴女都沒有的別樣風采。自己之前只覺得她屬於長相漂亮的農家女，卻沒注意到她還有這樣的風姿。唉，大爺不想讓她當自己的妾，又不想把她推遠，那自己還是把她當成大爺看重的女師爺和女大夫吧……

郝管家壓下鬱氣，請許蘭因和閔嘉上了第一輛馬車。

一行車馬浩浩蕩蕩地出了閔府大門。

車馬進入繁華的街道，此起彼伏的吆喝聲讓閔嘉很是稀奇，掀開一點車簾向外張望著。許蘭因也依諾給小姑娘買了糖人和糖炒栗子。

栗子不敢讓她多吃，只餵她吃了兩個。

他們先去青渠街看了眼閔府的皮貨鋪子，鋪子是這條街上最大的鋪子之一。

這麼大的鋪面只賣三千兩銀子，若許蘭因有錢，一定會馬上買下來，可惜她沒有。

接著又去胡萬買的商鋪看了看，鋪面跟閔家的鋪子一樣大，但要舊一些，旁邊正在施工，而且很巧，居然碰到胡萬了，他在這裡監工。

胡萬也看到他們了，極是熱情地跑來請他們去隔壁的酒樓吃飯。

許蘭因知道他是想跟郝管家套關係，便同意了。

郝管家見許蘭因願意，也就沒有反對。

胡萬說，書契已經辦下來了，等明天許蘭因去胡家的時候再給她。

飯後跟胡萬告別，他們先去了繡坊，給小姑娘買了幾張漂亮帕子當小貓咪和小鴨子的被褥，還給她買了幾個小荷包、小香囊，這些東西是許蘭因掏的銀子。

之後又去參觀了兩座茶樓。一座茶樓請了唱曲兒和說書的；一座茶樓是以棋牌為主，有圍棋室、象棋室、鬥牌室，鬥牌室打的是葉子牌，有些像現代的麻將紙牌。

生意都非常好，居然還有專門為女人準備的房間。

時間緊，走馬觀花看了一圈，沒有喝茶，只給小姑娘買了些茶點。

回到閔府已經彩霞滿天。閔戶也下衙了，他見閨女玩得興味盎然，也感到十分開懷。

眾人在外書房吃晚飯，閔戶和趙無一桌，許蘭因和閔嘉一桌。

閔戶悄聲跟趙無說，他有公務，過幾日會回京。趙無樂得大酒窩深陷，想著晚上就寫一封信，請閔大人帶給大哥，告訴他自己還活著，大哥的「腿疾」也有望治好。

閔戶又似是無意地說，他剛剛接到父親閔尚書的信，寧州府的通判告老還鄉，已獲吏部批准，有人推薦了閔燦。若不出意外，閔燦會在年底前擔任這個正六品的職位。

許蘭因沒想到，自己的一點如玉生肌膏，不僅意外地阻了女主蘇晴當郡王妃的道，還讓閔燦一路高升啊……

這兩日，許蘭因都領著小姑娘及郝管家等人去街上買東西，還去了胡家一趟。

胡萬把那一成股的書契給了許蘭因，許蘭因也把自己在鄉下寫的類似於商場企劃案的資料交給胡萬，希望對他有幫助。

到了七月初二這日，許蘭因吃完早飯就要回鄉了。

劉嬤嬤的意思是，許蘭因悄悄離開就好，不要打擾閔嘉的睡眠。

許蘭因卻搖頭道：「我跟姊兒做了承諾，就必須辦到。」然後叫醒閔嘉，說道：「許姨要回家了。許姨保證，不久的將來，會再來看妳。」

最後，在小姑娘淒厲的哭聲中，許蘭因愧疚地走了，都走到二門了還能聽到小姑娘的哭聲。

小姑娘雖然極其難過，這回卻又有了進展，能哭出聲了。

馬車裡堆滿了東西，值錢的好東西都是閔府送的，包括一架博古架、一對五彩瓷花瓶、幾套青花瓷碗碟茶具。

坐在馬車裡，許蘭因的耳邊還久久地迴盪著小姑娘的哭聲。

七月初四下晌，許蘭因一行人到了小棗村。秦氏已經接到麻子送的信，知道他們初四晚上回來。

第二日，許家給許慶岩立了衣冠塚，小棗村的許氏族人都派代表參加了。守著新立的小墳頭，許老太哭得幾近暈厥，秦氏哭暈過去，許蘭因三姊弟則哭著給墳頭磕頭燒紙。

許蘭因有原主的記憶，又被氣氛感染，也是哭得十分傷心。

這件大事總算辦完了。

七月十八晌午，清風突然騎馬來了許家。

他說閔大人前天從京城回到寧州府了，這次閔戶去京城也把小小姐帶回去了，結果已經好些了的小小姐又回到了原點，不笑不哭無表情，也不玩跳棋了，天天只看著貓咪母女和鴨子母女發呆。

閔戶給許家帶了在京城買的兩疋錦緞、一些吃食，還請許蘭因忙過後再去省城陪陪閔嘉。

當然，還給趙無帶來了京城的密信。

許蘭因很同情那個小妮子，或許回到那個曾經同母親生活過的地方又刺激了她。但是，他們已經訂於七月二十六搬家，搬家後再拾掇拾掇，因此去省城只能八月初再成行了。

斜陽西墜，許蘭亭奉命去村口等趙無。

當看到那個熟悉的身影，許蘭亭小跑著迎了上去，嘴裡嚷著。「趙大哥，家裡來貴客了！」

姊姊不讓他說清風的名字，他就只敢說貴客。到了近前，才捂著嘴小聲說道：「是清風大哥。」

趙無喜極，知道肯定是大哥有消息了！他把許蘭亭扛在肩上，急步向許家走去。爬在他肩上的許蘭亭刺激得高聲尖叫，這時的許蘭亭最受小棗村孩子們的羨慕。

清風已經知道了趙無的真實身分，起身朝趙無抱拳躬身道：「小的見過溫四公子。」

趙無抱了抱拳，搖頭說道：「大仇未報，這裡沒有溫四，只有趙無。」

清風從懷裡拿出兩封信交給他，一封是閔戶的，一封是溫卓豐的。

趙無打開溫卓豐的信，看著熟悉的筆跡，眼睛都紅了。

溫卓豐說，當他知道弟弟並沒有死時，激動得喜極而泣，說一定是父母在天之靈保佑，才能讓弟弟在那麼危險的情況下遇到了好心人，不僅活下來，還治好了臉上的傷。他讓趙無跟著閔戶好好幹，好好練本事。他對未來有了希望，也有了好好活下去的勇氣，會保全自己，等著弟弟將來去溫府接他，共同查明父母的死因，報仇雪恨。

溫卓豐沒提幫他治殘腿的事，應該覺得是弟弟為了鼓勵他活下去想的托辭吧。

當然，這件事趙無的信也寫得含糊其詞，沒明說許蘭因手裡有神藥。

閔戶則是交代了趙無幾個秘密任務。

看完後，趙無把油燈點亮，再將兩封信都燒了。

這次閔戶去溫家，清風跟著去了，清風又把溫府的事詳細講述了一遍。溫二老爺夫婦又在到處給溫大公子說親，溫大公子都找藉口拒絕了，藉口只有一個——胞弟死了不到一年，他不會說親的，除非再把他逼死。

溫老太爺還是執迷於煉丹，已經六十幾歲的人了，哪怕長子死了，留下的二子一殘一死，他也沒有要傳爵位給溫二老爺的意思，溫老太太和溫二老爺夫婦氣得要死。

天色漸暗，許蘭因帶著掌棋，把六個菜、一罈酒端來了西廂房。

許家人依然在上房廳屋吃，許蘭因偶爾會去西廂，看有沒有需要幫忙的地方。

她又乘機打聽了秦澈的事情。

清風笑道：「秦大人生長在江南吳城，聽說家裡世代從商，只出了秦大人一個官身。秦大人算得上大器晚成，三十二歲考上進士，六年間便由從七品做到如今的正五品。他官聲好、能力強，我家大爺非常欣賞他，引為知己。」

許蘭因心裡有些失望，這些消息沒有多少建設性，不過，她還是回去跟秦氏鸚鵡學舌了一遍。秦氏依然沒有任何反應，許蘭因只得放棄了之前的那個猜想。

第二天送走清風，又讓他帶去了幾樣閔嘉喜歡吃的小點和一大三小的兔玩偶。

許蘭因一家忙著收拾搬家的東西。

趙無則忙得很少回家，即使回來也是深夜回，一早走。他除了表面的公務，要完成閔戶交代的秘密任務，還要抽時間去大相寺跟戒癡練武。

許蘭因知道，趙無的其中一個秘密任務就是偶爾去監視章黑子。在閔戶看來，若章黑子真的親手弄死了章鋼旦，那簡直比壯士斷腕還悲壯，也就表示其中定是牽扯到了什麼極其隱密的事，才使得章黑子不得不對親兒子下狠手。

如今，許家二房在縣城花二百兩銀子買了大宅子，還用上了下人的事，在附近幾個村都傳遍了。

人們看到他家自從跟古望辰退了親後，不到一年的時間就發了大財，羨慕嫉妒的同時，也更加覺得之前的確是古望辰拖累了他們家。

轉眼到了七月二十五，家裡該帶去縣城的東西都收拾好了，不僅有被褥和日用品，還有幾樣許慶岩親手做的舊家具，秦氏捨不下。

下晌，許蘭因帶著花子去了村後的山裡，還特地去了她「重生」，也是原主「死去」的棗樹下。依然如上年一樣，伸手就能摘到的棗子已經沒有了，只樹尖上還掛著一些。

原主為了那幾顆棗子送了命，自己則機緣巧合穿了過來。

時間過得真快，她穿過來整整一年了。

她坐在棗樹下發呆，藍天白雲，滿目青翠，物是人非……

直到斜陽西墜，她才起身帶著花子回家。

還沒進院子，就聽到許老太和許老頭的大嗓門，間或夾雜著許蘭舟的聲音。

「姊，妳又進山了？怎麼不戴個斗笠？莫曬黑了。」趙無從西廂的小窗伸出頭說道。

他已經有三天沒回來住了。

許蘭因笑道：「今天著家了？」

趙無也笑了。「明天要搬家，當然要回來了。」

老倆口和大房幾人在這裡熱熱鬧鬧吃了晚飯，許蘭舟就去許里正家和五爺爺家，請他們明天去縣城的新家吃飯。

第二天一大早，丁固趕著一輛騾車來了，這輛騾車是許蘭因家新買的。把東西放在上面，秦氏鎖了門，又怔怔地看了院子一陣，才含淚同兒女和趙無坐上車。有人來問這個院子賣不賣，秦氏不賣，說這是男人在世時修的，她以後會偶爾回來住一住。

許老頭夫婦和大房幾人會坐五爺爺的車，晚一步去。

待牛車到了槐花街的新宅子後，許大石媳婦李氏和丁固媳婦盧氏、掌棋迎了出來，李氏今天過來幫著做飯。

牛車停在院外，秦氏幾人拿著東西進大門，趙無則拿著兩個包裹向左走去。依然如鄉下一樣，許家西廂房對著院子的門鎖上，而外面則開了一道小門。

院側共四間房，廚房、柴房、倉房各一，還有一間是丁固和盧氏的臥房。

正房和東西廂房都是各三間房帶兩間耳房。如鄉下一樣，秦氏和許蘭因住正房東西屋，兩間屋都與相隔的耳房打通了，耳房都當了淨房。許蘭舟兄弟住東廂南北屋，北耳房是兄弟倆的淨房，南耳房掌棋住。

西廂三間房帶北耳房給了趙無，只有南耳房是許家的，花子和麻子住。趙無一個人根本用不了這麼多間房，但他死皮賴臉要下了北耳房，就是為了跟許蘭因住的上房西屋離得近一些。除了許蘭因知道他的這個小心思，其他人都不知道。

縣城裡沒有鄉下那種無人去的大片樹林供趙無練武，以後他就在前院練。

許蘭因等人回屋把屋子大概收拾好，換上新衣後，第一批客人就到了。

是老倆口和大房一家；許里正和馬氏夫婦、許金斗、許玉蘭；還有五爺爺和大兒子許大河、小孫子許有福、孫女許敏娘。

說笑一陣後，貴客就上門了。

先是洪震攜妻子及兒女，還帶了親兵劉用和丫頭小嬋。這兩個下人都是平進伯府給的，洪震夫婦為了表示重視，出門帶的幾乎都是他們。

再接著是閔杉夫婦和閔楠到賀。

也請了胡家。胡太太說今天客人多，明天她再帶胡依來玩。

許老頭和許里正等人看到這些貴人都來了，又是高興又是緊張。

洪家和閔家來人了，男女客就要分開。女客留在上房由許蘭因招呼，男客被請去了東廂，由許蘭舟和趙無、許大石招呼。

閔大奶奶沈氏不大瞧得上鄉下人，只跟洪氏和秦氏說話；洪氏隨和，會無話找話地跟許老太和馬氏說說；閔楠一來就跟幾個小娘子玩成一片，極是招人喜歡。

晌飯時，當班的何師爺、蔣捕頭、賀捕快和湯仵作也來喝酒了。

飯後又說笑一陣，客人們才漸漸離開。

晚上便開始下起雨來。

綿綿細雨下了幾天，驅散了夏末的炎熱。

等到雨停了，把家裡理順，也到了八月初。

已經給許蘭亭報了一家私塾，就在前一個胡同，但要過些日子再上學。

許蘭因這次去省城的藉口冠冕堂皇——要帶許蘭亭去省城找房老大夫複診。小正太經過近三個月的調養，身體明顯好多了。

快秋收了，許蘭舟要留在家裡看莊稼，只有趙無陪著他們姊弟二人去。

現在捕房是蔣捕頭主管，對趙無提的要求都是大開方便之門，還貼心送上一個公差，讓他公私兼顧。這當然不完全是看趙無的面子，更多的是看閔縣令的面子。精明的蔣捕頭已經看出來，趙無和許姑娘跟閔家的關係非常好。

初五一大早，許蘭因和許蘭亭、掌棋坐上由丁固趕的騾車，趙無騎馬，往省城而去。這次還帶了秦氏繡好的「虞美人」，繡品剛繡好，還沒鑲進屏風架。

許蘭因對丁固夫婦很滿意，表態若能找到他們的兒子，就把他買過來，讓他們一家三口團聚。聽了她的話，丁固和盧氏都激動得哭了，趕緊跪下磕頭。

傍晚趕到封縣，上次住的客棧已經滿了，他們找至天黑才找到一家隆興客棧。開了兩間房，都在二樓。

幾人放好東西，又要了水洗漱一番，撒了一把麥子在桌上讓麻子吃，便去了一樓大堂吃飯。

趙無要了一盤滷豬頭肉、一盤燒肉、兩個素菜、一小壺酒和五碗米飯。

小二高聲喊了菜名，又躬身道：「大爺、姑娘請稍候，酒菜馬上就來！」

趙無朝四周望望，眼神驀地縮了縮，頭偏向許蘭因，用只有她能聽到的聲音說：「我怎麼覺得這裡有些不對勁。」

許蘭因的心一緊，狀若無意地看了一圈大堂。

算上他們這一桌，大堂裡共有七桌人，五桌清一色全是男人，兩桌是有女人、孩子。幾個小乞丐在其中穿梭討錢，鄰桌給了饅頭還不願意要，只有一個大約三歲的小乞丐好像餓壞了，接了饅頭趕緊往嘴裡塞。有兩個乞丐像是啞巴，只會伸手，不會說話。

小二嘴裡罵著。「滾、滾！不要驚擾了客人！」

他罵得厲害，但乞丐卻似乎並不害怕。討了幾文錢的小乞丐樂呵呵地跑出去後，又有新的小乞丐跑進來。

吃饅頭的小乞丐也跑了出去，剛出客棧大門，就被外面一個四十幾歲的男人一大巴掌拍在地下，哭都不敢哭出聲。

小乞丐亂蓬蓬的頭髮垂至耳下，小臉和衣裳髒得看不出顏色，沒穿鞋，露出兩隻黑黑的小髒腳丫。只能看清那雙漂亮的大眼睛，又黑又亮，睫毛非常長。或許太瘦，顯得眼睛更大更圓了。此時他的眼眶裡醞著兩泡淚，像浸在水裡的黑色琉璃。

他爬起來的時候，那兩隻黑色琉璃無意中望向大堂，正好同許蘭因的目光交會。看到那雙充滿憐惜和溫柔的目光看著自己，就像娘親看自己般，小乞丐的眼淚再也忍不住落了下來，劃過小臉，流出兩道彎曲的「白線」。

剛才打人的乞丐見他哭了更加生氣，又搧了他兩個嘴巴，低聲咒罵了幾句，接著一個半大的乞丐過來像拖掃帚一樣地把小乞丐拖走了。

許蘭因的心都揪了起來，她看不得孩子受虐，而且還是這麼小的孩子。但此時她不能相幫，要先摸清這裡的情況。

還有就是，櫃檯後的掌櫃看似打著算盤，卻時不時會瞄他們這桌一眼，而停留在許蘭因身上的時間會多一點點。

有趙無這個高手在，許蘭因倒不是很害怕。她用帕子擋著嘴角，低聲說道：「先不要吃這裡的飯菜，我去跟掌櫃說兩句話，摸摸情況。」

趙無用手摸鼻子的時候，低聲問道：「妳行嗎？還是我去吧。」

「不，我去。」許蘭因起身，掌棋還想跟著，被她按在椅子上。

許蘭因來到櫃檯前，雙手放在櫃檯上，用秦氏的南方口音問道：「大叔，聽說封縣最好的繡坊是王三娘繡坊，怎麼走？」

掌櫃四十幾歲，微胖，留著山羊鬍子，笑面虎的模樣。「王三娘繡坊的確是封縣最好的繡坊，可以跟省城的蘭馨繡坊媲美。但王三娘繡坊在南街，離我們這裡很遠，現在已經打烊了，姑娘明天再去吧。」

許蘭因又笑問：「這裡的特產有哪些？我想給家裡帶一些回去。」

掌櫃又非常有耐心地一一解答著，面上和藹又禮貌周到，心裡卻盤算著：『好久沒遇到這樣的小美羊了！雖然算不上最上乘的絕色，看著卻是比絕色更讓人心癢、欲罷不能。這麼好的貨色賣去南方，一千兩銀子少不了，只可惜為了銀子，不能親自給小美羊開苞……』

他快速瞥了一眼趙無那一桌，又想著：『那隻小瘦羊先供兄弟們樂呵樂呵，再灌下啞藥賣去山裡，小羊羔則毒啞去討飯。至於那兩隻公羊嘛，老的毒啞賣去私礦，若年少的不是練家子就好了，宰了當真可惜……』

面上慈眉善目，心裡卻惡毒得像魔鬼！許蘭因大驚，強壓下恐慌、噁心和厭惡，笑道：「喔，我知道了，謝謝掌櫃。」

「不謝、不謝。」掌櫃笑得和善。

許蘭因回到桌前坐下，桌上已經擺上了幾盤菜。

她用帕子擦著嘴，小聲說道：「不要吃飯，想辦法回屋。」

趙無微微頷首。他非常大方地甩給一個小乞丐一錠銀角子，其他幾個小乞丐的眼裡立即放了光，全都跑過來圍著他要錢。趙無被鬧煩了，皺眉罵道：「沒了、沒了！滾！」

小乞丐們好不容易遇到一個大方的「財主」，哪裡願意走？有拉他衣裳的、有抱他胳膊的，嘴裡嚷著。「大爺可憐可憐我們吧！大爺可憐可憐我們吧……」

許蘭亭嚇得縮進了趙無的懷裡。

趙無氣道：「吵死人了！這裡沒法子吃飯，回房裡吃！」說著，抱起許蘭亭起身向樓上走去。

許蘭因和掌棋緊隨其後。

走在後面的丁固對小二說道：「煩勞小哥把酒菜端進我們房裡，這裡太吵了，我家爺不喜歡。」

幾人直接進了趙無的房裡。

小二把酒菜上齊後，出了門。

趙無聽著小二的腳步聲漸漸走遠，才把門插上，又附耳在門上聽了聽，確定外面沒人了，才悄聲問道：「這裡不妥？」

許蘭因低聲說道：「嗯。我們現在能不能退房走人？」

趙無沈吟道：「若是不妥，他們很可能已經在騾子或騾車上做了手腳，看到我們堅持出去，定會猜出我們有所察覺，不會輕易放過我們的。現在天黑了，若在外面動手更不可預測。」他不怕那些人，但他怕自己打鬥的時候無暇顧及，他們傷害到許蘭因姊弟。若是再多兩個幫手就好了。又問道：「妳打聽到了什麼？」

許蘭因不可能說她聽到了掌櫃的心聲，只得沈聲說道：「那個掌櫃不是好人，這個客棧很可能是殺人越貨的賊窩。我問他王三娘繡坊怎麼走，他說出客棧往西三條街就到了。王三娘繡坊明明在南街，挨著我們之前住過兩次的城南客棧，往西走豈不是越走越偏？」她把掌櫃的話改了。

趙無皺眉道：「他說這個假話，很可能是覺得我們活不到明天，或者明天我們出不了這個客棧，去不了繡坊。那些乞丐也像是他們養的，要得到錢就要，要不到就用偷的，我的一塊玉珮就被他們偷走了。」他被偷了卻故意裝作沒有察覺。

趙無從荷包裡拿出一根一寸多長的竹籤，攪和著飯菜，仔細觀察和聞味道，又把酒壺打開聞了聞。

丁固不解地問：「趙爺，不是說試毒用銀針嗎，你怎麼用竹籤？」

趙無沒抬頭，解釋道：「銀針只能試砒霜的毒。飯菜是讓我們在大堂吃的，他們不敢下那種猛藥。若他們不光想劫財，還想劫人，更不可能下那種藥。」片刻後才抬起頭，說道：「好像有迷藥，或許放的量少，我不太確定。」他跟湯仵作學過辨別幾種迷藥、迷煙的味道和顏色的稍許變化。

許蘭因拿過趙無手裡的竹籤攪和飯菜聞起來，又聞了聞酒，小半刻鐘後扔掉竹籤，沈聲說道：「菜和酒裡都有迷藥。之前在閔府時，我專門聞過閔大人吃的蒙汗藥，雖然味道極淡，但我聞得出來就是這種味。」

趙無知道許蘭因的嗅覺比一般人靈敏，說道：「這就肯定了，量放得少，是不想讓我們在大堂裡馬上睡著。等到夜裡我們睡死後，他們正好動手。」趙無面沈似水，他起身走去門邊看了看，又附耳在門邊聽了聽，然後回到桌前說道：「門縫要寬些，方便從外面用刀片撥門閂。」又去窗前打開窗子，他知道肯定有人注意著他們這扇窗戶，但還是鎮定自然地往外看了看，關上後才回過身說道：「小窗稍大，可以進出壯漢。窗前有棵大樹遮擋視線，窗下是他們的後院，他們殺了或綁了人，直接從窗戶放下，下面的人接到後就能快速移進屋裡。神不知、鬼不覺。」

丁固慌道：「把我們安排在這兩間房，說明我們一進來，客棧就打了壞主意？」

趙無點頭。

掌棋嚇壞了，捂著嘴哭起來。

許蘭亭抱著許蘭因，身子不停地發著抖。他也知道不能哭出聲，只敢咬著嘴唇流淚。

許蘭因安慰道：「莫怕，你趙大哥的武藝高強，沒人打得過他。」

許蘭亭小聲啜泣道：「可一拳難敵四手啊……」

趙無揪了揪他頭上的小髻，說道：「你太小看你趙大哥了，別說四手，就是四十雙手你趙大哥都能打斷。」又對許蘭因說道：「窗外的那棵大樹，雖方便這裡的人，但同樣也方便我。我已經想到一個好法子了，若是可行，晚上他們無暇顧及我們，還能等到援兵。」

幾人看看站在几上望天的麻子，稍稍鬆了一口氣。

許蘭因和丁固把菜飯跟酒倒了一大半在一塊布裡，包上後塞進了櫃子裡。趙無把剩下的一點酒倒在自己的衣裳上，又給丁固倒了一點。

幾人商量了一陣後，正好小二來敲門詢問了。

「客官，吃完了嗎？」

趙無答道：「吃完了。」就起身開了門。

小二進屋裡先樂呵呵地看了一圈——小娃趴在床上，小丫頭垂著頭，看似都睏極了，另幾個大人都眨巴著眼睛，好像也睏了。他笑道：「有事了喊一嗓子，小的就在樓下。」說完，把碗碟放上托盤出了門。

趙無說道：「乏了，都回去歇著吧。」

許蘭因抱著許蘭亭，和掌棋回了自己屋，把門插上。

掌棋已經嚇壞了，雙手發抖，許蘭因只得自己點亮了油燈。

她也不想點燈，但不能讓人懷疑。她先把窗戶插好，把床底下和櫃子裡檢查了一圈，沒有發現異樣，就用捆東西的麻繩把門閂纏了好幾圈，又和掌棋一起輕輕把桌子抬去門口堵上。那些人哪怕把門閂撥開，也要費些事才能進來。

趙無和丁固的屋裡也會這樣做，趙無出去辦事走小窗。

半刻鐘後，許蘭因把燈吹滅，給人的感覺是他們睡覺了。

許蘭因走去窗邊，用簪子戳破一個洞，往外看去。

後面是兩進院子。

中間一進比較大，廚房和倉房、客棧的人住宿都在那裡。左邊還有一個小跨院，黛瓦青牆，綠樹紅花，哪怕在夜晚，也能看出裡面是精心裝飾了的，應該是專門給有錢人家準備的「豪華客房」。

最後面的院子狹長，只有三間瓦房，院子裡搭著兩排長長的茅草頂，應該是放車和牲畜歇腳的窩棚。

窗戶左邊長著一棵參天大樹，遮住了他們屋的一半窗戶，趙無房屋裡的窗戶則是全部被遮住了。

這個地形的確如趙無所言，方便壞人，也方便了他。

她笑起來，輕聲安慰還處於驚恐的許蘭亭和掌棋。「你們放心，趙無的本事大著呢！」

她把被子墊在床下，讓許蘭亭睡在那裡。她和掌棋合衣躺在床上，都睡不著，她手裡拿著剪刀，掌棋拿著尖尖的銀簪。帶剪刀是以防萬一的，沒想到還真用上了。

遠處的打更聲及打更人的聲音偶爾傳來，顯得夜裡更加靜謐。

二更、三更，掌棋撐不住睡意睡著了，許蘭因的眼睛還瞪得老大。她覺得趙無應該開始行動了，卻沒聽到一點動靜。

不知過了多久，門外有了極輕的響動。許蘭因捂住掌棋的嘴捏醒了她，兩人握著「武器」沒敢動，怕床的「嘎吱」聲被門外的人聽到。

之前商量好，若是趙無那邊還沒成功，這邊賊人先來了，賊人把門閂撥開在割麻繩的時候，許蘭因和掌棋就大喊「救命」，另一間屋的丁固也跟著喊，把住客棧的人都驚醒，趙無也會抽身回來幫他們。

有麻繩和桌子的兩重保護，賊人不可能快速衝進來，到時只得逃跑。只是，趙無要做的事就要流產了，還會打草驚蛇。

儘管屋裡只有從窗紙透進來極其微弱的光，但許蘭因的眼睛已經適應了黑暗，她看到門閂被挑開了，一條刀片正開始割麻繩。賊人沒想到門閂會被繩子纏上，帶的刀片並不鋒利，割得比較慢。

許蘭因握剪刀的手捏得更緊，卻沒有馬上喊，怕喊出來趙無那邊就前功盡棄了。她要再等等，麻繩有小手指粗細，等割到一大半時再喊。

麻繩一點一點被割開，她手上的汗水已經把剪刀浸濕了。

突然，一道驚恐的大喊聲劃破了深夜的寧靜——

「不好啦，走水啦！走水啦，快來救火啊……」

呼喊聲是從後院傳來的。客棧裡的客人都被吵醒了，瞬間喧鬧起來，接著是開門和開窗的聲音及人的大喊聲。

許蘭因聽出丁固最先喊起來，聲音也最大。當然，那幾個賊人已經倉皇而逃。

許蘭亭被嚇哭了，許蘭因把他拉出來捂住他的嘴，和掌棋跑去窗邊。依然不敢開窗，從破洞裡往外看。

是廚房和挨著的後一進院著了火，濃煙滾滾，房頂和茅草頂上冒著火苗，在夜風中越燒越旺。這麼短的時間就能燒成這樣，不知趙無偷了多少廚房裡的油？

馬、騾子、牛等牲口嚇壞了，不停地嘶鳴著。

有客棧裡的人也有客人拎水去救火，挨著客棧的許多居民也跑了出來，一些人自動加入救火的隊伍中。

不久，公門中的衙役就來了。他們一來，許蘭因等人的心都放了一半進肚子。

喧囂聲中，整個客棧只有二樓的兩間屋門和窗戶死死關著，似乎裡面的人未被驚醒。不過，中途趙無和丁固已經趁亂悄悄進了許蘭因的屋裡。

許蘭因悄聲說了兩個字。「厲害！」

掌棋說了三個字。「真厲害！」

許蘭亭則比著兩個大拇指，他都激動得說不出話來了。

趙無悄聲說道：「躲那幾個人耽誤了一點時間，否則該早半刻鐘起火的。」

許蘭因又問：「信傳出去了嗎？」

趙無點點頭。「你們走後不久，我就把麻子放了出去。若不出意外，閔大人一接到我的信就會派提刑按察司的人過來，八成還會找軍隊，他們連夜趕路，城門一開就能進來。」

許蘭因恨恨說道：「要把那些壞人一網打盡，這個黑店不知坑死了多少人！」她把趙無拉去窗邊。「你看看那個小跨院，裡面的花草長得特別茂盛，八成底下埋了不一般的『肥料』。」從惡毒掌櫃的心聲分析，他們殺了不少人。若屍體不好運出去，便會就地掩埋。埋人的地方，最有可能是那個小院。一是有錢人大多願意住單獨的院子，二是若這個方向的二樓沒住人，在小院內做任何事都沒人看得見。

趙無聽懂了「肥料」的真實含義，也想通了一些環節，臉色更加凝重了。

第十六章

天乾物燥，風又大，油又多，後一進院基本上都是茅草和木頭，很費了些時間才把大火撲滅。

天光已經微亮，聚集在外面的人也漸漸散去，只有幾個公人在尋找起火點，那個惡毒掌櫃一直陪著他們。

掌櫃已經發現有人故意縱火的，卻不敢跟那些衙役明說。他恨恨地望望那兩扇關閉的窗戶，想著等公人走後該如何收拾他們。

這時，客棧突然被上百個穿戎裝的兵士包圍起來，中間夾雜著十幾個捕快，還有一個穿八品文官官服的人和一個穿便服的人。穿官服的人是閔戶的手下巡檢官桂大人，穿便服的是閔戶的長隨清朗。

掌櫃想溜，被人制住。

趙無的臉上笑開了花，他把窗戶打開，大聲喊著。「桂大人，把那個掌櫃和客棧裡的人都抓住，萬莫讓他們跑了！」又對許蘭因說道：「姊把門插好，我下去了。」

許蘭因衝著趙無的身後喊道：「看顧著些昨天吃饅頭的那個孩子！」

或許是那個孩子太小，眼睛又太過明亮，那重重的幾巴掌許蘭因一想起來心裡就難受，特別想幫幫他。

「好。」趙無沒有回頭。

在客棧做事的所有人都被抓了起來。許蘭因幾人同其他客人一起被困在房間裡，他們是證人，不許離開。有專人來送吃的，還有人來詢問他們住進客棧後的各種情況。

晌午，提刑按察使肖大人、閔戶、秦澈、守備等官員都趕來了這裡。封縣屬寧州府管轄，所以寧州府同知秦澈也要來。聽說知府的病還沒有好，秦澈一直代理知府的差事。

許蘭因也才明白為什麼大案幾乎都是閔戶在忙碌，原來他的直屬上司肖大人的歲數很大了，大概六十幾歲，身體也不太好，走路都是駝著背的。這個時代官員是七十歲退休，古人壽命又短，很少有人能活到退休那一年，除非是主動或是被動致仕。

把客棧的所有人都抓了起來，還在掌櫃的屋裡搜出上萬兩銀子的錢財。接著，趙無和幾個衙役在小跨院裡挖出八具遺骸，還找到一條通往城外的暗道。

看到這可怕的一幕，不僅嚇壞了住店的所有客人以及周圍的鄰居，也嚇壞了整個封縣縣城的人。

許蘭因等人被關在客棧兩天兩夜，不時有人來詢問各種情況。

因為看到那麼多遺骸，住店的客人夜裡不敢睡，就只能白天睡覺，晚上大聲說話壯膽。

直到第三日早上，趙無才一臉疲憊地回了客棧。

他說，暗洞通往離城六里處的乞丐窩，又在那裡挖出了十四具遺骸。經初步審訊，這是一樁跨省的驚天大案，包括殺人、販人、強姦、搶劫、殘害孩子、私開鐵礦等多條罪行。

住進客棧的，若特別有錢就會殺人劫財，若特別好看就會迷暈賣去南方妓院，男人毒啞弄去礦裡，小些的孩子當乞丐，若孩子懂事了就毒啞，等孩子大了又長得俊，便會賣去楚館……

封縣轄區的四十幾個要犯已經押往省城，封縣縣尉是這家客棧的保護傘，也一起抓了。被強迫行乞的三十幾個孩子會尋找他們的家人，若找不到就將孩子一起送去省城的居養院，另外還會順藤摸瓜找尋其他被賣的人。

趙無做為最先發現這起大案的人，要一起偵破此案，所以他會在省城停留一段時間，若有需要還可能去外地查案。

想到那些父母被害死、自己被毒啞的孩子，許蘭因的心就一陣陣的痛。

趙無又說：「姊說的那孩子叫竹子，我特地拜託了桂大人。若找到他的家人則罷，若找不到就跟我說一聲。」

竹子？這個名字肯定不會是孩子的本名，應該是乞丐頭兒給他起的。許蘭因說道：「若沒找到孩子的本家，我想收養他。」現在先當弟弟，若以後自己立了女戶，當兒子養。

趙無說道：「姊養著也行，若家裡有意見，我養著也行。」他是怕許老頭和許蘭舟不願意，給許蘭因平添煩惱。

其實，那些父母被害、自己被毒啞的孩子都讓人心疼，但竹子要小些，其他的孩子都超過了六歲，這些孩子一直被壞乞丐帶著，思想和行為或多或少會被影響，想掰過來要費一些勁，許蘭因無能為力。送到官辦的居養院，由專門的師傅管教會更好一些。

趙無又給了丁固和掌棋各一兩銀子，說道：「你們這幾天做得很好，臨危不懼，賞你們的。」

丁固和掌棋謝了賞。

許蘭亭翹著嘴說：「我表現得也好，也臨危不懼，怎沒我的？」

趙無笑道：「等你娶媳婦的時候我給多一些！」

許蘭亭過去抱著他的腰說道：「我是跟趙大哥開玩笑呢！若是沒有趙大哥，我肯定要被毒啞當乞丐，我姊姊這麼美，就更可憐了。」一說到這個，他又是一陣哆嗦。想想那些小乞丐，還有他們的親人，好可憐。

趙無摸著他的頭髮說：「放心，有趙大哥在，你和你姊誰也傷害不了。」

辰時末，住在隆興客棧的客人終於可以離開了。

許蘭因居然生出一分感動。暴露在陽光之下，能輕鬆又愜意地呼吸，真好！重新站在街道上，看著藍天白雲，陽光明媚，路上的人川流不息，吆喝聲此起彼伏，許再望望趙無修長的背影，他的肩膀似比之前又寬了一些，許蘭因又生出一分慶幸，還好這孩子厲害！

幾人在客棧對面的麵攤吃餛飩。

許多住客棧的客人也在這裡，看到趙無，都過去給他作了長揖，感謝他火眼如炬，為民除害。

凡是在這次大火中失了牲畜和車的，封縣縣衙都會補助四兩銀子。雖然遠遠不夠，但這些人還是感念朝廷的好，讓他們能夠活著走出這家黑店，歡歡喜喜拿著銀子去車行租車了。

許家的騾子死了，車也燒了，封縣縣令非常貼心地派來一輛騾車送他們去省城。

吃了早飯後出發，丁固和車夫坐在車廂外面，許蘭因姊弟和掌棋坐進車裡，趙無依然騎馬。

下晌申時初到了寧州府北城門。趙無直接去提刑按察司，許蘭因等人去了閔府。

郝管家和劉嬤嬤等許蘭因等得心焦。前天一早聽說他們住的客棧出了事，連自家大爺和許多大官都趕去了，心更是提得老高。若許姑娘出了事，自家姊兒就沒有好的希望了！

許蘭因姊弟進了府，直接由郝管家陪著去內院。

路上，許蘭因把那幅繡品交給郝管家，說道：「出了這件事，趙無要在衙門裡忙，丁固又人生地不熟的，只得麻煩郝叔派人買個屏風架把這幅繡品鑲進去了，這是給閔大人治失眠症的。」

郝管家搞不懂繡品怎麼能治失眠症？但想到許蘭因的特殊本事，還是答應了下來。

許蘭因又說了想請郝管家派個人幫著丁固尋兒子的事。

郝管家忙不迭地都答應了下來，他巴不得許蘭因只圍著自家主子一個人轉，其他什麼事都不要操心！

這次，閔嘉沒有站在院門口等許蘭因。

進了小院，許蘭因讓掌棋帶著許蘭亭去了西廂，她則直接進了上房。

閔嘉正盤腿坐在羅漢床上，默默地看著小几，小几上擺著貓咪母女和鴨子母女的小房子，還有一個八攢盒的蓋子，蓋子裡躺著兔娘親和三個兔寶寶。

她比之前更瘦了，下巴尖尖的，小臉很蒼白，大眼睛出奇的大，卻如死水一般沈寂。

許蘭因心疼壞了，這個樣子根本比之前還嚴重。她走過去挨著小妮子坐下，輕聲說道：「嘉兒，許姨又來看妳了。」為了拉近關係，她把過去喊的「姊兒」換成了「嘉兒」。

閔嘉如沒聽到一般，繼續呆呆地看著小房子。

許蘭因又道：「嘉兒不記得許姨了嗎？」

閔嘉依然沒有任何表情。

許蘭因不敢再吱聲，默默地挨著她坐著。許蘭因聽了她的心聲，可她什麼都沒想，一片空白。

窗外的光線越來越黃，再慢慢變深、變暗。

下人已經輕輕把飯擺在圓桌上，沒有許蘭因的示下，她們沒敢喊小姑娘吃飯。

清音給許蘭因做了幾個手勢，意思是飯也送去了西廂，許小哥兒已經吃了。

天色徹底暗下來，屋裡的羊角燈和廊下的燈籠不知什麼時候點亮了。小姑娘大滴大滴的眼淚落了下來，瘦小身子也倚進了許蘭因懷裡。

終於知道哭了。

這讓許蘭因非常感動，分別了這麼久，這孩子還是最親近她。

劉嬤嬤等人看到小主子終於有了情緒變化，都鬆了一口氣。

只有許蘭因知道，小姑娘也有了心理活動。

閔嘉心裡反覆想著：『娘親沒有跟表舅舅說爹爹不好、娘親沒有跟表舅舅抱在一起、娘親沒有不守婦德……祖母壞，罵娘親！爹爹、祖父、老祖宗都不好，他們不相信娘親……』

許蘭因此時沒有多的時間想這些話，只能先抱著閔嘉的小身子安慰。「莫哭、莫哭，許姨相信嘉兒，許姨相信嘉兒。許姨聽說嘉兒受了委屈，心裡好著急呀！對不起，許姨因為一些事情耽擱了，來晚了……」

小姑娘抽抽搭搭的哭夠了，才由許蘭因親自給她洗了臉，牽她上桌吃飯。

許蘭因給她挾了些好消化的食物，還保證道：「許姨這次會陪嘉兒多玩些日子，許姨還會做許多好吃的喔，明天就給妳做。」其實她在家裡事先做了一些小點，但路上多耽擱了幾天，她不敢再拿給嬌養的小姑娘吃。

閔嘉這陣子一直沒好好吃飯，今天多吃了一點，許蘭因怕她消化不良，又牽著她去院子裡轉著圈散步消食。

小姑娘現在還很脆弱，沒敢把許蘭亭介紹給她。

初秋的晚風微涼，吹在人身上十分舒適。夜空深邃，半輪明月斜掛空中，遠遠望去只有幾顆璀璨的星星。

許蘭因指了指彎月說道：「許姨給姊兒講個月亮的故事，好嗎？」

閔嘉抬起頭，大眼睛裡有了一絲歡喜。

許蘭因笑起來，講道：「在遠古的時候，有一年天上出現了十個太陽……」

她講的是「后羿射日」和「嫦娥奔月」，許蘭因加了後世的修飾補充，故事很長、很美，再加上她的聲音自有一番魔力，不僅讓小姑娘和跟著的下人聽得入了神，連躲在西廂窗戶下的許蘭亭都入迷了。

許蘭亭心裡有些吃味，姊姊這麼會講故事，在家裡都沒給自己講過。

還有一個人也聽入迷了，就是院門外的閔戶。他這幾天連續審案沒回家，今天想回來好好睡一下，一吃完飯就匆匆來這裡看閨女，正好聽見許蘭因在講故事。他沒有進去打擾她們，而是在外頭偷聽。閔戶十分不解，一個那麼簡單的傳說，竟能被她講得比話本還精彩。

故事講完了，許蘭因笑道：「天晚了，咱們該回屋歇著了。」

小姑娘拉著許蘭因的衣裳，扭著小身子撒嬌，她還沒聽夠，沒走夠。

許蘭因笑道：「嘉兒明天一起床，不僅能看到許姨，還能看到一位小叔叔，他是許姨的弟弟，可會下跳棋了。明兒你們比試比試，看誰厲害些……」

院子裡沒有了那個動聽又心安的聲音，閨女又要歇息了，門外的閔戶只得悵然若失地回了外院。

他前幾天都沒睡好，以為聽了那個美妙的聲音後更會無法入眠，可那個聲音在耳邊環繞到深夜，他居然睡著了。

許蘭因失眠了。

小姑娘的母親安氏疑似跟表哥或是表弟有染，被閔家人發現，已被私下處死或者自殺。

許蘭因覺得，安氏的事有兩種可能。

第一種可能是，她的確做了醜事，又被人發現了。

第二種可能是，她沒有做醜事，是被人陷害了。若是這樣，閔家的水可是太深了，而做為丈夫的閔戶也極其的不稱職。

閔尚書和閔戶都善於破案，照理不應該冤枉安氏。但是，古人講究男主外、女主內，閔戶又長年在外，身處深宅大院的安氏也不是沒有被冤枉的可能。

但不管安氏是不是被陷害，許蘭因都沒有辦法去管。

她能幫到的或許只有小閔嘉。

分析小姑娘的心裡活動，也有兩種可能。

第一種可能是，小姑娘覺得她娘沒有做那件醜事，是家裡人冤枉了她娘。而且，閔戶的繼母當著小姑娘的面說了安氏的不堪，閔戶和當家人都認為安氏不好，所以小姑娘傷心難過，以至於失語。

第二種可能是，小姑娘撞見了安氏跟她表兄弟不堪的場面，但小姑娘拒絕承認自己看到的事實，反覆違心地強調沒有此事，也就是自我催眠。她因為太難受，又無處排解，因此失語了。

孩子還小，不管是哪種可能，許蘭因都能用心理干預和催眠幫助她，或許還能治好她的失語症。

若是第一種，給她做心理疏導，告訴她，她母親是位令人尊敬的好女人，長輩們過去的做法和看法是錯誤的。有了這種認知，小姑娘的心結也就會慢慢解開。

甚至不需要許蘭因幫忙，閔家人只要不再繼續當著小姑娘的面說安氏的不好，再多說一說安氏的好，對小姑娘更加疼愛和關心，時間久了，小姑娘的心結就會慢慢解開。

但許蘭因直覺，閔家人做不到這一點。先不說閔戶的繼母是什麼心態，就是封建大家庭的當家人，也不可能為了一個小孩子而違心說謊，何況這個小孩還是他們認定做了醜事的安氏的女兒。

若是第二種就有些麻煩。要給小姑娘催眠，用語言暗示改變她原有的記憶。不管什麼情況，想要根治小姑娘的病，首先要閔戶願意跟許蘭因這個外人坦承安氏的醜事，願意讓她治療。

若閔戶不願意說，她也只能眼睜睜看著小姑娘繼續這樣痛苦和沈默下去，總不能說她聽到了小姑娘的心聲吧？雖然她的到來能讓小姑娘暫時歡樂一陣，但小姑娘內心的痛苦和心結並沒有解開，一遇到刺激又會回到原點……

迷迷糊糊想到後半夜，她才進入夢鄉。

次日，閔嘉吃了早飯後，許蘭因把許蘭亭介紹給了她。

許蘭亭給閔嘉一個大大的笑臉，盯著她討好道：「妳比我姊姊說的還水靈呢！」

閔嘉抿了抿嘴，退後一步。人家不喜歡他！

許蘭因又笑道：「我弟弟跳棋下得可好了，連許姨都下不過他喔！」

閔嘉看了許蘭因兩眼，想著：妳不是也下不過我？

許蘭亭看看閔嘉不服氣的小眼神，故意自負道：「我下跳棋，兩個字，『霸氣』！四個字，『實在霸氣』！跳棋界，若說我排第二，就沒有人敢說第一！」又上下看了閔嘉一眼，不屑道：「我姊姊都是我的手下敗將，妳嘛，就更不用說了！」

你跟我一樣高，頭上的兩個小髻還那麼細，哪裡霸氣了？

閔嘉憋得小臉通紅，但這話就是說不出來。沒有辦法，只得在跳棋上打擊他的「霸氣」了！小姑娘向擺著跳棋的小几走去。

許蘭亭給許蘭因甩了個小眼神，意思是：看我的激將法多管用！

兩個小人坐上羅漢床，開始下棋。他們的跳棋水準旗鼓相當，輸贏各半，下了一盤又一盤。

小姑娘終於遇到一個對手，下得高興，也忘了自己的初衷。

許蘭因就去小廚房做了一道新鮮小點炸牛奶。

小點香脆嫩滑，兩個孩子極喜歡吃，小姑娘也就完全接納許蘭亭了。

晌歇起來，許蘭因帶著兩個孩子下了大半個時辰的跳棋，又去池塘邊轉了一圈。

兩個小朋友還手牽手，小正太不見外地叫閔嘉「嘉嘉」，還自稱「小叔叔」呢！

閔嘉這麼快就接受了許蘭亭，兩個小朋友如此熱絡，讓許蘭因非常意外。她更加覺得，小姑娘不會拒絕自己喜歡的人，性格也很好，之所以把自己封閉起來，不光是因為安氏的死及家人的態度，還因為在從小長大的京城閔府缺愛，跟長年在外的閔戶又生疏。

到了晚上，郝管家來找許蘭因，說閔戶和趙無忙於那個案子，今天不會回來。

接著，他又向許蘭因深深一鞠躬，說道：「許姑娘，謝謝、謝謝！那幅繡品太美、太別致了！我今天親自拿去鋪子裝裱，還去木匠鋪定做了紫檀架。」

昨天郝管家把繡品打開一看，那種清新別致的風景立即讓他想到了許蘭因給主子催眠時營造的氛圍。他覺得，這架繡屏對主子的失眠症肯定有幫助。看到這幅繡屏，主子就能想起許姑娘的聲音，還有夢中的情景。

許蘭因笑道：「希望這幅繡品能不辱使命。」

第二天巳時，許蘭因帶著兩個孩子去回春堂給許蘭亭看病，郝管家帶著六個護院親自護送。

房老大夫已經聽說許蘭因有本事讓閔戶入眠，現在見郝管家都親自陪同前來，對許蘭因姊弟更是熱情。

他給許蘭亭診了脈，又開了二十副藥，說三個月後再來複診。還說這樣調個兩、三年，許小哥兒的病就會大好，以後能當將軍都不一定呢！

這番話讓許蘭因姊弟十分歡喜。

許蘭因去買藥，被郝管家搶先付了銀子。

接著一行人去酒樓吃了飯，就帶著兩個睡眼惺忪的孩子回閔府了。

下晌，胡萬的媳婦徐氏來見許蘭因。

徐氏很善談，跟許蘭因說笑了一個多時辰，說的多是百貨商場的事。各種書契手續都辦好了，商場將在下個月建好，胡家也在各處調集貨物，儘量趕在年底裝修好，試營業。

因為許蘭因的關係，郝管家代閔戶接了胡萬送的百貨商場的一成乾股。

胡萬已經把胡家在省城所有的店鋪都相繼關了，將全部的錢和心思全押在這商場上面。

商場有些大，除了賣胡家的東西，還是招了一些商家進去，有福建徐氏茶行、江南東利綢緞莊、福記酒莊等幾家品質比較高的商家。這幾家攤位的位置比較好也大，每年租金二百兩銀子。

「這麼高?!」許蘭因脫口而出。這個租金在口岸不太好的地方能租一個帶小院的兩層樓鋪子了！

徐氏笑道：「那幾家的家主跟我爹關係好，也是聽了我爹的說辭，覺得這種商場頗新奇，或許會有意想不到的效果才租的。只租了一年，若賣得好就繼續租；若生意不行，便不會再租。」

許蘭因便不好意思問自家租金的事了。

上次她跟胡萬提出，想租前面主樓連著後院的偏廈，及偏廈連著的兩間後院廂房。偏廈放幾張桌子、幾把椅子，客人可以在那裡買點心、吃點心、喝水、歇腳；一間廂房做點心；一間廂房燒水做冷熱飲。

許蘭因之前的想法是，於私，百貨商場經營好了，在這裡賣點心，許家的鋪子能快速在省城打開名氣；於公，這也是一種經營特色，對百貨商場有益。

屆時提前讓李氏帶一個學徒來這裡做，只做幾樣精品小點，量少些，負責把名氣打開。

等到他們搬來省城，再把許大石等人帶來，另租院子，擴大規模。

但人家幾個攤位每年的租金就是二百兩了，自家幾間屋子還不知道要多少錢呢。這麼貴，許蘭舟和秦氏肯定不會願意的，況且自家也沒有那麼多錢。

徐氏看出了許蘭因的猶豫，笑道：「我家大爺把那三間房給許姑娘留下了，每年六十兩銀子的租金。」

許蘭因忙笑道：「這怎麼好意思？該收多少就收多少。」

徐氏笑著說：「那裡不是正式鋪面，租金本來就低得多。」她又瞥了外面一眼，壓低了聲音。「不瞞許姑娘，因為妳，我家爺跟閔府搭上了關係，也不需要再出大錢去攀附別的高枝，可是省了大錢呢！」

閔戶雖然是按察司副使，但父親是刑部尚書，是內閣人學士、天子近臣，就是這裡的布政使、按察史、總兵、指揮使也不會輕易得罪他，因此攀上他，就不需要再去攀附別人，也能為以後進京開商場打基礎。

原來是這樣。既然郝管家接了，那就說明能接。

許蘭因也就接受了他們夫婦的好意。

剛把徐氏送走，外院的婆子就來了，說季師爺請許蘭囚去外院一趟。

季師爺來找她，八成是為了那件大案。

許蘭因急急去了外院偏堂。

季師爺三十幾歲，略瘦，留著山羊鬍子。

他向許蘭因抱了抱拳，悄聲說道：「大人想請許姑娘去幫幫忙……」

原來那個黃賀表面上是隆興客棧的掌櫃，實際身分卻是這夥罪犯的大當家。但他是塊硬骨頭，用了各種大刑都撬不開他的嘴。其他人都招供了，這些人招供出黃賀在河北省有一個大官罩著，那個官員只跟黃賀一個人聯絡。

閔戶希望許蘭因能給黃賀催眠，讓他說出他背後的那個大官。

季師爺說，閔大人的意思也是讓許蘭因去試試而已，並不強求。又大概介紹了黃賀的一些情況，還說為了許蘭因的安全，只有夜審黃賀，在場的除了閔戶、秦澈，就是趙無和季師爺。晚上趙無會親自來接她，讓她做好準備，換上男裝。

晚飯後，許蘭因被兩個孩子纏著在院子裡轉了幾圈，又講了幾個故事，才把他們哄去睡覺。

回了屋，許蘭因把臉上的妝容洗淨，就拿出一套男裝和一雙男鞋穿上，這是她在接到女師爺的委任狀後私下做的。

她又對著鏡子把頭髮梳成男人的髻，用玉簪束著，還把眉毛描粗描直。

讓她失望的是，五官、體態，一眼就能看出她是女扮男裝的女人。若是再把臉塗黑一點，可能會好些，但稍加注意，還是能看出。

掌棋看到這樣的主子，極是納悶，問道：「姑娘，您這是要唱戲？」

許蘭因笑道：「我能去哪兒唱戲？過會兒趙無要來帶我去逛夜市。」

今天初九，寧州府有夜市。

戌時，清風過來接許蘭因。

看到如此裝扮的許蘭因，清風愣了愣，卻非常上道地沒說任何話。

到了外院，趙無正在馬車前等她。

月光如水，照得大地亮堂堂的。趙無遠遠看見清風陪著一個少年向這邊走來，少年還邁著方步。他知道，那個少年就是許蘭因。

等許蘭因走近了，他還是笑出了聲。太俊俏了，哪裡像男人？虧自己之前還覺得她長得粗糙，真是太沒眼色了。

趙無上前兩步，抱拳笑道：「許兄，請。」

許蘭因也笑著朝他抱了抱拳，粗著嗓子說：「趙兄請。」先上了馬車。

趙無隨後上車，坐在旁邊還不停地打量著她。

許蘭因覺得他的目光掃了自己的胸部好幾眼，氣得一把揪住他的耳朵扭了幾下，悄聲罵道：「熊孩子！往哪兒瞧？」

趙無的眼睛趕緊望向車頂，他不是故意瞧的，就是覺得納悶，那裡怎麼一下子小了那麼多？卻嘴硬道：「我沒瞧不該瞧的地方。」

許蘭因還是氣不過，又扭了幾下他的耳朵才說道：「你該娶媳婦了，回家我就去找媒婆給你尋摸著。喔，不需要找媒婆了，有好幾家來我家打聽你呢，在那幾個姑娘裡尋摸尋摸就好。我是你姊，就替你作主了！」

趙無趕緊拱手求道：「別！求姊放過我，我再也不敢亂瞧了！」

馬車到了提刑按察司的監門，幾人進門，去了最外面的一棟廂房。

屋內占地很大，非常亮，不僅點了大燭，四周還點了數支火把。穿著官服的閔戶、秦澈坐在椅子上，季師爺和兩個衙役站在一旁。

見許蘭因如此的裝扮，閔戶和秦澈都笑了起來，又非常客氣地向許蘭因抱了抱拳。

許蘭因也抱拳躬了躬身，笑道：「草民見過二位大人。」

閔戶含笑道：「有勞許……許公子了。」

秦澈也笑道：「許公子有大才，本官算是見識了。」

秦澈的笑儒雅溫和，像一位令人敬重的長者。或許那個笑跟許蘭亭有些相像，那種莫名的好感又湧上許蘭因的心頭。許蘭因真想去聽聽他的心聲，跟他嘮嘮家常，可惜現在不是時候。

許蘭因笑道：「兩位大人客氣了。這次能不能幫上忙，還不一定。」

閔戶點點頭。「這事不強求。」又問：「許公子還有什麼吩咐？」

許蘭因說：「把火把都滅了，留一盞燈足矣。」

滅了火把和多餘的燭後，屋裡立即暗下來。

閔戶揮了揮手，衙役就出去帶犯人了。

片刻後，他們架著一個男人走了進來，再把男人放在椅子上捆好。

這個男人正是隆興客棧的黃掌櫃。

黃賀披頭散髮，手和腳都上了鐵鍊，穿著一件嶄新的牢服，雙手被布包著。他雙頰深陷，臉色蒼白，被綁的時候露出痛苦的表情。牢服和布把身上和手上的傷都遮住了，只有露出來的臉上有幾道血痕，但許蘭因還是能聞到濃濃的血腥味。

許蘭因一看到這張可憎的臉，就想到當時他齷齪惡毒的心思，也不覺得那股血腥味讓她反胃了。她沒有說話，盯著他看了小半刻鐘後，又轉到他的身後把著椅背觀察著他，實際是在聽他的心聲。

黃賀翻著眼皮看了眼許蘭因，已經認出了她，卻故意說道：「是隻兔子？我不好這一口，把他弄來我也沒什麼可說的。」

話音剛落，趙無就一個巴掌甩過去，打得他嘴角流出血來。

黃賀挨了一巴掌，又閉著眼睛裝死，頭靠在椅背上，心裡想著：『唐末山那個龜孫子，為何還不想法子把老子弄死？若不是為了雲娘和治兒，老子保他個屁！痛死人了……可惜了樹下的那些寶貝，沒有告訴雲娘，不知最後會便宜哪個王八蛋？都是老子大意，居然栽在這兩個乳臭未乾的小兒身上……』

在黃賀被趙無等人抓住的時候，就知道自己栽在了那幾個房客的手裡。他到現在都以為，他們幾個人是官府派去釣魚的，氣自己一時大意，毀了基業。

聽見他用最惡毒的話咒罵著害他的趙無跟許蘭因是對狗男女、不得好死時，許蘭因趕緊把意念移出，手也從椅背上放了下來。

她知道，唐末山是河北省布政使司的左參政，從三品。

怪不得這些壞人敢這麼猖狂，原來有這麼大的保護傘在暗中護著他們！

而且，季師爺說過，黃賀有老婆，但是他沒有生育，家裡過繼了一個族人的兒子，家中日子一般，只在封縣有個兩進的宅子。

黃賀因為雲娘和治兒受制於唐末山，那麼那兩個人很可能是他的女人和親兒子。他幹的是殺頭的勾當，為了留根，可能把那母子兩人養在別處，而這個把柄被唐末山抓住了。

許蘭因知道這些，卻不可能說出來，還得做做表面功夫，最好是讓黃賀自己露出破綻。

她繞到黃賀的前面，開口說道：「黃掌櫃，連獵人打野獸都不會對懷孕的獵物和幼崽動手，你那麼狠毒地對待那些小孩子，就是因為你絕了後，不怕因果報應在兒子身上，是嗎？」

黃賀的眼睛一下子睜開來，凶光一閃而過。大概覺得自己失態了，又扯著嘴角笑道：「上天還是眷顧老子的，讓老子斷子絕孫，沒有了這些後顧之憂！」說完又閉上眼睛裝死。

許蘭因又說了一些父母、妻子、兄弟姊妹生死報應的話，黃賀都是裝死，不再理她。

至此許蘭因已經完全斷定，這個黃賀不適合作催眠，但她還是得裝裝樣子，拿出一個荷包對著他晃起來，說道：「睜開眼睛，看著荷包……」

黃賀睜開眼睛，莫名其妙地看了幾眼荷包後，對著荷包啐了一口，罵道：「閔戶，你是想不到什麼法子了，所以才弄個小娘們來老子跟前晃荷包嗎？滾！給老子一個痛快，十八年後老子又是一條好漢！」

許蘭因收起荷包，對閔戶和秦澈搖搖頭。

閔戶只得讓人進來，把黃賀架了出去。

許蘭因說道：「黃賀拒不配合，又意志力頑強，不適合用催眠。不過，我猜測他可能有親生子，這是他的軟肋，你們可以想法子從這方面去尋找線索。」

閔戶幾人都想到剛才說到報應親兒子時，黃賀一閃而過的失態，連連點頭，這興許是他的一個破綻。只要做過就會有痕跡，何況是養了個親兒子？通過他的親人和熟人，總能查到蛛絲馬跡。

許蘭因又道：「省城裡能稱得上高官的，也就十幾個。那個人害怕黃賀供出自己，或許會買通衙役弄死他。」

閔戶點點頭。「我們已經防到了這一步，跟黃賀近距離接觸的衙役和大夫都是信得過的人。」又道：「省城能稱得上高官的，加上我，共有十五個。再縮小範圍，還剩八個。為了釣魚，我們還故意放鬆了一些管道，但那個人很狡猾，到現在也沒露餡。」

該提醒的都提醒了，許蘭因不可能把話說得更明白。

依然是趙無送她回閔府。

躺在床上，許蘭因還在想黃賀說的樹下的寶貝。那棵樹會在哪裡？是在客棧裡、在乞丐窩、在他媳婦和嗣子的家、在雲娘母子住的地方，抑或是其他什麼不知道的地方呢？

想了半天，還是覺得最有可能的是在客棧裡。黃賀是個極其謹慎的人，否則也不會把親兒子秘密放在別處養，那麼，「寶貝」就應該會放在他最能看得到的地方。他很少回家，見雲娘母子的時候就更少，乞丐窩根本不去，十之七八的時間都住在客棧。

聽趙無說，黃賀在客棧住的屋子就在中間院子的左側廂房，而趙無客房外面的樹正在他的廂房外。

等到案子了結，黃賀又沒有招供埋寶貝的地方，就找藉口讓趙無去那裡挖一挖，能挖到最好，挖不到也無法……

許蘭因想到天快亮了才睡著。

她是同兩個孩子一起起床的，陪著他們在府裡玩了一整天。

次日又帶著他們去茶坊喝茶兼市場調查。

去的茶坊叫雅趣閣，是寧州府最好的茶樓。

這個時代的人好茶，也好棋，更好鬥棋。無論文官、武官，名士、百姓，都喜歡下棋。文官和名士大多喜好圍棋，而武官和百姓大多喜歡象棋，許多人兩種都喜歡。就是鄉下老農和娃娃，無事也喜歡在地上畫個格子，下石子棋。

許蘭因弄出來的那種飛鳥棋，因為漂亮、簡單、參與的人多，成了許多孩子和少女喜歡的棋類，也是許多小娘子聚會上不可或缺的娛樂項目。就連一般的小老百姓家裡都會備上一副，有客人來的時候拿出來玩。

郝管家要了三樓的一間棋茶室。

他只帶了劉嬤嬤、清音、掌棋陪著許蘭因和閔嘉、許蘭亭上三樓，其餘的人待在一樓大廳。

茶小二先來上了茶，棋小二又來問喜歡什麼棋。

棋小二看到主子只有許蘭因和兩個孩子，似乎只能下飛鳥棋，笑道：「我們這裡有飛鳥棋。」

許蘭亭大聲問道：「有沒有跳棋？我和嘉嘉喜歡下跳棋。」

棋小二搖頭笑道：「還有那種棋？我們這裡沒有。」

許蘭因笑道：「那就拿飛鳥棋吧。」

棋小二拿出來一盒飛鳥棋，木製棋盤雕了漂亮的花，棋子雕的是不同的鳥，做工精細、色彩絢麗，摸在手裡光滑細膩，還有一股香氣。

連簡單的飛鳥棋都能做得如此奢華，大出許蘭因的意料。
許蘭因領著兩個孩子下棋。玩到晌午，閔嘉還不想離開，又在這裡點了幾碗銀絲麵和幾碗糯米小圓子、一些點心吃。這裡只有甜品和麵條，沒有酒菜。
吃完飯，兩個孩子都睏了，眾人才起身打道回府。
門外，一個男人拱手問道：「請問，跳棋是什麼棋？」
他在隔壁下棋，上茅廁時路過這間屋的門口，正好聽見了屋裡孩子的說話聲。
男人三十出頭，中等身材，偏瘦，長得斯文儒雅。
許蘭亭馬上說道：「跳棋就是跳棋，比飛鳥棋好玩，還要複雜得多。」
閔嘉非常認真地點點頭。
許蘭因又解釋道：「跳棋是一種孩子玩的棋。」
郝管家走在後面，他出來拱手笑道：「是周大人啊！今兒又來這裡下棋？」
周書也拱了拱手笑道：「今天陪京城來的貴客在這裡品茶、下棋。」他還想再多問問跳棋，見他們下了樓，只得作罷。
下到一樓，郝管家才低聲說道：「那位周書大人是寧州書院的副院長，是個棋癡。在寧州府，圍棋和象棋就沒有人能下得過他。」
許蘭因知道，寧州書院是官辦書院，院長由學政兼任，不管事。實際管事的是副院長，也是個官，為從六品。之前胡萬就在寧州書院學習，那裡也是許蘭舟和許蘭亭嚮往的地方。

周書倒是厲害，兩種完全不同的棋，他有本事同時拿第一。

回到閔府，馬車在前院停下，許蘭因一下馬車，丁固就領著一個少年過來給她跪下磕頭。少年長得極是清秀，跟盧氏很像，又比盧氏還要漂亮。

丁固說道：「大姑娘，我兒找到了，大姑娘的大恩大德，我們永世難忘。」他說話都有些哽咽。先前以為永遠不會跟兒子再見面，如今終於團聚了。更令他後怕的是，兒子居然被那個惡婦賣去了那種地方！

那個少年也跪下磕頭道：「奴才丁曉染，謝謝大姑娘。」

許蘭因讓他們起身，笑道：「找到了就好。」

之後的三天，許蘭因領著兩個孩子又接連去了三家茶坊喝茶，下棋、聽書、聽曲兒。他們當然不可能在大廳裡聽書和聽曲兒，而是在包廂裡隔著屏風聽。

對這個時代的茶樓大體有了瞭解後，許蘭因又對自己的茶樓有了一些設定。

許蘭亭和閔嘉玩得非常高興，特別是閔嘉，嘴角隨時都是往上勾著的。

看到這樣的閔嘉，許蘭因覺得閔戶一定是個十分無趣的人，除了工作和看書，沒有其他愛好，更不會陪媳婦、閨女逛街購物。

這天是八月十五，許蘭因帶著丫頭在小廚房做桂花糯米棗和梨桂雙花，兩個孩子靠著門柱往裡看。點心做得有些多，讓人拿了兩碟給外院的郝管家和清風。

許蘭因又裝滿了兩個五彩瓷碟，笑道：「晚上閔大人和趙無肯定會回府過節。蘭亭親手端給你趙大哥，他破案辛苦了。」

許蘭亭馬上點頭道：「是該獎勵趙大哥，沒有他就沒有我們的好日子。」

許蘭因又對閔嘉笑道：「妳爹爹是主審官，更辛苦，嘉兒是不是也應該給他獎勵呀？」

閔嘉扭著小瘦手指頭，有些糾結。爹爹不喜歡娘親，不喜歡娘親的人，她都不喜歡……

許蘭亭看著閔嘉，認真地說：「嘉嘉，主審官很辛苦喔，妳該獎勵妳爹爹的。」又怕怕地拍了拍小胸膛。「那些壞人好壞，專門把小孩子抓去……討錢，討不到錢就使勁打他們。若我趙大哥和妳爹爹沒有把他們抓起來，我就會被他們抓去當乞丐。」他說的都是肺腑之言，從客棧到這裡，他說感謝趙無和閔戶的話說了不下上百次。只不過剛才一著急，差點把「毒啞」二字說出來。他知道，當著嘉嘉的面，不能說「啞」字。

聽了許蘭亭的話，閔嘉覺得的確該感謝爹爹，若蘭亭小叔叔被抓去討錢，多可憐啊！可她又實在不想理爹爹，因此更糾結了。

許蘭因笑道：「嘉兒是不好意思，對吧？那就讓蘭亭小叔叔端給妳爹爹，妳陪著小叔叔一起，怎麼樣？」

閔嘉點點頭。這還差不多！

晌飯後，清風就來請許蘭因，說他家大爺請許姑娘去前院書房。

這麼早回來，八成是審案有了進展。

到了前院書房，只有閔戶一個人坐在廳屋裡，深深的黑眼圈、大大的眼袋，精神萎靡不振。

見許蘭因來了，閔戶說道：「黃賀熬不住重刑死了，他兒子找到了，不過背後的人暫時還沒找到。我還是要感謝許姑娘，讓本官到任不久就立了一個大功。許姑娘聰慧，善於察言觀色，揣度人心，更有那一手催眠的絕活。於審案的某些方面，本官甘拜下風。」

黃賀死了？活該！可惜她又不能直說唐末山就是他背後的人。

許蘭因笑著拍了一通馬屁。「閔大人過獎了。閔大人心繫百姓，日夜操勞，才能在這麼短的時間內破獲這個大案，把那些壞人繩之以法，此乃百姓之福。」

閔戶笑著擺了擺手，說道：「慚愧、慚愧！這個大案還沒有完全結束，只完成了我們省的。名聲方面，我和趙無得了，所以我也只能在錢財上略補一二給妳。」說著，他從清風手中接過一個錦盒遞給許蘭因。

許蘭因接過打開一看，居然是青渠街那個鋪子的書契，上面的名字已經換成了她的。

這麼大的禮，許蘭因猜測不單是因為這個大案，也應該包括怡居酒樓那個案子。

她還是推拒道：「大人已給了我月銀，怎麼好再當這麼大的禮？」

閔戶意味深長地說：「這個禮妳受得起。」

許蘭因沒再矯情，道了謝後把錦盒放在旁邊的几上。

閔戶又道：「我這幾天幾乎未眠，還請許姑娘給我催眠。我想睡兩個時辰，晚上陪嘉兒賞月……喔，還請許姑娘、蘭亭、趙無前來，我們一起賞月。」

屋裡只有清風在服侍，許蘭因就把話說得更明白了一些。「用催眠治療失眠症，是治標不治本，主要還是得靠自己調節。心裡裝太多的事，不僅會造成失眠，對身體也非常不好，可以試著找親人或是朋友傾訴，有些話表達出來後，心裡就會輕鬆很多。也可以找個發洩的管道，比如鍛鍊、刺激的運動等等。不要強迫自己面面俱到，無須讓所有的人都說你好，簡單和隨興也是一種幸福，不妨嘗試一下……」許蘭因嘮叨了一堆，聲音不急不緩，像是朋友在談心，又像是大夫的醫囑。

閔戶都聽了進去，頻頻地點頭。他看似有許多朋友，還有許多親人，但不知為何，心裡的事就是不願意說出來。看到淺笑盈盈的許蘭因，他的心裡一動，說道：「若許姑娘不嫌煩悶，我以後無處排解了，就跟許姑娘說說？」

許蘭因沒有一點扭捏，大方地笑道：「好啊！」

閔戶又道：「至於激烈的運動嘛，我就找秦澈去鳧水吧。他出身水鄉，鳧水可是一把好手。」

或許為了活絡氣氛，閔戶說了這個笑話，說完後還哈哈地笑了幾聲。古代官員很講究儀態，特別是文官，脫了衣服鳧水有礙嚴肅的形象，一般不會隨意說出自己會鳧水。

許蘭因的心猛地一跳，那個一直壓在心底的懷疑完全坐實了！秦澈會游泳，還游得非常好，怎麼可能溺死？

那麼，一定是閔戶和秦澈查到了什麼關鍵事情，被殺人滅口了！

所以說，先前的猜測沒錯，三皇子才是怡居酒樓幕後的最大黑手啊！他先把前太子拉下馬，後又想辦法把現太子拉下馬。當然，也不能說現太子就是完全無辜的，也有可能是現太子把前太子拉下馬，之後又被三皇子給設計進去。

現太子有可能通敵，也有可能沒通敵，但三皇子是肯定通敵了的。而洪家，難不成是雙面間諜？之前他們的確是幫著現太子，可後來的所做所為卻完全是在扯現太子的後腿，實際上是在幫三皇子。當然，一般來說，雙面間諜的結局都不好。

書裡，就是因為有人注意到了洪家，才進一步注意到了怡居酒樓。蘇晴因為知道這個先機，讓古望辰早一步揭發出來。洪家父子在被抓之前先自殺了，金掌櫃也跑了，其他被抓住的人都招供是受洪家父子和金掌櫃調遣，而他們三人又是受現任太子調遣……

這時不是想那些事的時候，許蘭因趕緊把心事壓下。

同閔戶又說笑幾句後，許蘭因起身笑道：「好了，閔大人請斜臥在靠枕上，看我手裡的荷包……」

一刻鐘後，閔戶沈入夢中。

屋裡留下清風守候，許蘭因拿著錦盒走了出去。

第十七章

許蘭因沒有回內院，而是去了客房，趙無住的地方。

趙無剛洗完澡，披散著濕漉漉的頭髮，穿著寬鬆的青色長袍倚在廊下望天。見她來了，笑容無比燦爛，兩個酒窩更深更大。

真是個漂亮的少年……呃，稱他為少年已經不準確了，是介乎於少年和青年之間的那種狀態，既有些青澀又不失男人味。

這孩子身體就是好，同樣在熬夜做事，閔戶已經萎靡不振，而他卻像無事一樣。

「我就等著姊來找我呢！」他不好進內院，只得等許蘭因來找他。

聲音已經完全沒有了之前公鴨嗓子的雜音，而是清朗中帶著細微的磁性。

許蘭因笑道：「有事？」

趙無點頭。「嗯，真有事。」看看許蘭因走得紅撲撲的臉，又問：「姊也有事？」

許蘭因笑笑。「嗯，我想讓你去封縣一趟。」兩個人進了屋後，許蘭因道：「你先說有什麼事？」

趙無便說：「聽桂大人說，那個小竹子是乞丐頭兒今年初在荊昌府撿回來的，雖然只過了大半年，但孩子的歲數太小，說不清家裡的情況，找不到家人，桂大人明天就會把孩子送過來。我想了很久，那孩子還是給我當兒子吧？姊已經有了兩個弟弟，不好再收個弟弟了。況且妳又是未婚，不好養兒子。那孩子就給我當兒子，給姊當姪子。我沒有時間，也是姊幫我養，還是跟姊最親。」

許蘭因想到那個小豆丁子，笑了起來。她相信眼緣，願意收養那個孩子，不過趙無說得對，目前他給自己當弟弟或兒子都不太合適。那就名義上先給趙無當兒子吧，反正都是自己養。若以後自己立了女戶，再把這個孩子過繼過來。

看看眼前一心為自己打算的大男孩，許蘭因很是感動，忍不住輕輕拎了拎他的耳垂，說道：「好孩子，姊記你的情。」

趙無喜歡許蘭因跟他親近，卻不喜歡許蘭因叫他「孩子」，立即翹著嘴抗議道：「我都有兒子了，姊不許再那樣叫我！」

許蘭因收回手，呵呵笑道：「也對，你要當爹了，就是大人了。」又細細看了他幾眼，感慨道：「吾家有弟初長成。」

不知從何時起，趙無就特別不喜歡許蘭因把他看成弟弟，因此又抗議道：「姊，不要總把我看成弟弟，我如今已經是大人了。不僅是閔大人，就是肖大人、秦大人他們，都誇我功夫好，心細如髮呢！」

之前已經說好，是趙無發現了隆興客棧的所有不妥，不要把許蘭因說出來，只有閔戶知道真相。

許蘭因笑嗔道：「你喊我姊，又不讓我把你看成弟弟，太矛盾了吧？」

趙無摸摸鼻子，好像是有些矛盾，只得嘿嘿乾笑兩聲。

許蘭因又說：「聽說黃賀已經死了，他死有餘辜，不過，他背後的人沒找到，倒是可惜了。」

趙無的瞳孔微微一縮，抿了抿嘴，沒言語。

許蘭因太熟悉他了，這個表情顯示他心裡有事。

許蘭因的臉湊近了看他的眼睛，問道：「難不成，閔戶沒跟我說實話？」說著就要伸手去抓他的袖子。

趙無忙退後一步，似是玩笑地道：「姊別用這種眼神看我，我覺得妳這種眼神能看透我的心。」

許蘭因站直身子，伸出的手也心虛地縮了回來。這小子越來越狡猾了，自己熟悉他的同時，他也在熟悉自己。

許蘭因故意說道：「這麼心虛，難道你真有什麼不可告人的秘密？」

趙無說道：「姊別問了，知道越多，煩心事就多。妳只管好好在家享福，等著我給妳掙功名利祿。」

許蘭因很想說「你掙功名利祿是給你家祖宗和媳婦掙，怎麼是給我掙」？但她對他們有什麼秘密更感興趣，因此眼睛一眨也不眨地看著他。

趙無只得說道：「黃賀是真的死了，孩子也找到了，但那個人背後的勢力特殊，現在不宜動他。我和閔大人其實昨天就回家了，家裡還來了一位貴客……妳，我只能跟妳說這麼多。」

許蘭因本身對政治、朝堂沒有興趣，只是不想趙無和閔戶有事，所以才參與進去。知道他們佈局這麼深，她也就不想再問了。趙無說得對，知道得多，煩惱就多。

為了更加放心，還是又問了一句。「我不多問，只想知道一個與案情無關的問題，那位貴客姓周嗎？」

趙無沒有回答，看許蘭因的眼裡有些許吃驚和笑意。

自己猜對了！許蘭因很有兩分得意。

看到許蘭因篤定的表情，趙無說道：「姊，有時候我真懷疑妳是狐狸精變的。」

許蘭因笑問：「若我真的是千年狐狸，你怕不怕？」

趙無搖搖頭笑著。「不怕！姊若是千年狐狸，我就跟著姊一起修煉。」

聽了趙無的話，許蘭因是真的甜到了心裡，笑嗔道：「甜言蜜語！」

趙無見許蘭因笑得開心，嘴也咧得大大的，又問：「姊剛才說讓我去封縣一趟，是什麼事？」

許蘭因的表情嚴肅下來，說道：「著火的那天夜裡，我看到黃賀去那棵樹下轉過兩次，就是你住的客房窗外那棵樹。我當時不以為意，現在想想，黃賀狡猾多端，或許察覺到了什麼，他跑去那棵樹下轉悠，會不會是樹下也有什麼？」

趙無思索道：「不會是那裡也埋了死人吧？」又自言自語道：「那裡不好埋人，容易露餡。」

「我也不知道，只是有些懷疑。不如你夜裡偷偷去挖挖看，沒有則罷，若真有什麼線索，又立了一功不是？」

趙無也覺得黃賀狡猾又謹慎，既然他那麼在意那棵樹，八成樹下真有什麼，便說道：「好，明日我找藉口去趟封縣。」又壓低聲說：「我還要跟姊說件重要的事，隆興客棧那個案子，河北提刑按察司該做的都做了，剩下的是涉及外省的。幾日後就會把要犯押去京城，交由刑部和大理寺審訊……」閔戶說，隆興客棧這件大案會給趙無記頭功，等案子徹底落定會為他請封和請賞。提刑按察司的幾名捕快被派去外省調查取證和緝拿罪犯，趙無也是其中之一，不過，趙無只是名義上去調查這個案子，實際上是奉閔戶和那位貴客之命去完成另一件隱密任務，短則兩個多月，若不好查辦個半年也有可能……末了，趙無又說道：「姊，我不能跟妳說實際的任務。」

許蘭因很大度地點點頭。「我理解。你的差事特殊，別說我是你姊，就是你娘，那些話也不能說。」說是這麼說，卻又習慣性地要去拉他的袖子。她沒注意到的是，她一做這個動作，眼神就會有些許變化。

趙無有些害怕許蘭因的這個眼神，又下意識地後退了一步。「我不說不光是為了保密，也是不希望姊太擔心。妳在家輕輕鬆鬆過日子，等著我回來。我的本事姊知道，抓那些毛賊易如反掌。」

看到他的這個反應，許蘭因暗罵了一句「臭小子越來越狡猾」，也就放棄了聽他心音的打算。他不想讓自己知道，不想自己擔心，那自己就安安心心在家等他回來吧！

許蘭因還是替趙無高興的，因為這兩件大案，讓他得到了閔戶和那位「周姓貴客」的賞識，不僅他的未來會更加可期，將來同他哥哥溫卓豐一起鬥倒溫二老爺也會更容易。

趙無看出許蘭因的不捨，其實他也不願意這麼長時間離開許蘭因，但他要建功立業，越危險才越能體現出自己的能力和價值。

許蘭因又問：「你什麼時候去？回頭我拿些銀子給你路上花。」

趙無笑道：「我三日後啟程。不用姊給錢，閔大人給了我二百兩銀子，足夠了。」

許蘭因說道：「路上不要虧待自己，要住好吃好。你走後，我們也該回南平了。等你回來，就找藉口去一趟京城。」

趙無點頭，他也想早些回京看望大哥。

許蘭因想了想又說：「你快走，就別去封縣了，來回奔波太辛苦。」

趙無笑笑。「封縣離這裡不到百里，明天去，後天就能回來。」

次日一早，趙無騎馬去了封縣。

巳時，外院婆子來報，桂大人把一個叫小竹子的男孩領來了，在外院候著。

許蘭亭聽說趙大哥居然認了個兒子，笑壞了，說道：「趙大哥做事總是那麼任性，明明歲數比姊姊還小，也還沒娶媳婦呢，居然就認了個兒子。」

許蘭因解釋道：「那孩子是我們在隆興客棧遇到的，找不到他的家人，很可憐，所以你趙大哥就認他當兒子，以後跟著我們過。」

許蘭亭一聽是隆興客棧的小乞丐，表情馬上嚴肅下來。「他是趙大哥的兒子，就是我的姪子，我會對他好。」又拉著閔嘉的手說：「走，咱們一起去接我姪子！他也是妳的弟弟，妳要對他好，他好可憐的……」

閔嘉聽小叔叔講了不少小乞丐的事，重重地點了點頭。

他們來到外院一間廂房，看見一個小男孩站在一個年輕男人的身邊。小男孩穿了一套寬大的棕色短襟和長褲，剃了瓦片頭，小臉洗得乾乾淨淨，眼睛亮得像夏夜裡的星辰，非常漂亮。就是鼻尖上蹭破了一塊皮，紅紅的，應該是被人打在地上摔的。

他正是那天他們在隆興客棧遇到的因為吃饅頭而被打的小乞丐。

那孩子似乎還記得許蘭因，一看到她，眼裡就迸出驚喜，一直目不轉睛地看著她。

許蘭因心裡軟得一塌糊塗，先朝孩子笑了笑，就向桂大人表示了感謝，又奉上一個裝了銀錠子的荷包。

桂斧搖頭笑道：「許姑娘客氣了，趙無是我的好兄弟，這個小忙我該幫。」

許蘭因道了謝，又俯身對孩子說道：「好孩子，我是許姨。」

孩子小聲說道：「我認識妳，妳是那天的姨姨，跟我娘親一樣美。」

他記得自己，居然還記得他娘？許蘭因忙問道：「你還記得你娘？那你還記得你的家在哪裡嗎？或者你爹娘叫什麼名字？若記得，我們送你回家。」

孩子小聲說道：「娘、爹爹、祖祖、像房子一樣的船船……」然後就茫然地看著許蘭因，似乎再也想不起之前的其他事。

許蘭因笑道：「你真聰明，還記得許姨。這樣好不好，在找到你爹娘之前，你就跟我們一起生活？我們會對你好，不打你，也不讓你挨餓。」

許蘭亭提醒道：「大姊，妳搞錯親戚關係了。他是趙大哥的兒子，應該叫妳姑姑，叫我叔叔才對。」

許蘭因便對小竹子說道：「以後你就叫我姑姑，」又指著許蘭亭和閔嘉介紹道：「叫他小叔叔，叫她嘉姊姊。」

在乞丐窩裡待了大半年，小竹子如今非常有眼力，知道怎樣做對自己最有利，馬上乖巧地叫道：「姑姑、小叔叔、嘉姊姊。」

許蘭亭高興地過去抱著他笑道：「好姪子！」

竹子被抱得慘叫一聲，驀地扭動著小身子，流淚道：「痛、痛！好痛！」又說道：「小叔叔輕些，不要挨著肚肚……」

許蘭亭嚇得一下子鬆了手。

桂斧趕緊說道：「這孩子胸口和腿上有兩處燙傷，是乞丐為了讓他行乞故意燙的，我已經讓大夫給他上了藥。」

許蘭因一聽，心都抽緊了。

跟桂斧告別後，許蘭因領著三個孩子回內院，她不敢抱小竹子，只牽著他雞爪一樣的小手。

回到許蘭因的住屋，沒讓許蘭亭和閔嘉進來，她同劉嬤嬤一起查看孩子的傷。

一脫下孩子的衣裳，不說許蘭因流了淚，連劉嬤嬤的眼圈都紅了。

劉嬤嬤咬牙罵道：「天殺的！應該把那些惡人都砍頭……不對，砍頭都便宜了他們，應該五馬分屍！」

孩子瘦骨嶙峋，身上佈滿了新傷和舊傷，有竹條打的、有利器割的，尤其是胸前和右腿上的兩大片新傷，哪怕已抹了藥，也能看到大片的水泡，還流著水。

這孩子能活到現在，真是命大。

許蘭因又讓人去外院告訴郝管家，讓派人去回春堂請善治兒科和外科的大夫來。

等大夫的時候，小竹子生怕失去姑姑這根救命稻草，小手一直緊緊抓著許蘭因的衣襟不放。

許蘭因讓丫頭沖了糖水來，親手餵他喝，暗道，若如玉生肌膏帶在身上就好了，能給他搽一點。不為了去疤，只想讓他少遭些罪。

半個時辰後，來了兩位大夫，重新給孩子上藥、開藥。

上藥的時候，小竹子痛得眼淚汪汪，卻不哭鬧掙扎，只默默地流著淚，嘴裡說著。「爺爺輕些、爺爺輕些……」實在受不了了，會慘叫一聲，然後又趕緊用手捂住嘴。

許蘭因心疼地說：「痛就哭出來，別忍著。」

小竹子聽了，才吸吸鼻翼，小聲啜泣起來。

燙傷處理好後，許蘭因就拿了件許蘭亭的衣裳給他穿上。他穿著有些大，長到了膝蓋以下。為了便於傷口透氣，沒有給他穿褲子，也沒有繫腰帶。

忙完後，她看看小竹子那對明亮的眸子，說道：「你義父去辦事了，明天他回來你再去給他磕頭。他姓趙，你以後就叫趙星辰吧，小名小星星。」

許蘭亭忙說道：「趙星辰，夜空裡的星辰照我前行，姊姊真會起名字，多美啊！」

許蘭因笑起來。他說得多富有詩意啊，這孩子以後說不定能當大儒。

趙星辰也咧開嘴笑起來，覺得身上都沒有之前那麼痛了，糯糯說道：「嗯，好聽，我喜歡小星星。」

趙星辰被安排跟許蘭因一張床睡覺。

傍晚，閔戶來看閔嘉。閔戶已經聽桂斧說趙無認了個兒子，心中暗笑，溫四還是那個溫四，沒成親就認兒子，這事只有他幹得出來。

許蘭因給他屈膝行了禮後，對趙星辰說道：「來，見過閔大人。」

趙星辰已經看出這個人是救他們的大官，忍著痛跪下給他磕了三個頭，告狀道：「閔大人，那些人壞，打我、燙我，還要燒我！」

聽到孩子親口說出這麼殘忍的話，閔戶的眉毛皺成了一堆，親手把他扶起來，說道：「叫我伯父即可。你吃的苦，伯父會為你討回來，讓那些惡人受到嚴懲的。」又從腰間取下塊玉珮給他當見面禮。

時近子時，萬籟俱寂，皓月當空。

一個身穿夜行服的蒙面人快速躍入隆興客棧的圍牆，四處看了看、聽了聽，就來到一棵大樹下，從腰間抽出一把小鏟子挖起來。

大概挖了半刻多鐘，沒挖到屍骨，居然挖出一個罎子，他小聲嘀咕道：「不會是骨灰吧？」

罎子特別沈手，他晃了晃，有響聲，不像是骨灰。打開蓋子一看，裡面光閃閃、亮晶晶，在月光的照耀下閃得他的眼睛都瞇了瞇。他用手耙拉幾下，居然全是金銀珠寶……不，少了銀，全是金珠寶！

他的嗓子裡咕嚕出幾聲輕笑，突然，他的手一頓，從最下面拿出一張折著的紙。他單手甩了甩，將紙張打開，上面的內容讓他的嘴咧得更大了，白牙和罎子裡的寶貝交相輝映。

看完後他把紙放回罈子裡，將蓋子蓋好，再快速把土填回，才抱著罎子跳出圍牆，挑著黑暗的地方往驛站跑去。

次日午時初，前院婆子來跟許蘭因說，趙爺從封縣辦完事回來了。

許蘭亭高興地衝著趙星辰笑道：「小星星，你的爹爹回來了！」

趙星辰看了一眼許蘭因，他不認識爹爹，他更想叫姑姑作娘親的……

許蘭因笑道：「走吧，去給你爹爹磕頭。」

她領著三個孩子去了外院客房。

趙星辰一看到趙無就激動起來，跑過去直接跪下朝他磕了三個頭，說道：「謝謝大哥哥打跑了壞人！」

那天，趙星辰喚作「土爺爺」的中年乞丐剛用開水把他燙傷，準備讓人帶他去外面乞討的時候，趙無是第一個衝進來，雙手抱過趙星辰，一腳把那個壞乞丐踢飛的人，所以趙星辰的腦海裡就一直記住了這個人。

許蘭亭笑得直跳腳，大聲說道：「小星星，他不是你的大哥哥，他是你的爹爹，爹爹！」

幸福來得太突然，趙星辰不敢相信，他抬頭望望許蘭因。

許蘭因點頭笑道：「嗯，他就是你的爹爹。」又對趙無笑道：「我給這孩子起了個名字，叫趙星辰。」

趙星辰趕緊又給趙無磕了三個頭，說道：「見過爹爹！給你當兒子，真好……」激動得聲音都有些哽咽，生怕叫晚了會變卦。

之前，趙無雖然很同情這孩子，卻從來沒想過要給他當爹，收養他完全是為了許蘭因。沒想到一看見這孩子，他就真的有了當爹的感受。

趙無笑著把趙星辰抱起來。「以後你爹爹我不會再讓人欺負你了，誰敢欺負你，我就揍誰！」他知道這孩子哪裡受了傷，刻意避開了傷處。

趙星辰抱著趙無的脖子，喜極而泣。「喜歡！當爹爹的兒子，再不怕被打了！嗚嗚嗚……」

趙無哄了他幾句，拿出一個自己在封縣買的小金鎖給他當見面禮，又道：「平日我忙著抓壞人，你就跟你姑姑一起生活。要聽姑姑的話，當個好孩子，這樣爹爹才會更喜歡你……」

他說一句，趙星辰就點頭應一句。

幾人說了一陣話後，趙無讓丫頭帶幾個孩子去院子裡玩，說是請許蘭因幫他收拾收拾明日要帶走的東西。

等到屋裡沒人了，趙無才悄聲說道：「姊作夢都想不到樹下藏了什麼東西？嘿嘿，不是死人，是寶貝，還有一封密信。」說著，就塞了個東西在許蘭因的手裡。

許蘭因攤開手，手心裡躺著一顆鴿子蛋大小的黃綠色珠子，問道：「這是什麼？是傳說中的夜明珠或是貓兒眼？」

趙無悄聲笑道：「這是貓兒眼。那些東西我會一併交給閔大人，只能悄悄給姊一顆珠子。」又補充道：「我不太識貨，覺得這顆珠子應該是裡面最值錢的寶貝。」若沒有那封信，他會毫不猶豫地把整罎子的寶貝都交給許蘭因保管，一半給許蘭因，一半他會悄悄用於那些被害人。但有了這封重要的密信，就只能連同罎子和東西一併上交了。

「可以嗎？」許蘭因問。

「又沒有清單，怎麼不行？我還覺得委屈了姊呢，若不是姊發現端倪，被別人挖走了，寶貝是其次，還會耽誤大事。」

黃昏時，趙無聽說閔戶回了外書房，急急拿著包裹去了。

下人退下後，閔戶把罎子裡的東西都倒了出來，看完信笑起來，說道：「我就說嘛，唐末山拿捏住黃賀的兒子，黃賀那麼謹慎的人怎麼可能不想辦法拿捏住他的短處？我倒是納悶，這封信怎麼到了黃賀手裡？」聲音放得更低了。「這完全坐實了我們之前的懷疑，洪家那對父子只是三皇子和怡居酒樓的障眼法，是給別人看的。怡居酒樓真正的合夥人是三皇子，或者說，目前是三皇子，而聯絡人則是唐末山。螳螂捕蟬，黃雀在後……可惜老太師早一步走了，否則他知道了會更高興。」

趙無問道：「我們可以一舉拿下他們嗎？」

閔戶搖搖頭。「臺前有人唱戲，他們完全可以把責任推給太子和洪家父子，再倒打我們一耙。什麼時候能收網，要取決於你們這次的行動。」又一臉嚴肅地道：「此去西夏國，責任重大，也危機重重，一定要想辦法找到人，帶回來。」

趙無鄭重地點點頭。

閔戶又看看桌上的金銀珠寶，有三十幾個二十兩的金錠子、一堆嵌寶首飾、翡翠鐲子、珊瑚手串，單個的珍珠、紅綠寶石、水晶、祖母綠等等，五光十色，熠熠生輝。

「黃賀的錢財有兩處來源，一部分是死人財，一部分是私礦的分紅，交上去，最後也不知道會便宜誰，不如我直接處理掉。這些金子，大概值個七千兩銀子，就救濟那些尋回來的受害人，以及找不到大人的孩子吧，錢暫時放在我這裡，你回來後交由你去辦。至於這些首飾和寶石，若賣得不好也就幾百兩銀子罷了，不值多少錢，就你和許姑娘分了吧。沒有你們發現隆興客棧的不妥，還不知道有多少人會繼續受害，更扯不出來唐末山。況且，這些東西你不挖出來，誰又知道？」他充分相信是心細如髮的許蘭因發現端倪，讓趙無去挖的。不是他認為趙無發現不了，而是那天夜裡趙無在忙大事，根本無暇顧及黃賀在哪棵樹下多轉了幾圈。

趙無的眸子一縮，他再傻，也看得出這些寶貝絕對不低於萬兩銀子，遲疑地問道：「這樣……行嗎？」

閔戶笑道：「怎麼不行？幾百兩銀子的東西，我還是有權處理的。如此分配，既幫了受害人，又獎勵了有功人員，這是物盡其用，比交上去便宜不相干的人強多了。」

趙無便笑咪咪地把珠寶首飾包起來，婉拒了閔戶的留飯，直接回客房，又讓人去請許蘭因。

許蘭因以為有什麼急事，匆匆趕來。

趙無把包裹給她，說了能說的。「這些都給姊！」他心裡非常高興，又給許蘭因掙了一筆不菲的收入，讓姊姊過好生活的願望兌現一半了。

許蘭因即使不太懂，也知道這些東西至少能賣萬兩銀子以上！閔戶用「賣得不好」來估價，既為他自己脫責，也是不想讓他們有負擔。

真是個聰明人。

趙無笑道：「姊，我還會繼續努力，日後當大官，不僅讓姊衣食無憂，還讓姊不受別人欺負。」

許蘭因一邊把寶貝拿在眼前看著，一邊笑道：「嘴兒甜，以後你的媳婦會天天泡在蜜罐裡！」

趙無撇嘴道：「我才沒有那麼好的精神去哄媳婦呢！」

許蘭因把手裡的東西放下，玩味地看著他笑道：「那是因為你還不知道媳婦的好，等你知道了，就不會這麼說了。」

二門快上鎖了，許蘭因才起身回內院去。

趙無以不放心她為由，送她去二門。

秋夜微涼，月華如霜，月光把他們的影子拉得很長很長。

兩人都沒有說話，剛才的歡愉已經消失殆盡，心裡塞滿了濃濃的不捨。

次日寅時許蘭因就起來了，她去小廚房做了些易存放的餅乾。來到外院客房，趙無已經準備好了。

兩人互相叮囑了一堆後，許蘭因把趙無送去角門門口。

看著那個高高瘦瘦的背影騎著馬越跑越遠，又轉過身向許蘭因招招手，給了她一個無比燦爛的笑容，然後才驅馬向前消失在晨曦中，許蘭因悵然若失地回到了內院。

她覺得心裡很難受，這種難受前世今生都沒有經歷過。不是悲傷，不是痛苦，也不完全是不捨和擔心，總之整顆心就像被貓爪子抓得四分五裂般……

許蘭亭起來後，翹著小嘴埋怨著。「趙大哥出遠門，大姊都沒帶我去送送他！」

趙星辰雖然跟趙無相處的時間不多，聽說他走了，也流露出不捨，只是不敢把這種感受說出來。

但許蘭因還是看出來了，笑著摸了摸他的腦袋。這孩子一直活得小心翼翼，恐怕要很長一段時間才能撫平曾經歷過的傷痛。

下晌，郝管家跑來見許蘭因，跑得滿臉通紅。

許蘭因以為發生了什麼事，忙問道：「怎麼了？出什麼事了？」

郝管家用帕子擦擦臉，笑道：「許姑娘，虞美人的屏風嵌好拉回來了，實在、實在太漂亮了！我家大爺肯定會喜歡，我先代表大爺謝謝妳了！」說著，他還微微躬了躬身。

許蘭因客氣了幾句。

郝管家又說，青渠街的鋪子已經全部整理出來，可以交給許蘭因了。還說，若那個鋪子要裝修，他可以幫忙找人。

許蘭因道了謝。

傍晚，清風過來說，大爺回來了，請許姑娘和幾個孩子去外書房吃飯。

許蘭因左手牽著閔嘉，右手牽著許蘭亭，趙星辰由掌棋抱著，一群人去了外書房。

外書房的廳屋裡擺著那架「虞美人」，閔戶正饒有興致地看著。

淡藍色的薄絹上，上半截是悠遠的藍天，藍天上飄浮著幾抹白雲；下半截是萋萋芳草，芳草中夾雜著各色虞美人，花朵不大，五彩繽紛，輕盈絢麗，花間還飛舞著幾隻翩翩蝴蝶。

這幅繡品有別於任何繡品或畫卷，清新、自由、耀眼、散漫卻又生機勃勃。

閔戶覺得，這個風景就是他嚮往的地方，這種風格也是他一直嚮往的狀態。

而且閔戶覺得，清新、自由、耀眼、散漫又充滿了生機，這些正是許蘭因特有的氣韻……

許蘭亭一進來，就得意地跟閔嘉和趙星辰介紹道：「這屏風是我姊姊畫出來，我娘繡出來的。好看吧？」

閔嘉重重地點點頭。

趙星辰也由衷地讚道：「花花好看！姑姑能幹！」

閔戶的思緒被打斷，轉頭對許蘭因笑了笑，說道：「謝謝許姑娘，這幅繡品我非常喜歡。以後無論我遇到什麼煩心事，只要看看它，心境就會放輕鬆。」

這個笑容明媚得像窗外的晚霞，閃得許蘭因眨了眨眼睛。

服侍在一旁的郝管家和清風也愣了愣，他們家大爺，儒雅溫潤、平和淡然，這樣的笑容他們還是第一次看到。

許蘭因笑道：「閔大人喜歡就好，我也沒白費神。今天我再給閔大人做一次催眠，就用這個背景作依託。」

閔戶點頭笑道：「我跟許姑娘想到一起去了。」

戌時初，幾個孩子先回內院，許蘭因又在外書房的廳屋裡對閔戶進行催眠。

閔戶閉上眼睛，那個動聽又心安的聲音帶著他越過千山萬水，來到一片廣袤的大草原上。藍天白雲下，綠草、鮮花、溪流、翩翩蝴蝶，有美麗的景色，還有那個美麗的姑娘，所以他不止放輕鬆了，還十分愉悅歡暢……

為了知道這架屏風對閔戶的睡眠能起多大作用，許蘭因偷聽了閔戶的心聲，結果聽見他在睡著前，居然喊了一聲「蘭因」！

許蘭因嚇了一跳，意念也隨之移了出來。

難不成，這位老闆兼病人對自己生出了情愫？

許蘭因望了望這張平靜俊秀的臉龐，他睡得很沈，嘴角向上略微勾起，雙眉之間平整光滑，沒有一點皺紋，還有輕微的鼾聲響著。

許蘭因穩了一下情緒，轉過身對服侍在一旁的郝管家和清風點點頭後，逃也似地出了外書房。

先不說閔家是典型的封建大家庭、百年世家，其中關係複雜，男人們都妻妾成群，光是閔戶的繼母不省心，他的妻子死因不明，女兒被害得失語，背後或許有一隻害人的黑手存在，許蘭因也不會傻到去蹚那趟渾水。

她和閔戶的關係，只能是上級和下級、病人和大夫的關係。還好有了那架屏風，他的失眠症得到了緩解，以後來給他催眠的次數會越來越少。

經過多次同閔戶的接觸，還有他的風評，許蘭因相信閔戶不會強人所難，倒也不是非常擔心閔戶會強求於她。不過，以後還是跟他少來往為好。

許蘭因洗漱完上床時，看見趙星辰正瞠著眼睛望著她。黑暗中的眼睛一眨也不眨，就像夜空中的星星，特別明亮。

許蘭因輕聲問道：「這麼晚了，怎麼還沒睡？」

趙星辰糯糯地說道：「姑姑不在，睡不著。」

許蘭因笑起來，躺下前親了他一下。

趙星辰突然坐了起來，激動地說道：「娘親，肖肖還要親親！」

許蘭因也連忙坐了起來，問道：「你記起你的名字來了？你之前叫肖肖？」

趙星辰的眼裡又露出迷茫，說道：「姑姑，肖肖是誰啊？」

看來剛才他是脫口而出，連他自己都沒有意識到。

許蘭因又俯身親了他一下，說道：「好孩子，睡吧，姑姑陪著你。」

第二天，許蘭因帶著幾個孩子，又把丁固和丁曉染父子帶上，準備一起去青渠街那個鋪子。

來到外院時，笑容可掬的郝管家領著兩個年輕後生給許蘭因見禮。這兩個人是暫時給許家當下人的何東和何西，是兩兄弟。

郝管家又遞給許蘭因一個荷包，說是閔大人買繡品的錢，還說那幅繡品是不一樣的良藥，閔大人今天一覺睡到天亮，睡了四個多時辰呢，還是清風把他叫醒的。

上了馬車，許蘭因打開荷包，裡面裝的是一千兩銀子。

許蘭因笑起來，閔老闆挺大方的。

這些錢，許蘭因決定花幾百兩在省城買一個三進的宅院，上在秦氏的名下。剩下的銀子除了裝修和買家具，再買個小鋪子當點心鋪。

正想著，許蘭亭說道：「姊姊，一千兩銀子呢，真多！」

許蘭因笑道：「嗯，咱家有錢在省城買房子和鋪子了。」

許蘭亭喜不自禁，對閔嘉說道：「以後我家也要搬來省城了，到時請妳去我家玩！」

閔嘉的小腦袋點得像雞啄米般。

趙星辰癟著小嘴問：「小叔叔不請小星星嗎？」

許蘭亭撇嘴道：「傻啊？趙大哥跟我們是一家人，你跟我們也就是一家人。自己家，還需要請嗎？」

趙星辰又得意地笑起來。

一行人到了鋪子裡，先安排好三個孩子，許蘭亭和閔嘉下圍棋，小星星負責觀看。許蘭因目前還不願意讓跳棋上市，不會拿來這裡，只得讓他們下圍棋。圍棋兩個孩子都只學了點皮毛，不喜歡下，但沒有跳棋，也只能勉為其難地下圍棋。

許蘭因拿著圖紙，跟丁固講解怎麼裝修。以後他要住在鋪子裡，等裝修的人來了，再請個廚娘幫忙做飯。

許蘭因給茶鋪起了個好聽的名字，叫心韻茶舍。

胡萬正在百貨商場忙碌，見許蘭因來了，也來到茶舍。

許蘭因又請他幫著找些經營茶樓的掌櫃和小二。

胡萬笑道：「我家的茶鋪剛關門，那些人若許姑娘看得上眼，都給妳，他們也算有了好出路。」

胡萬讓人去把伍掌櫃叫來，許蘭因跟他談了一個多時辰，對伍掌櫃非常滿意。

等到要回府了，就看到丁曉染在指導許蘭亭和閔嘉下圍棋。

許蘭因問道：「你之前學過圍棋？」

丁曉染漂亮的臉上飛上兩朵紅雲，躬身道：「沒有，剛剛看哥兒和姊兒下了一會兒。」

倒是個聰明的孩子呢！許蘭因心裡不禁有了些計較。

之後的幾天，丁固和閔府的管事去看了幾個宅子和鋪子，回來把價格和地址跟許蘭因稟報過，許蘭因相中了兩個地方，去看過後，花四百五十兩銀子買了一個三進宅子，四百兩銀子買了一個帶小院的一層鋪子，剩下的錢用來裝修和買家具、鋪子裡用的東西。宅子和鋪子離得頗近，都在城北邊，這裡商戶和小官之家比較多。

宅子上在秦氏的名下，鋪子還是上在長子許蘭舟的名下。等伍掌櫃去茶舍了，丁固就主要負責宅子和點心鋪的裝修。

忙完這些，便到了八月二十六這日。趙星辰的燙傷已經結痂了，許蘭因也習慣了趙無不在身邊的日子，他們也該回家了。

聽郝管家說，自從有了那架屏風，閔戶每天夜裡都能睡得著了，且睡眠時間都達到了兩個時辰以上。最最關鍵的是，他居然長胖了，他特地去過了秤，胖了三斤，多麼不容易。

一說到這些，郝管家又止不住地感謝了許蘭因幾句。

許蘭因也替閔戶高興。折磨他多年的失眠症若能徹底治好，他不用再遭罪，自己也不必再去給他催眠了。

許蘭因就跟郝管家說了明天回家，想著晚飯後再去跟閔戶辭行。

斜陽西落，幾個孩子在院子裡玩耍，許蘭因坐在廊下看著他們。

看著笑容明顯燦爛許多的小妮子，許蘭因心裡非常不捨和不忍，他們要離開的事還沒敢跟她說。他們走了，那孩子的生活又要恢復原樣，那個落差對她來說是殘酷的。

若他們住在別的地方還好，可以偶爾讓小姑娘去家裡作客，但那裡有怡居酒樓，閔戶是提刑按察司副使，哪怕怡居酒樓不知道閔戶正在想辦法端掉他們，她也不放心小姑娘去那裡。

突然，許蘭亭叫了一聲「閔大哥」，然後就牽著閔嘉和趙星辰的手向大門走去。

就見閔戶走進半開的大門，他身上還穿著官服，笑得眉目舒展，溫暖和煦，沒有了以前的黑眼圈和下眼袋，凹下的雙頰長了些肉出來，顯得更加俊秀，也更精神了一些。

「閔大哥，你好久沒來看望嘉嘉了！」許蘭亭為閔嘉打抱著不平。

趙星辰的想法很單純，直接說道：「壞人壞，伯伯抓壞人！」

閔嘉雖然沒有說話，但眼裡的排斥明顯少多了。

閔戶先看了遠處的許蘭因一眼，然後低頭對閔嘉說道：「爹爹這幾天回府都很晚，爹爹雖然沒有來，但天天都把閨女放在心上的。」

吃完晚飯，堂屋裡只剩下閔戶、許蘭因二人。

閔戶看著許蘭因，說道：「聽郝管家說，你們明天就要走了？我會多派幾個護院跟著你們。」

許蘭因笑道：「謝謝。」她巴不得多些人送她，隆興客棧不止給許蘭亭小正太留下了陰影，也給她烙下了。「我們走了，嘉妹兒肯定會難過，閔大人無事多陪陪她。」她在等，若是閔戶能夠把真正令閔嘉受刺激的事說出來，她也就把自己能為閔嘉治病的事告訴他。

閔戶張了張嘴，還是沒好意思把那件醜事說出來，只深深嘆了一口氣，說道：「孩子變成這樣，我有責任，家人也不省心。」

許蘭因很想說「不省心就管管啊！那是你的親閨女，總不能讓你後母欺人太甚吧」？但這話到底不好說出口，只得說道：「在她的心結沒有解開前，最好不要讓她再回京受刺激。」

閔戶點點頭。安氏做了那件醜事，他知道長輩們不高興，對閔嘉也頗為不喜，話肯定不會好聽，卻沒想到會對孩子產生這麼大的負面影響。當然，他也有責任，因為對安氏的不滿，之前都沒有好好關心孩子，害了她。

特別是上次回京，已經好轉的閔嘉再次被刺激，他才知道繼母不止要插手他的婚事，還對閔嘉頗為不善。之前對自己一直很好的繼母，為什麼突然變了臉呢？想到這些煩心事，閔戶的心情也低落下來，又囑咐了許蘭因幾句注意安全的話後，就去了前院。

次日，許蘭因領著許蘭亭和趙星星吃過早飯後，去上房跟閔嘉告別。

劉嬤嬤沒有阻攔。她知道，許姑娘親自跟姊兒告別，姊兒雖會難過，但不會有怨。

許蘭因把睡得正香的閔嘉叫醒，說道：「嘉兒，我們今天要回家了。不久的將來，我們會再來看妳。」

閔嘉起先還沒有反應過來，視線在許蘭因、許蘭亭、趙星星三人的身上轉了一圈，才張開嘴大哭起來。

許蘭因抱著小姑娘安慰了幾句後，把她交給劉嬤嬤。

三人在小妮子的大哭聲中，難過又內疚地離開了。

來到前院，丁曉染、何東、何西等在這裡。

胡萬也在，他來送行，給許家送了些東西，也給自家託帶了些東西。

郝管家也給了不少閔府送許家的禮物。

這次有兩輛馬車，三個主子和掌棋坐一輛，下人一輛，還有六名騎馬的護院。東西都放在下人那輛車裡，只許蘭因和掌棋各貼身揹著一個包裹。

馬車一路奔馳，八月二十九下晌未時回到南平縣家裡。

眾人在門口下車，盧氏迎出來，抱著丁曉染哭起來。

秦氏得知趙無居然收了個乾兒子，吃驚得不行，目不轉睛地看著小豆丁。

趙星辰已經聽說了家庭成員，不用人囑咐，趕緊跪下就給秦氏磕了個頭，說道：「星星見過奶奶！」

這個稱呼讓秦氏笑彎了眼，忙抱他起來笑道：「好孩子！」眉頭皺了皺，又道：「我怎麼覺得見過這孩子似的？」

許蘭因笑道：「這就叫有眼緣。我第一眼看見這孩子，就心疼得緊。」

她把西廂房打開，讓何西和何東住南屋。這裡沒有床，先拿床褥子鋪在地上應付一晚，明天再去買兩張榻來。

趙星辰的傷還沒有完全痊癒，暫時跟許蘭因睡一起。

丁固回來之前，丁曉染和盧氏住一間。

安排好，許蘭舟也放學回家了。

對於趙無認了個兒子，許蘭舟也是吃驚不已，趙星辰朝他作揖喊「大叔叔」，他則送了小傢伙兩支筆做見面禮。

飯後，讓許蘭亭領著趙星辰去院子裡玩，許蘭因才跟秦氏和許蘭舟講了這麼些天的經過。

隆興客棧的驚天大案已經傳到南平縣來了，內容還更加誇張。老百姓的傳言中，是御前帶刀侍衛趙大人帶著一個女捕快臥底，發現隆興客棧的罪行，並活捉了匪頭黃賀。

秦氏和許蘭舟已經聽賀捕快等人說過侍衛大人其實就是趙無，許蘭因姊弟皆平安，所以才放下心。現在聽說壞人竟是先打上了他們的主意被發現，趙無才去火燒客棧，臉又給嚇白了。

秦氏雙手合十，感謝上蒼。「還好妳爹把那個本事傳給了妳，讓妳聞出菜裡下了藥。」

許蘭舟道：「我的鼻子也好使，將來若我考上武舉，興許也能憑著鼻子立大功呢！喔，我還要跟趙大哥好好學武，當個真正的御前侍衛。」

許蘭因也鼓勵道：「聽說武進士的前三名很多都當了御前侍衛，蘭舟長得俊，武藝好，又有好嗅覺，倒真有這種可能。」又循循善誘道：「不過，御前侍衛可沒有那麼好當，不僅要有本事，反應快、有前瞻，尤其更要有開闊的眼界，不能貪心。若因為一點小利而被人利用，全家都要遭殃的……」不管他能不能當上御前侍衛，正好利用這個夢想好好引導他。

許蘭舟頻頻點頭，拳頭握得緊緊的，一臉的躊躇滿志。

之後許蘭因又說繡品得了多少錢及花銷，並把兩張書契分別交給秦氏和許蘭舟。

秦氏狐疑道：「一幅繡品，就能讓閔大人出那麼多銀子，還送了妳一個鋪子，不會是他有別的什麼心思吧？」她還是怕閔大人把主意打到閨女身上。

許蘭因還真不好細說，只得笑道：「閔大人若不是遇到我，現在還要靠吃蒙汗藥睡覺呢！蒙汗藥是慢性毒藥，哪天吃死了都不一定。我救了他一條命，給間鋪子不算多。」

幫趙星辰洗了澡後，許蘭因又為他搽藥。趙星辰身上的傷好多了，那兩大塊燙傷也結了痂。大疤不會露在外面，許蘭因也就沒捨得拿如玉生肌膏給他搽。

秦氏進來，看到趙星辰身上的傷，心顫得厲害，大罵了一頓壞人，把趙星辰摟在懷裡疼不夠的愛，又給趙星辰比了衣裳和鞋子的尺寸，唸道：「四套不夠，現在穿秋衣，馬上就要過冬了，也要做冬衣。明年他的個子竄高一截，還要做春衣和夏衣……」

趙星辰感動極了，又開始憶苦思甜。「土爺爺壞，拿燈燈燙我，拿水水燙我，還用鐵片割我！花嬸嬸也壞，抱著我要錢錢，要得少就掐我！姑姑好、爹爹好、奶奶好、小叔叔好、嘉姊姊好、閔大人好、大叔叔好……」

說得許蘭因和秦氏都辛酸不已。

秦氏說道：「以後若是無兒的媳婦嫌棄小星星，我就接過來養，還出錢給小星星娶媳婦！」說完，偏頭親了趙星辰一下。

趙星辰馬上說道：「等我有了媳婦，會孝敬姑姑，孝敬爹爹，孝敬奶奶，孝敬小叔叔，孝敬嘉姊姊……」

一番話逗得秦氏和許蘭因大樂。

許蘭因想想趙無和自己以前的擔心，暗道，若秦氏敢養不是血親的趙星辰，許老頭有本事立即把許願送過來讓她養，或是讓她付養許願的銀子！

夜裡，等到趙星辰睡著後，許蘭因坐了起來，放下紗帳，走到一個五斗櫥前。

這個五斗櫥是前面那家人留下的，底下有個暗格，許蘭因把帶回來的寶貝都藏了進去。

次日，許蘭因讓掌棋去請洪家、胡家和許大石夫婦來吃飯，順便把送他們的禮物帶回去。

許蘭舟則去小棗村接老倆口和大房一家。

洪家和胡家離得近，三刻鐘後胡依母女和洪家一家都來了。

今天休沐，洪震也來了。

對於洪震能來，許蘭因有些納悶。自從洪震被洪偉招收成「敵對分子」後，他跟趙無和許家的聯繫就少多了。

許蘭因被胡依纏著說了半天的相思，就被劉用請去東廂廳屋，洪震和劉用在這裡喝茶。

洪震笑道：「聽說隆興客棧是趙兄弟發現端倪，又飛鴿傳書給閔大人，才一舉端了那個犯罪窩點？乖乖，趙兄弟居然有那個本事！還有他養的那隻鴿子，我也見過，沒想到那麼厲害呢！」

原來這是怡居酒樓讓洪震來打探消息了。

許蘭因「上道」地說道：「不瞞洪大哥，真是嚇死人了……」便把趙無發現客棧有蹊蹺、讓麻子送信、有人夜裡想進他們客房，及趙無火燒客棧的事都說了。表面上，她沒有任何一點的隱瞞。接著又後怕地道：「我原來只聽說趙無在老家時跟人練過武，沒想到居然那麼厲害！還好他有本事，否則我們就都回不來了。那時親眼看到挖出那麼多遺骸，嚇得我作了好些天惡夢呢！」又遺憾道：「只可惜那隻鴿子太好，被閔大人徵用了，我們也不敢要回來。」

許蘭因離開後，劉用小聲地跟洪震說道：「趙無那小子這麼厲害，他在這裡，會不會妨礙我們做事？」

洪震低聲道：「那小子如今已經翻了天，一個小小的縣城怕是裝不下他了。」

劉用又嘀咕道：「當初章捕頭怎麼沒把他整死？戳在這裡礙眼……」

洪震看了他一眼，說道：「章捕頭就一土鼈，整整那些小老百姓還成。當初若有本事整死趙無，也就不會被蔣捕頭整得那樣慘了。」

見許蘭因回到正房後，胡氏笑問：「許妹子在寧州府一直住在閔大人家裡嗎？」

許蘭因用餘光看看胡氏身後的小嬋，這應該是怡居酒樓或是洪家想知道的。她笑道：「出了隆興客棧那件大案後，趙無天天忙著抓罪犯，又不放心我們，閔大人就讓我們住去他家。他有個小閨女，是個很可愛的孩子，可惜不能說話。因為閔小姐跟蘭亭玩得好，閔大人很高興，就讓我們多住了一段時間。閔大人還說，以後我們去了省城就都住在他府上，可以多陪陪閔小姐……」這話真真假假，由不得人不信。

胡太太又打聽趙星辰的情況，許蘭因也一一說了。聽到趙星辰遭的那些罪，胡氏和胡太太、胡依都抹起了眼睛。

不多時，許蘭舟帶著許老頭夫婦和許慶明夫婦、許願、許滿來了。

多了兩個孩子，院子裡更熱鬧了。

許老頭在路上就聽說趙無居然收了個兒子，直撇嘴，搖頭道：「先還以為趙家小子是個聰明的，卻原來也是個棒槌！媳婦還沒找就替別人養兒子，將來哪怕分得再少也要給別家的兒子分產業，哪個好姑娘願意嫁給他？」又問許蘭舟道：「那孩子在你們家吃歇，還要照顧他，趙家小子另外給錢了嗎？」

許蘭因沒有說給錢的事，許蘭舟也沒有意見。他知道，趙無給這個家的錢財物什，就算再養個孩子都足夠。但他不敢跟許老頭說實話，只得說道：「給了，一個月五百文。」

許老頭這才滿意地點點頭。

第十八章

第二天上午，送走許老頭和許老太，許蘭因就拿著禮物同掌棋一起去了閔縣令家。新家離縣衙近，走過兩條街就到了。

閔縣令要高陞寧州府通判的事情已經傳了出來，據說正在跟未來的縣太爺王縣丞做交接，這個月中就會去寧州府上任。

閔夫人不吝溢美之詞，大大誇獎了趙無一遍，這才發現許蘭因大變樣，肌膚賽雪，細膩如脂，襯得五官更加美麗可人。她心中一沈，篤定許蘭因當初一定藏了私，家裡肯定還有如玉生肌膏！她不禁暗惱，但這丫頭今非昔比，跟閔戶套上了關係，閔夫人也不想過於得罪她。

許蘭因跟她們說笑一陣，把禮物奉上，謝絕了閔家的留飯，回家了。

閔楠把許蘭因送到門口，還跟她說，自己快要去省城了，以後若許蘭因去省城，一定要記得去看她。

閔楠伶俐、討喜，很會說話，但不失良善。許蘭因很喜歡這孩子，點頭答應了。

路上，許蘭因碰到了帶人巡街的賀捕快。趙無和她給賀捕快、湯仵作和蔣捕頭在省城買的禮物，已經讓許大石幫忙送去捕房了。

賀捕快過來感謝了許蘭因，又問了一下隆興客棧的事。

許蘭因便又說了一遍。

賀捕快聽得眼睛瞪得老大，末了笑道：「趙無出息了，將來大有前程啊！現在都在傳，連王縣丞都說我們南平縣廟小，如今是裝不下趙無這尊大神了！」他心下極是高興，還好自己眼光準，跟趙無的關係非常好。自己老了混不出個名堂，以後請趙無帶著自己的兒子混。

許蘭因暗道，真如自己所料，王縣丞還沒有走馬上任，就在想辦法攆趙無了。

吃完晌飯，兩個小正太和秦氏晌歇，許蘭因就把丁曉染叫去上房廳屋，開始教他下國際象棋。

許蘭因重新給這種棋起了個名，叫西洋棋。到時就說她小時候在一本雜書上看過，說是番人下的棋，她記了下來。

丁曉染於下棋方面真的有悟性，半天的時間就把西洋棋的規則搞懂了，還下得有模有樣，也肯鑽研。

幾天後，許蘭因跟丁曉染下西洋棋就明顯有了差距。

許蘭因給丁曉染訂了一個學習日程，每天兩個半時辰練棋，主要練西洋棋，也要練習圍棋、象棋、軍棋；還要練半個時辰的字、半個時辰練儀態。儀態不光包括走姿、坐姿，還有下棋、倒茶的姿勢等等。

她這是在培養茶舍的棋生，專門陪客人下棋或是教授下棋。以後去了省城，再在書院或是私塾裡招幾個家境貧困的生員，讓他們利用業餘時間賺外快。下棋是高雅的事，既能賺錢又能提高棋藝，或許還能遇到貴人，比抄寫書信掙潤筆銀子強多了，到時肯定有人願意做。

許蘭因還為王三妮想好了一個職位——茶舍二掌櫃，專門負責女客人喝茶及下棋事宜。

王三妮漂亮、潑辣又聰明，少了這個時代女性的束縛，適合這份工作。最關鍵的是，許蘭因想給她一個機會。照王三妮的性子，她肯定願意去。

同時，許蘭因還設計了幾套茶舍員工穿的制服、帽子、圍巾、圍裙、袖套。為了保密，沒拿出去做，讓秦氏、盧氏和掌棋抽空做。

胡依三天會有兩天來許蘭因家玩，也會幫忙做一些。

許蘭因自己則忙著做另一件事，就是給閔嘉畫連環圖。那孩子不可能一直玩玩具或是下棋，所以打算給她多畫幾本連環畫。

許蘭因用毛筆寫字還行，但畫畫，還畫得這麼複雜就不行了。她就依照記憶做出了幾支鵝毛筆來畫。

紙裁成三十二開，橫向裝訂，畫了「猴子撈月」、「阿里巴巴與四十大盜」等故事。

天氣漸漸轉涼，晃眼到了九月中。

幾天前，閔燦帶著家眷去寧州府上任，許蘭因特地託他們給閔嘉帶了不少東西，其中包括一本「猴子撈月」的連環畫。

趙星辰那兩塊燙傷的痂也掉了，露出粉紅色的肉。人長胖了，性格開朗多了，聰明又漂亮。除了偶爾來串門子的許老頭不太喜歡他，得所有人喜歡。

這天下起了小雨，氣溫驟然下降。吃完晌飯，許蘭因把秦氏叫上，一起去了西屋。

她打算今天給趙星辰催眠，看能不能問出點他家裡的情況。秦氏一直想看催眠，許蘭因就叫上了她。

由於下雨，屋裡的光線比平時暗得多。

趙星辰剛要睡著又被驚醒，看著走過來的奶奶和姑姑。

許蘭因坐在床沿邊，拿出一個小荷包在趙星辰的眼前晃著，笑道：「來，小星星看看荷包，這上面的小蜻蜓是什麼顏色……」

隨著許蘭因的語言暗示，趙星辰看荷包的眼睛越來越迷離，最後閉上了眼睛。

許蘭因收起荷包，用輕柔又極具魔力的聲音說道：「肖肖，肖肖，你娘叫你肖肖，對嗎？」

趙星辰想了想，似乎看到了什麼美好的情景，笑了起來，說道：「嗯，娘親叫我肖肖，爹爹、太祖、祖祖都叫我肖肖。嬤嬤……嬤嬤我叫肖哥兒。」

許蘭因和秦氏對望一眼，這孩子真的是出身富裕之家，他不止有娘有爹，有祖父母和太祖父母，還有乳娘。

許蘭因又問：「你怎麼一個人出來了？爹爹和娘親怎沒陪著你？」

趙星辰沒有馬上回答，又想了一下下，嘴巴翹了起來，嘟囔道：「坐車車，西山拜菩薩……嬤嬤說，看魚魚，坐船船……」

他說的有些顛三倒四，聲音也非常小，但許蘭因還是大概搞懂了。

坐車應該是外出，西山拜菩薩，有可能是京郊的西山。撿他的老乞丐說是在荊昌府碼頭撿到他，那裡正是京杭大運河的碼頭。

那麼，他的家很可能在京城。

許蘭因又問：「你姓什麼？」

趙星辰搖了搖頭，說道：「不……不知道。」

他太小，或許搞不懂「姓」是什麼意思。許蘭因又換個方式問：「肖肖是你的小名，你是不是還有個名字？」

趙星辰說道：「喔，娘親叫我肖肖，還叫我……柴子肖。姑姑給我取了個新名字，叫趙星辰。我還有個名字，叫小星星。我一共有……」他頓了頓，小手舉起來比了四根手指，又道：「四個名字。」

原來他姓柴。這個姓氏很少，相較於大姓應該容易打聽一些。

許蘭因又問：「你和嬤嬤去看魚，那嬤嬤呢？」

趙星辰突然哭了起來，眼淚從閉著的眼睛中滑落下來，哭道：「嬤嬤說，坐船船能看到桌子那麼大的魚魚……嬤嬤不見了，叔叔領我看，叔叔也不見了……我餓，爺爺給我饅頭……不要……不要割我、不要燙我……痛、痛……爺爺，求你了……嬸嬸、哥哥，求你了，好痛啊……嗚嗚嗚……」趙星辰放聲大哭，嘴裡不停地求著饒。

許蘭因不敢再問，心疼得心都揪緊了。

秦氏哭出了聲，又趕緊用手捂住，她聽許蘭因說，催眠的時候不能弄出大動靜。

許蘭因側頭對秦氏輕聲說道：「他的乳娘是惡奴，故意把他騙出去弄上船，又弄丟了。」

問題是，他的乳娘為什麼要害小主子？主子和奴才一般來說沒有根本的利益衝突，有衝突的多半是大老婆和小老婆，還有嫡和庶，或者是兄弟之間的財產、權位之爭。

秦氏哭著說：「肯定是這樣，那些大家族裡，只有妳想不到的，沒有他們做不到的。孩子還這麼小，他們怎麼下得了手？簡直喪盡天良啊！」

趙星辰依然閉著眼睛大哭。

許蘭因在他眼前打了個響指，說道：「好孩子，醒來了。」

趙星辰睜開眼睛，看到眼前的是姑姑和奶奶，而不是剛才「看」到的那幾個壞人，含著眼淚笑起來，說道：「奶奶、姑姑，我來了你們家，只有好人，沒有壞人。」

秦氏把他抱起來，含著眼淚笑道：「這裡也是你的家，是我們共同的家。好孩子不怕，那些壞人都被抓起來了，再也害不了你了。從此以後，有奶奶疼你，有姑姑疼你……」又幫趙星辰把眼淚擦淨，對許蘭因說道：「小星星今天跟我午歇，妳去忙妳的吧。」然後極為熟稔親暱地把趙星辰抱去了她屋裡。

秦氏的表現讓許蘭因有些狐疑，難不成秦氏跟趙星辰……也就是京城柴姓人家有關係？許蘭因仔細想了想秦氏和趙星辰的長相，一點都不像。又比較了一下自家三姊弟和趙星辰的長相，還是一點都不像。

又想著，也有可能是秦氏聽了趙星辰的話，想起了她自己的身世，才對孩子更加疼惜吧？

那孩子的處境堪憂，不知道他家裡到底誰要對他不利，日後若要讓他認祖歸宗什麼的，得先打探清楚了再說，實在不行就給趙無或是自己當一輩子兒子吧！

這場雨持續下了七天才停，氣溫驟降。許多體弱的人都病倒了，許蘭亭意外地挺了過來，而秦氏的身體又有些不好，許老太也病了。

趙星辰如今又白又胖，還長高了一點，漂亮極了，性格也歡快跳脫，徹底走出了在乞丐窩裡的陰影。

九月底，許蘭因特地做了一些加了牛奶和雞蛋的點心，前去大相寺看望戒癡和尚。受趙無所託，許蘭因大概隔三差五的就會去一趟。

經過杏花村的時候，遙遙看到那片精緻的屋舍。

許蘭因聽說，上個月蘇媛就被侯府接回京城了。看來，沒當上郡王妃的蘇晴，能力很有限嘛！蘇媛在這裡只待了幾個月，還是回了京城。

可書裡，蘇媛在這裡待了兩年多，後來以名聲不好的緣由，直接嫁給邊遠地方的一個小官。

深秋的野峰嶺更加蕭索。

許蘭因、掌棋一起去了戒癡住的茅草禪房。戒癡不在，小和尚紅著臉說，他又被住持罰去後山的山洞裡面壁思過了。

那饞嘴老和尚八成又偷偷殺生或是吃肉，被逮了個正著。那老和尚永遠記吃不記打，或者說，明知道會被罰也忍不住。

許蘭因把食盒遞給小和尚，請他幫著轉送給戒癡。她還特地給小和尚帶了一碗沒加任何葷料的桂花糯米棗。

許蘭因去大殿拜了菩薩，祈禱趙無早日平安回來，祈禱秦氏和許老太的病快些好，還非常大方地捐了十兩銀子。

她們剛走出寺廟，迎面就碰到一個青年公子。

青年公子穿得花枝招展，長得肥頭大耳，看到許蘭因立即驚為天人，直勾勾地看著她。

許蘭因瞪了那人一眼，拉著掌棋快步向前走去。許蘭因還真不怕他，這色胚一看就是酒囊飯袋，若單打獨挑，幹多了力氣活的自己肯定能打得過他。

胖公子用手中的摺扇攔住許蘭因的去路，嘿嘿笑道：「小姐貴姓？」又自我介紹道：「鄙人姓朱名壯，住在省城寧州府，有萬貫家財，姨丈在寧州府衙當大官。」

許蘭因冷哼道：「喔，不知你姨丈是同知秦大人還是通判閔大人？這二位大人我都極熟。」

朱壯眨巴眨巴著眼睛，哈哈大笑道：「小娘子倒是會吹噓，秦大人是我姨丈，什麼時候跟南平縣城的小娘子有接觸了？還極熟？妳也好意思說出口！」

許蘭因就是在扯虎皮拉大旗，沒想到還真遇到了疑似秦澈的親戚。

這時，一個略帶南方口音的男聲響起——

「朱表弟，你又在惹事？還是在此佛門淨地。」

說話間，一個二十左右的華服公子沈臉走來。他中等個子，偏瘦，皮膚白皙，五官十分清秀。

朱壯馬上收回攔人的摺扇，胖臉上堆滿了笑。「表哥，這位小娘子說她認識你的父親、我的姨丈秦大人，還極熟呢！」

許蘭因看到這位公子時愣了愣，有一種熟悉之感，真的跟秦澈很像。

秦儒看到許蘭因也愣了愣，這小娘子有些面善。他對許蘭因拱手笑道：「我表弟性格魯莽，若是有冒犯之處，還請姑娘見諒。」又問：「姑娘是姓許吧？」

許蘭因還沒說話，掌棋就納悶道：「公子怎麼知道？真是奇了！」

秦儒見這位姑娘真是姓許，又笑道：「我爹曾經說過，南平縣有一位許姑娘，歲數不大，本事卻不小，見識不輸男兒，並曾經幫過他一個大忙。」

這人還真的是秦澈的兒子！許蘭因笑起來，她對秦澈和這位秦公子的印象都非常好。

「秦大人太客氣了，那也不算什麼大忙。」

朱壯訕訕地笑道：「小娘子還真跟我姨丈極熟呀……」

秦儒又笑說：「我和朱表弟來燕麥山遊玩，今天正好遊到這裡。許姑娘是本地人士，可知野峰嶺哪裡風景最好？」

許蘭因講了幾個地方，其中包括趙無跳崖的地方和野峰谷。說笑幾句後，她就告辭走了。

望著越來越遠的背影，朱壯突然用摺扇敲了敲大腦袋，說道：「表哥，我怎麼覺得那位許姑娘長得有些像紅雨表妹啊？」

秦儒點點頭，他也有這種感覺。接著又瞪了朱壯一眼，說道：「若你的老毛病再不改，以後就別跟我出來了。還有，不許把我爹的名頭拿出來說。」

下山後，許蘭因坐車去了小棗村。

好久沒回來了，在地裡忙作的農人都起身跟她打著招呼，比她在小棗村時熱情多了。

許老太躺在屋裡，怕過病氣，沒敢讓許蘭舟兄弟進屋，只在門口說了幾句話。許蘭因去了也是如此，便站在門口安慰了老太太幾句。

晌飯後，許蘭因帶著許蘭亭去了王家。

王三妮來開的門。她又長高了一點，臉上褪去些許青澀，穿著素服，頭上還戴了朵小白花，素淨、清秀，看似更加俐落了。她是在給不久前被斬的王婆子戴孝。

王三妮笑道：「蘭因姊、蘭亭，快進來！」

王進財也非常熱情地迎了出來，他拉著許蘭亭的手說：「蘭因姑姑、蘭亭叔叔，快請進！」

他們家幾乎沒有客人，今天來了客人，還是許蘭因姊弟，因此都非常高興。

夏氏正在簷下做針線，她木呆呆地抬眼看了許蘭因姊弟一眼，又面無表情地低頭繼續做事，像沒看到一般，似乎比之前更傻了。

這個院子比許家大房和二房的還好還大，但空蕩蕩的，連院子裡的樹都被砍了，屋裡只有最簡單的幾樣家具。

上了茶，王進財帶著許蘭亭去他的房裡玩。

許蘭因同王三妮說了自己要開個茶樓，想請她當二掌櫃的事。當然，不能一去就當二掌櫃，要先學習一個月，適合的話，就馬上上崗。

王三妮聽說茶樓在省城，規模大，經營模式新穎，還有幾種新棋式，關鍵這是許蘭因開的，因此她沒有任何猶豫就答應下來。「我願意！蘭因姊跟古望辰退親也就一年的時間，不僅在縣城開了點心鋪，家裡搬到縣城，現在還要在省城開茶樓，變化太大了。跟著姊姊幹，準沒有錯！」

許蘭因又悄聲問：「那妳要怎麼安排進財母子？他們願意跟妳去省城嗎？」

王三妮嘆道：「我大哥在秋收時又回來了一趟，就是想搶租子賣錢。幸好我們先做了提防，大概估算了下糧食產量，以低價先賣給了糧鋪。租子是糧鋪的人直接守在地裡收的，我和進財、大嫂先躲了起來。我大哥回來什麼都沒撈到，也找不到我們，氣得想燒我家院子，被許里正和許大叔帶人打跑了。但我們總不能天天躲在別人家吧？正好蘭因姊幫我找了這份好差事，我們都去省城，就在那裡租個院子住。只是，得等到我娘七七過後，大概冬月中，我們才好離開鄉下。」

許蘭因已經聽說過王三妮和王進財的這波神操作，她求許蘭舟幫忙找了胡家糧鋪先低價賣糧，又花錢買通了許里正和小棗村的幾個大漢，不僅讓她大哥空手而歸，還挨了頓打，這姑娘現在是越來越聰明了。

許蘭因笑道：「不急，茶樓要等到今年底或是明年初才開業……」又說了以後會定期讓盧氏和丁曉染母子偶爾來她家一趟，盧氏教她一些基本的禮儀，丁曉染教她下棋，讓她無事也多去茶樓看看。

十月初九上午，許蘭因正拿著連環畫給趙星辰講故事，突然聽到一陣久違的咕咕叫聲。她高興地開門出去，真的是麻子來了！牠停在花子的背上，花子高興得搖頭擺尾，汪汪叫著。

麻子看到許蘭因，展翅飛到她的手上，咕咕叫著啄她的手心。

許蘭因把麻子捧回臥房，從牠腿上拆下竹管。是閔戶的來信，他說閔嘉自從許蘭因走後就一直不快樂，不笑、不下棋，也不好好吃飯，只抱著那冊話本看，瘦多了。他過幾天又要去京城公幹，不放心閨女。

信裡沒有明說，但字裡行間都是希望許蘭因去省城陪閔嘉。

許蘭因也心疼那位小姑娘，本來想等到冬月初帶著要複診的許蘭亭一起去的。但大老闆來信了，又說小姑娘不太好，她也只得提前去。

還有一封信，寫了幾句莫名其妙的話，左上角還有個小紅點。這是給洪震的密信，用的是暗語，許蘭因看不懂。

她抓了一把糙米餵麻子，又囑咐家裡的人，不要把麻子回來的事說出去。然後就對趙星辰笑道：「你不是想芳姊姊了嗎？姑姑現在帶你去她家玩。」

趙星辰高興地跳了一下，大聲說道：「我好想芳姊姊呀！」

許蘭因他們坐著何東趕的車，來了洪家。

意外地，洪震也在家，而劉用有事被派去京城了，小嬋則生病了在自己房裡歇著。

胡氏讓下人陪兩個孩子去東廂廊下逗籠子裡的鸚鵡。

許蘭因給洪震和胡氏使了個眼色，洪震率先進了側屋，許蘭因也跟了進去，而胡氏則坐在廳屋裡做針線，豎著耳朵聽門外的動靜。

洪震看了小紙條後，馬上把它燒了，又跟許蘭因低聲說道：「我越來越看不懂洪希煥父子了，他們這是聯手怡居酒樓在給太子招禍啊！聽說，我朝邊軍在跟西夏國的幾次磨擦中吃了不少虧，前陣子朝廷運去的糧草也被截了，這……這不是給人家把柄抓嗎？為什麼太子就不收拾那一對父子呢？」

洪震既恨太子為了儲君之位賣國打殘前太子，更恨洪希煥和洪偉賣國求榮把洪氏一族牽連進去。他們找死是洪震樂於看到的，卻又搞不懂他們為何要這麼做？

許蘭因肯定這是怡居酒樓從洪家父子手中弄到的情報，幕後是三皇子在操作而不是現太子。問題是，洪希煥父子為什麼甘願被利用？太子倒了，洪家及洪家的閨女也脫不了干係。書裡，洪希煥父子就是提前自殺，現在看來，更可能是被滅了口。

對三皇子的懷疑，閔戶只告知了最心腹的幾個人，所以許蘭因不好直接說三皇子參與其中，只得說道：「洪家可以推鍋，說一切他們都不知道，是怡居酒樓透過別的管道得到的情報，太子生氣也無法，他又不可能親自找金掌櫃算帳。」

洪震又道：「趙兄弟不在，不太好給那位送信。他們又要搞事了，我還準備讓王裡找藉口去趟省城，正好痲子回來了。」

王裡是在許家鋪子的暗樁。洪家雖然也有個暗樁，卻不好讓他去省城。

兩人回了廳屋，許蘭因把文哥兒抱起來逗弄。文哥兒已經快滿八個月了，又黑又壯，非常討喜。

窗外傳來芳姊兒和趙星辰的笑鬧聲。

胡氏溫柔地笑道：「不管是妳家的人，還是妳家的狗和鳥，芳姊兒都喜歡。」

突然，洪震眨了一下眼睛，努了努嘴，意思是有情況。

許蘭因馬上謙恭地笑道：「芳姊兒是官家小姐，我們怎麼敢當？我想問問洪大哥，我弟弟現在的騎射很不錯呢，課業也好，明年春天能不能下場——」

許蘭因的話還沒說完，小嬋就推門走了進來。她的臉燒得通紅，嘴唇也起了殼，居然還要過來監視？這說明許蘭因跟閔戶的關係讓洪家或是怡居酒樓不踏實，甚至有些懷疑。

洪震沒看小嬋，對許蘭因笑道：「我軍裡事務多，沒有多少時間教導蘭舟，大都是讓丁校尉教他。聽丁校尉說，蘭舟有悟性，很不錯。讓他加把勁，在謀略上再下點功夫，明年下場去試試，中不了武秀才，中個武童也不錯。」

許蘭因表達了感謝後，洪震就去了外院。

許蘭因和趙星辰在這裡吃了晌飯就提出告辭。

胡氏說芳姊兒喜歡跟許蘭亭和小星星玩，讓他們無事多來自家串門子，垂下的手把一張捲起的小紙條塞進許蘭因手裡，這是剛才洪震悄悄交給她的。

許蘭因一手捏緊小紙條，一手牽著趙星辰。上了騾車，她才從懷中抽出帕子擦擦臉，又把帕子連同紙條一起塞進懷中。

回到家裡，許蘭因悄悄把麻子抓進自己屋裡。她也寫了簡短的幾句話，說兩日後可以去省城。然後就把兩張小紙條搓細塞進小竹筒裡，再把小竹筒綁在麻子的腿上。她親了親麻子的小尖嘴，輕聲說道：「去閔府吧，再見，我的寶貝。」

打開窗子用手一送，麻子展翅飛上天空，再往省城方向飛去。

許蘭因去跟何東和何西說了一下，讓他們準備準備，過兩天去省城。之前閔戶說過，若許蘭因要去省城，他會派幾個人來接她，人一到就啟程。

今天麻子把送信過去，明天派人快馬加鞭過來，後天就能成行。至於藉口，今天晚上許蘭亭放學回來又有些犯病了，要再帶他去省城找房老大夫看病。還好許蘭亭才六歲，耽擱幾天學業也不要緊。

她又跟秦氏說了這事。

秦氏直嘆氣，捨不得許蘭因姊弟和趙星辰是一方面，不願意閨女跟閔戶來往頻繁也是一方面，但又不敢不答應。「當真是拿人手短，以後不要再掙他家的錢了。」

許蘭因笑道：「不掙他家的錢，他讓我去，我就能不去？」

秦氏語塞，又道：「娘這段時日也不太好，想去省城瞧瞧大夫。咱們在那裡有宅子了，就住進自己的家吧。」閨女這麼大了，怎麼好一直住到別人家？

這樣當然最好！之前許蘭因說過幾次讓秦氏去省城找個好大夫看病，她都不願意。而且，自從許蘭因知道了閔戶對自己的那個心思後，也不願意長期住閔家，這次秦氏跟著，自家又有了宅子，不住閔家也就有了充分的理由。

兩人商量著，許蘭舟要上學，就讓他留守看家，她們帶著許蘭亭和趙星辰一起去。另外，寧州府第一百貨商場也快開張了，再把李氏和一個小工、一個婆子帶去。

出發的前一天，許老頭和許老太來了。老倆口說只有許蘭舟一人在家不放心，來幫著看家。可許老頭一直端著張臭臉，不時唸叨著縣城的大夫好得緊，實在沒必要跑去省城看病。

出發當日，秦氏、許蘭因、許蘭亭、趙星辰一輛車，李氏等人和家裡帶的東西以及做點心的物什一輛車，何東和何西坐在車外。

送出門的許老頭夫婦不時囑咐著秦氏，都是些婦人、孩子，看了病就趕緊回家，不要在外頭待久了，久住別人家不好——許蘭因對他們的說辭是，他們會住在胡萬家。

特別是許老頭，聲色俱厲地說著秦氏。「妳是寡婦，玩心不要那麼大，早些歸家，不然，我二兒在那邊也不會安心！」他本來就不高興秦氏去省城看病，早上再一看秦氏穿著緞子衣裳、戴著銀簪子，還搽得香噴噴的，比有錢人家的夫人還水嫩，就更加不高興了，覺得秦氏不莊重。省城的壞人多，這麼好的顏色被人拐跑可對不起死去的兒子！

秦氏一下子被氣哭了，起身就要下車，被許蘭因攔住了。

許蘭因不高興地對許老頭說道：「爺，你不能這樣說我娘！我娘是寡婦不假，但她從來都賢慧守禮、孝順公婆，沒有一點越矩的地方。做為公爹，你怎麼能這樣說她？若我爹在那邊知道你這樣欺負我娘，才會不安心！」

許蘭亭也不高興地說道：「我娘的玩心才不大，她是去看病！」

許老頭罵道：「你們懂個屁——」

許老太截斷他的話，罵道：「死老頭子！你再這樣說話不留口德，就滾回鄉下去，不要住人家的房子、吃人家的飯！」

許老頭跟許老太吵了起來。「死老太婆，我是住我孫子的房、吃我孫子的飯……」

許蘭因不想聽他們吵架，提高聲音說道：「老伯，可以走了！」

車夫便趕著騾車走了。

來到城外，同接應的人會合，一行車馬即往省城方向駛去。

秦氏用帕子在抹著眼淚，許蘭因幾人溫言軟語地勸解著她，她慢慢也就好了。那老頭子一直是那個樣，跟他一般見識會把人氣死。

可隨著過了南平縣的地界，秦氏的情緒又不好起來。陌生的風景讓她心慌，極不踏實，多年前逃出京城的那種惶恐由然而生，總感覺後面還有人在追她。她呼吸急促、雙手冰涼，連嘴唇都有些發抖。

她把許蘭因的手抓得緊緊的，說道：「因兒，咱回去吧，娘害怕。」

許蘭因見秦氏嚇成這樣，忙安慰著她。「娘莫怕，有這麼多護衛護著咱們呢！」

秦氏又喃喃說著。「自從嫁給妳爹，在小棗村落戶後，娘就以為會在小山村裡過一輩子，再也不離開，當初妳爹就是這麼答應我的。誰知妳爹死了，你們又出息了，居然在省城買了宅子，生意也發展到那裡……我不喜歡城鎮，人多，太亂。」

許蘭因知道她指的人多、太亂是藉口，她應該是怕遇到熟人。「省城的治安很好，咱們家的位置也不錯，鬧中取靜。娘無事不出門，出門都坐車，再帶上兩個下人，沒事的。」

天黑前進了封縣，住進了他們之前住過的城南客棧。

因為「隆興客棧大案」，秦氏和許蘭亭都不願意在封縣過夜，但走封縣是最近的路，若不住封縣縣城，住鎮上更不安全。

夜裡，又淅淅瀝瀝地下起雨來，滴滴答答的聲音打在瓦片上讓人心煩。

許蘭因本就睡得不踏實，聽著雨聲就更加睡不好。若明天雨不停，就要在客棧多耽擱一天了。後天不停，還要再耽擱。

次日起來，雨還下著，天更冷了。

早飯後，待在房裡難受，許蘭因就帶著掌棋和何東、何西，打著油紙傘去王二娘繡坊買東西。

王二娘繡坊就在城南客棧的斜對面，賣的小繡品和小飾品非常具特色。

中間的小路不寬，還是石頭鋪路。許蘭因踮著腳尖走過去，連繡花鞋都沒打濕。

許蘭因買了小荷包、小手帕、小香囊等許多小東西，有自己用的，也有送人的。剛要出去，居然又在門口遇到了秦儒和朱壯。

「真巧！」

三人異口同聲，說完又都笑了起來。

秦儒笑問：「許姑娘是去寧州府？」見許蘭因點頭，又問：「住在對面的城南客棧？」

許蘭因又點點頭，笑道：「難不成二位公子也住在那裡？」

朱壯笑說：「我們正是住在那裡！」

秦儒說道：「我來給家人買些小東西，也不知道小姑娘喜歡什麼，許姑娘幫忙看看？」

他提出這個要求了，許蘭因就陪著他們走了一圈，按照她自己的喜好提了一些建議。

秦儒給他妹妹和媳婦買得多一些，又給母親和兒子買了幾樣。從他的話裡聽出，他妹妹的閨名叫紅雨，兒子叫祥哥兒。

他們的談話不多，但許蘭因還是看得出來，秦儒很顧家，有南方男人的細膩。「聽口音，秦公子在南方待過？」

秦儒笑著點頭。「我在吳城長大，我爹在這裡當官，我和家人三年前才來到寧州府。」

幾人回了客棧，他們的房間居然在閔府幾個護院的隔壁。

午後雨就停了，許多客人離開了客棧。

許蘭因他們沒走，騾車到寧州府肯定已經天黑了，趕路不安全，還要在城外住客棧，不如明天再出發。

許蘭因幾人在秦氏的房間吃過飯後，許蘭因牽著趙星辰回自己屋歇息。在門口，又碰到路過的秦儒、朱壯以及他們的兩個小廝。

許蘭因笑問：「秦公子和朱公子要走了？」

秦儒笑了笑。「我們騎馬快些，不到兩個時辰就能趕到寧州。許姑娘要等到明天才走？」

許蘭因點頭，笑道：「二位公子慢走。」

朱壯抱拳說：「後會有期！」

那個聲音怎麼這麼熟悉？已經上床的秦氏趕緊下地穿上鞋子，急步走了出去。她把著欄杆看著秦儒幾人走下樓梯，再走出客棧，那走路的姿勢，真像……

秦氏的目光緊緊盯著秦儒的背影，直到他走出客棧大門。

秦儒走到門外，還回頭望了樓上一眼，笑著跟二樓欄杆後的許蘭因招招手，才又轉身走了。只是，他的眼裡只有許蘭因，沒注意到旁邊的秦氏。

許蘭因的目光收回來，看到秦氏愣愣地望著客棧大門，問道：「娘，妳怎麼了？」

秦氏沒說話，拉著許蘭因去了她的房間，輕聲問道：「剛才跟妳說話的人是誰？」

「我只知道他姓秦，娘認識他？」

秦氏遲疑著說道：「他很像我的一個故人。妳知道他的父親或者祖父的名字叫什麼嗎？」

許蘭因說道：「他父親就是秦澈秦大人，在寧州府任同知。至於他祖父叫什麼，我不知道。」

秦氏極是失望，說道：「名字不一樣，或許是巧合吧。」她起身想回屋，被許蘭因拉住。

「娘，妳有什麼心事，就跟我說說吧，我是妳的女兒啊！」又低聲問：「娘是不是覺得秦公子長得很像娘的哪個親戚？」

秦氏聽了，又坐回去，沈思著沒吱聲。

許蘭因就把趙星辰抱去隔壁，對已經躺下的許蘭亭說道：「娘和姊要說話，你起來把門插上。」

回了自己房後，許蘭因坐在秦氏旁邊默默看著她。

半晌，秦氏長長地嘆了一口氣，說道：「嗯，那個後生有些像我的表哥，不僅長得像，連聲音、走路的姿勢都像。表哥比我大五歲，我們分別的時候他十六歲，我十一歲。可表哥不叫秦澈，課業也非常不好，經常因為不好好學習而被舅舅打得往我家躲，怎麼可能中進士當官？」

她終於願意說出往事了，「秦」果真是她的外家姓！

許蘭因又問道：「娘的老家在江南吳城嗎？聽清風說，秦大人的老家在吳城，秦公子也說他在吳城長大。」

秦氏搖搖頭。「我外祖一家在江南，但不是吳城，是武陽。那時我父親在武陽當官，我也在那裡無憂無慮地長到十一歲，後來跟我爹去了京城，就再也沒有好日子過了，唉……」

許蘭因又道：「萬一秦大人是娘的另一位表哥呢？」

秦氏用帕子擦掉流出來的眼淚，沒有繼續往下講，目光轉去窗邊，許久才幽幽說道：「我外祖一脈子嗣單薄，幾代都只有一個兒子。我外祖母也只生了我舅舅和我娘兩兄妹，我舅舅只有一個兒子，就是我表哥。唉，別問了，知道多了對妳不好，這些話也不要對別人講。不能讓那些人知道娘還活著，否則娘活不成，你們也會倒楣……」

她被發現就活不成？許蘭因試探著問：「難不成，娘的娘家是被滿門抄斬的罪臣？」

秦氏搖搖頭，咬牙說道：「我倒寧願是那樣，讓該死的人都去死！」

只要不是跟朝廷作對的罪臣，其他事都好辦。秦氏不想說，許蘭因不敢再繼續追問，只能摟著她的胳膊說道：「娘莫害怕，已經過去了那麼多年，娘也從小娘子變成了中年婦人，哪怕遇到曾經認識的人，只要不是極熟，也認不出來的。再說，娘又不經常出門……」

許蘭因心裡想著，聽秦氏話裡的意思，她在武陽待到十一歲，那時她的表哥應該是十六歲。在京城只待了幾年，過得非常不快樂。恨不得本家去死，應該是被家族迫害逃了出來，嫁給了許慶岩。所以說，秦氏害怕的是本家……

第二天，天氣晴朗，陽光燦爛，濕漉漉的地面也半乾了。

許蘭因一行人馬吃過早飯後，向省城趕去。

下晌進了寧州府北城門，騾車先去了許家在城北邊的宅子，把秦氏、掌棋、李氏和那個小工、婆子放下，許蘭因和許蘭亭、趙星辰又坐著車前往閔府。

郝管家正在門房焦急地等著，見他們來了，笑得眼睛瞇成了一條縫。「哎喲，你們可來了，我家姊兒天天盼著呢！」又道：「我家大爺快去京城了，姊兒一個人在家可憐著呢！」

許蘭亭馬上說道：「我們也天天想嘉嘉！」

趙星辰也說道：「嗯，想嘉姊姊！」

路上，許蘭因問郝管家，閔戶現在的睡眠怎麼樣。

郝管家笑道：「還不錯，大爺基本上每天都能睡足兩個時辰。」

閔嘉和劉嬤嬤居然在內院門口等他們，一看到許蘭因，小姑娘就咧開小嘴哭起來，只是默默地哭，沒有聲音。

她雖然哭了，但知道表達情緒，比想像中要好很多。

許蘭因上前把小姑娘摟進懷裡，捧著她的小臉說道：「嘉兒，許姨又來看妳了。讓許姨好好看看，哎喲，瘦了，好心疼呢……」

許蘭亭和趙星辰一人拉著閔嘉的一隻手，訴說著各自的相思。

小姑娘很想說「我也想你們，想得天天睡不著」，可她就是說不出口，急得臉通紅，嗓子裡只蹦出一個「啊」字，很短促、很粗，也很難聽。

但蹦出一個單音也是非常大的進步了，許蘭因高興地把小姑娘抱起來，做出驚喜的表情，笑道：「嘉兒說了個『啊』字，太了不起了！今天說了一個字，很可能明天就會說兩個字呢，真是太好了！」她很感動，小姑娘是真的很想自己，想得居然憋出了一個字。

許蘭亭也趕緊附和著。

趙星辰雖然搞不懂，也還是跟著捧場。

一個大人、三個孩子擠成一團地走回屋裡，坐上羅漢床，又擠在一起。

訴說了一陣相思後，許蘭因才起身把給閔嘉的禮物拿出來。不僅有吃的玩的，還有一套漂亮的小衣裙和一雙漂亮的小繡花鞋。

許蘭因拿著衣裳說：「這衣裳是許姨設計，許姨的娘做出來的，看看漂亮嗎？」

閔嘉高興地接過衣裳和鞋子往臥房跑去。

劉嬤嬤笑出了聲，跟著走進去，笑問：「姊兒現在就要穿啊？」

片刻後，穿著新衣裳跟新鞋子的閔嘉走了出來。

淺妃色窄袖夾上衣，同色百褶長裙，裙襬處繡了幾枝小花，水綠薄棉半臂，領口繫了一個杏色大蝴蝶結，長長的帶子垂下來。

小繡花棉鞋沒有多少變化，只是鞋後面縫了兩條寬綢帶，在腳踝處繫了朵花。

衣裳算不上多華麗，但小清新，很別致。許蘭因知道，這肯定是小姑娘喜歡的款式。

許蘭亭和趙星辰兩個人又開始在一旁大吹特吹。

「嘉嘉好漂亮喔，比天上的嫦娥還漂亮呢！怎辦，我怎麼看都看不夠……」

「嘉姊姊好看，跟姑姑一樣好看，我也看不夠……」

兩人誇得沈穩的小姑娘紅了臉，用小手捂著嘴樂。

閔嘉又一手牽許蘭亭，一手牽趙星辰，給許蘭因使了個眼色後，就往外跑去。

劉嬤嬤追在後面喊道：「姊兒，天晚了，快吃晚飯了！」

閔嘉沒理她，繼續跑著。

許蘭因笑道：「嘉兒高興，她想怎麼玩就怎麼玩吧。」

現在天短，剛剛酉時初斜陽就落下一半，西邊彩霞滿天，濃濃的暖色給寒冷的大地披上了一層金光。

許蘭因坐去了望月亭裡，看著孩子們跑上池塘裡的小石橋，去了池中心的小亭子。

遠遠聽到趙星辰和許蘭亭的笑鬧聲。

突然，閔戶的聲音傳來——

「許姑娘一來，這個家又有了孩子的笑聲，嘉兒也快樂多了。」閔戶走進亭子。落日的斜暉印紅了他的半張臉，他嘴角噙著笑意，眼睛望著遠處的孩子們。

他臉頰的肉沒有凹下去，也沒有黑眼圈和大眼袋，整個人的精神面貌非常不錯。身材高眺，五官俊秀，氣質卓越，十足的俊男一枚。

許蘭因笑道：「孩子們的笑聲代表著欣欣向榮和未來，我喜歡聽。」

閔戶收回目光，望向許蘭因。面前的姑娘明眸皓齒，紅顏如花，還有無人能及的聰慧，自己和閨女都因為有了她而改變，這個家也變得越來越欣欣向榮了。若她能永遠留在這個家裡，伴隨自己一生，該多好……

許蘭因覺得閔戶一直在凝視自己而沒有說話，故意問道：「閔大人，你覺得呢？」

閔戶的思緒被打斷，不覺微紅了臉，趕緊笑道：「若這些笑聲裡有嘉兒的就更好了。聽郝叔說，剛才嘉兒說了一個『啊』字，這是一個好的開始。但願她能慢慢康復，像正常孩子一樣說話。這都是許姑娘的功勞，謝謝妳。」說完，還微微躬了躬身。

許蘭因搖了搖頭，正色說道：「嘉兒現在只是表面上的開心，或者說，是暫時性的忘卻煩惱，心結依然沒有解開。還有，對她不利的環境一直存在著，她仍面臨著被打回原形的可能。」

閔戶張了張嘴，呆呆地看向遠處的小身影，嘴角的笑意換成了苦澀。

上次回京，他特地跟老太君說了，閔嘉之所以失語，不僅是因為安氏的死，還因為家人對安氏的厭棄及謾罵，她所承受的刺激過大所導致。為了治療閔嘉的病，希望家人在閔嘉的面前不要再說安氏的不好，甚至可以說一說安氏的好。至於他的繼母閔大夫人，不求她說安氏的好，只求她不要當著孩子的面講那些髒耳朵的話。

結果一說起安氏，老太君就沈了臉，又氣不過地罵了幾句。

閔戶十分無奈，老太君算得上賢明知禮，可一說起安氏就是這個態度，對嘉兒也不甚親近。

閔戶解釋道，也不是一直說安氏好，只是暫時而已，等到嘉兒病好了，長大些有了承受能力，再跟她說實話。可他說了半天，還是沒得到老太太的同意。

所以，尋求家人的幫助，似乎不太可行。

他的目光從虛無的前方收回來，看看側面的許蘭因。暮色中，這位姑娘聰慧、沈靜，能夠用奇特的方法治自己的失眠症，也應該能治嘉兒的病。可是，要請她治嘉兒的病，就邁不過安氏……

許蘭因見閔戶猶豫半天還是沒有說實話，很是失望。

天光更暗，天邊還出現了兩顆小星星，眾人才回去。

飯後一說要走，閔嘉就哭，許蘭因無奈，只得留下來陪她，又請人去自家跟秦氏說一聲，她明天上午回家，還會帶去一位小客人。

次日辰時，幾個孩子還在睡覺，清風便來請許蘭因，說閔戶一個時辰後就要啟程，請許蘭因過去一趟。

閔戶正坐在外書房的羅漢床上看門前的那架「虞美人」屏風。沒有關房門，燦爛的霞光射進門裡，讓屏風上的藍天泛著紅光，那片景致也似被朝霞籠罩。

許蘭因坐定，清朗上茶。

閔戶笑道：「這個景致是我的樂土，只要看到它就能身心輕鬆、愉悅。以後我出門，都想把這幅繡品帶在身邊，晚上能拋開煩雜的事物睡個好覺。只是經常拆卸，容易折損繡品，所以想請許姑娘再幫我畫一幅。」又不好意思地搖頭笑笑，說道：「之前我自己臨摹過幾次，可都沒能把這幅繡品的神韻畫出來。」

他沒好意思說的是，他之所以這次一定要把這幅繡品帶著，想好好睡眠是其次，還有另一層深意。他是想給老太君看，看看畫這幅圖的姑娘是多麼聰慧、有才氣，她另類的法子能治好自己的失眠症，也應該能夠治好嘉兒的失語症。雖然現在還不敢馬上說出他想娶這位姑娘，但先讓老太太有個好印象也好，日後再徐徐圖之。

當然，他也的確想多要一幅同樣的圖，方便出去攜帶。

許蘭因沒想到閔戶這麼離不開這幅畫。她笑道：「不怪你畫不出它的神韻，就是我也畫不出它的神韻。紙上的藍天再如何描繪，也不會有絲羅上的藍天那麼清亮透澈。這樣吧，我畫幅小的請我娘繡幅桌屏，方便閔大人攜帶。」自己都幫了他這麼多忙，以後秦氏若有需要幫忙的時候，也希望他能全力相幫。

閔戶喜道：「這樣再好不過！家裡好像還有些那種絲羅，我讓郝叔找出來給妳。」

他的目光又轉向屏風，朝霞已經隱退，淡藍色的天空澄澈如洗。等到晚上，濃烈的晚霞又會在這片天際噴薄而出。

閔戶又說，自己這次外出的時間較久，希望在他回來以後許蘭因再離開。

許蘭因笑著點點頭。「好。」

兩人又說了一陣話，許蘭因才起身告辭。

回到小院，幾個孩子剛剛起床。等他們吃完早飯，許蘭因就領著閔嘉去自己家串門了。

到了許家，丁固站在門口迎接，李氏幾人已經走了。

家裡的院子和屋子基本上都裝修好了，一些簡單的家具也做好了，等到比較複雜的家具做好後再一起刷漆。

木匠在後罩房裡忙碌。

郝管家等幾個男下人留在外院，由丁固負責招待。

許蘭因領著幾個孩子和劉嬤嬤、幾個丫頭直接進了內院的上房。

上房廳屋裡只有幾件簡單的家具，雖然極為簡陋，可幾個孩子都很高興。特別是許蘭亭，看見自家院子這麼大、房子這麼多，樂得見牙不見眼。
閔嘉非常乖巧地朝秦氏萬福見了禮。
秦氏笑道：「好孩子，真俊！」給了她兩塊自己親手繡的羅帕當見面禮。
三個孩子手牽手前院後院轉了一圈，又站去大門口向外望了半天。門前是一條只能過一輛馬車的狹長胡同，平整的青石小路、偶爾路過的行人、鄰家幾個看熱鬧的小孩子、遠處小販的叫賣聲……
許蘭亭喜歡極了，不時問閔嘉。「我的新家好不好？我的新家大不大……」
每問一句，閔嘉就點點頭。她是真的覺得這裡好，比自己家好玩多了。
趙星辰也很高興，跟閔嘉一起點著小腦袋。
晌午，許蘭因和掌棋做了飯菜，丁固又去酒樓買回幾樣大菜，招待客人們吃。木匠有專門做飯的婆子煮給他們，今天許蘭因還給他們加了兩道好菜，又上了一壺酒。
申時，劉嬤嬤得了前院郝管家讓人遞進來的話，對閔嘉笑道：「姊兒，天晚了，該回府了。」
閔嘉一聽，就跑到許蘭因的身後抱著她，還指了指西屋，意思是不回去，晚上要住那裡，反正爹爹也不在家。
許蘭因十分無奈，哄道：「嘉兒也看到了，許姨的家還沒有裝修好呢，空蕩蕩的，夜裡太冷了。再等等吧，等家裡徹底裝修好後，妳偶爾就能在這裡住一宿，好嗎？」

閔嘉又把許蘭因往外拉，意思是讓許蘭因去她家住。

許蘭因無奈，又跟小姑娘講了半天的道理，還說她的娘也在這裡，若天天不住在自己家，她娘會不高興，會讓她馬上回老家的。

小姑娘賊精，權衡了一下利弊，許姨馬上回老家和明天一早去陪她，她還是理智地選擇了後者。

終於把磨人的小姑娘和服侍她的一群人送走，家裡也安靜了下來。

現在家具還沒完全做好，所以晚上許蘭亭同秦氏住，趙星辰則跟著許蘭因住。

第十九章

次日早飯後，許蘭因又認命地帶著許蘭亭和趙星辰去了閔府。

閔嘉起床後如願見到許蘭因，笑得眉眼彎彎。

下晌，孩子們午歇剛起床，閔夫人和閔楠就來了。她們聽閔燦說昨天閔戶進京公幹，特地來關心關心獨自在家的閔嘉。

一來才知道，許蘭因居然又來了。

許蘭亭和趙星辰笑著給她們見了禮，閔嘉卻是木著臉，她不喜歡有外人來。

許蘭因哄了閔嘉幾句，讓三個孩子去院子裡玩，她則陪著閔夫人母女在屋裡說笑，她還想套套閔楠的話。

看到閔嘉同許蘭因幾人親密無間，除了不說話外，都跟正常孩子一樣，特別是面對許蘭因時，小臉始終掛著笑意，跟平時見到的木呆呆的孩子完全兩樣，閔夫人又是吃驚、又是吃味。

還有，劉嬤嬤對許蘭因像是對主子一樣尊敬，事事都要聽她的示下；而劉嬤嬤對自己卻不鹹不淡，自己還要敬著她……

這個許家丫頭完全超乎想像，不知用什麼手段讓一個傻孩子變正常了……喔，而且還在幫著閔戶治失眠症呢！這件事自家男人囑咐要保守秘密，所以她連晚輩都沒敢說，更沒敢跟京城閔府的人說。

看到如此和諧的一幕，閔夫人有了種猜測，這丫頭不會是飛上枝頭當鳳凰了吧？不管怎樣，跟許蘭因的關係維持好就不會有錯！

想通關鍵後，閔夫人對許蘭因笑得更真誠了。

聽許蘭因叫閔嘉「嘉兒」，叫自己閨女為「閔大姑娘」，閔夫人便笑道：「許姑娘認識我們也有一年多了吧？以後妳叫楠兒『楠妹妹』吧，方不顯得生疏。」

許蘭因道好，若是能夠，她也希望跟閔燦家繼續維持好明面上的關係。她又笑道：「等我家收拾妥當後，請楠妹妹去我家玩。喔，我正在籌備要開一家茶樓，到時送楠妹妹一張會員卡，持會員卡的人任何時候到茶樓消費，都打八折。」她是真心喜歡閔楠，送這張會員卡沒有任何巴結閔通判一家的意思。

閔楠笑得眉眼彎彎，說道：「只要是許姊姊做的，就都是好的，即使不打折，我也會常去光顧的。喔，還會帶上我的手帕交去！」

許蘭因笑道：「那就先謝謝楠妹妹了。」

閔楠又講了她來寧州府後去誰家串了門子、交了多少手帕交、跟誰玩得最好。最好的手帕交之一，就是秦大人的閨女秦紅雨，比閔楠大兩歲，今年十四歲。

秦澈是閔燦的直屬上司，又跟閔戶私交好，而閔燦又是閔戶的族親，所以秦、閔兩家走得近也在情理之中。

許蘭因最想知道的，就是秦家的事。

閔楠又道：「許姊姊，秦姊姊家開了一間『榮順梳篦坊』，裡面賣的梳篦極好看精緻，就在黃石大街上。聽說，榮順梳篦是秦家祖傳絕技，在江南極具盛名呢！」

許蘭因之前在寧州府買過幾套梳篦回家送人，都是就近在青渠街的如意梳篦坊買的，沒想到秦家在黃石街開了一家賣梳篦的鋪子。想著，這正是一個好機會，明天就帶秦氏去榮順梳篦坊逛逛！秦氏若真的不認識秦家祖傳梳篦，也就說明她跟秦澈確實沒有任何關係，一切都是巧合。她笑道：「那麼好啊？改天我也去瞧瞧！」

平時閔家母女來看閔嘉，頂多待上兩刻鐘，也算她們關心這個孩子了。而今天許蘭因在，說說笑笑便到了傍晚。

她們起身告辭，許蘭因畢竟不是主人，不好留飯，帶著幾個孩子把她們送至小院門口。

許蘭因領著幾個孩子吃過飯後，就要回自己家了。看小姑娘不高興，便笑道：「明天請嘉兒去許姨家玩，再去街上逛，還要在酒樓裡吃飯。」

閔嘉想想，今天堅持一宿，明天又能去許姨家玩、又能上街玩，便點頭同意了。小姑娘依依不捨，拉著許蘭因的手，把他們送至二門口。

回到城北宅子的時候，天已經黑透了。

秦氏坐在廊下等他們。

許蘭因笑道：「娘，明天咱們去街上逛逛，給我奶和姑姑她們買些東西回去。」

秦氏搖搖頭。「妳領孩子們去吧，我就不去湊熱鬧了，記著給妳姑買對漂亮的銀耳環。」

許蘭因又道：「娘，妳不想看看我的茶鋪嗎？還有百貨商場，娘也要去看看呀，那裡可有咱家的點心鋪子呢！」

秦氏也想去看茶鋪和商場，可還是有些猶豫，怕有熟人認出她。

許蘭因悄聲道：「都過去那麼多年，即使遇到熟人也不會想到是妳。妳看看趙無，離開京城不到一年就敢到處亂跑了，誰也沒有認出他來。再說，哪有那麼巧的事，一出去就遇到故人？」

秦氏想了想，便同意了。

次日，巳時初，小姑娘就帶著幾個人來了許家。

劉嬤嬤笑道：「姊兒辰時就自己起床了，生怕來晚了呢！」

在家裡玩到午時初，眾人才坐馬車去街上。

既然答應秦氏是去看茶鋪和商場，就先去青渠街，並說好在那條街上的酒樓吃晌飯。

離得老遠就能看到聳立在青渠街街口的、一棟拐了角的大商鋪，粉牆黛瓦，跟鮮豔的朱色雕花門窗形成鮮明對比。

商鋪頂上立著幾個銅鑄的大字：寧州府第一百貨商場。大字兩尺見方，在陽光的照耀下熠熠生輝。

無論商鋪還是招牌，都極為氣派。

看樣子，商場外部已經全部裝修好了。

秦氏驚嘆道：「真別致！比京城和江南的大商鋪還大、還氣派呢！特別是那個名字，別的商鋪都寫在牌匾上，他們卻是立在屋頂上的，還那麼顯眼。」

許蘭因笑道：「不顯眼，別人怎麼看得到？等開業了，外面的彩綾也不是單純的裝飾，一條彩綾就代表商場裡的一種商品。這些都是我的創意，那一成股可不是白拿的！」

秦氏呵呵笑出了聲。「我知道，我閨女越來越能幹了。」

商場裡面還在裝修，很亂。許蘭因沒讓秦氏和孩子們下車，只她和掌棋下車去了百貨商場。李氏幾個人也在裡面，照著許蘭因畫的圖指揮工匠們幹活。

李氏見許蘭因來了，陪著她轉了幾間屋。

許蘭因出來後，眾人又直接去了位於街道中央的心韻茶舍。

從外面往裡看，茶鋪裡一片狼藉，帶著孩子也不方便進去。眾人在外面看了一圈，伍掌櫃跑出來講了一下裝修情況。

接著眾人又去旁邊的繡鋪、銀樓買了些東西。

為了不顯眼，秦氏穿得非常低調，隨時都低著頭。

之後去酒樓吃飯，護院和車夫在一樓大堂，劉嬤嬤和兩個丫頭陪著主子去了二樓包廂。

飯後掌棋要去付錢，被郝管家搶先付了。

幾個孩子都睏了，特別是閔嘉，已經在劉嬤嬤的懷裡睡了。

許蘭因道：「黃石大街離這裡不遠，咱們從那裡繞道回家吧。聽說榮順梳篦坊賣的梳篦特別好，我想去買幾把。」

閔嘉一下子睜開眼睛，定定地看著許蘭因，而秦氏對「榮順梳篦坊」似乎沒有一點好奇。

許蘭因失望不已，又對小姑娘笑道：「繞道回許姨家。」

閔嘉聽了，才又閉上眼睛繼續睡了。

上車後，許蘭亭在秦氏的懷裡睡覺，趙星辰在許蘭因的懷裡睡覺。

不久後，車夫說道：「許姑娘，榮順梳篦坊到了。」

許蘭因把趙星辰放在座上，對秦氏說道：「娘，咱們下去看看。」

秦氏不想下去，該買的她都買完了。「娘是寡婦，不想買梳篦。」

許蘭因說道：「娘幫我參詳參詳，我想買套好的送人。」

秦氏只得把許蘭亭放下，下了車。

許蘭因扶著秦氏的胳膊，向榮順梳篦坊走去。

秦氏看看門上的牌匾，臉上沒有什麼變化。

然而一進鋪子，看到牆上掛的和櫃檯上擺的各種梳篦，秦氏的身子就有些發抖了。

許蘭因摟緊了她，問道：「娘怎麼了？」

秦氏沒說話，而是拖著許蘭因快走幾步，拿起櫃檯上的一把篦子看起來。

小二忙上前笑道：「這位太太眼光好，這把篦子是上百年的黃楊木做成的，把上還塗了金粉呢！製作梳篦的，是江南百年名店秦順梳篦行……」

秦氏微顫著聲音問道：「是武陽的秦順嗎？」

小二有些茫然。

掌櫃走過來笑道：「這位太太懂行，還知道武陽有秦順。」又笑道：「秦順梳篦行之前是在武陽，十五年前才搬去了吳城。」

許蘭因覺得秦氏抖得厲害，手也冰涼，趕緊說道：「娘，妳是又犯病了嗎？快歇歇！」把她扶去店裡的一張長條凳上坐下。

梳篦坊的掌櫃也嚇著了，怕客人在鋪子裡出事，忙說道：「前街就有醫館。」

許蘭因道：「無妨，我娘是老毛病，歇歇就好。」

秦氏強站起來說道：「快，快回家吧，喝了藥就好了。」

許蘭因扶著她上了馬車。

劉嬤嬤和幾個孩子都在這輛車上，秦氏和許蘭因不便多說，只得閉目養神。

許蘭因輕輕順著她的背，對劉嬤嬤說：「我娘有些犯病了，要趕緊回家吃藥。」

劉嬤嬤十分不好意思。她看看懷裡的小主子睡得正香，覺得他們這時該回閔府，不打擾人家，卻又不敢自作主張。

回到許家，孩子們也睡醒了。

許蘭因讓他們去西廂玩跳棋，她把秦氏扶回上房東屋。

許蘭亭想跟進去陪娘親，被許蘭因勸住了。「娘無事，姊姊陪她就行了，你去陪客人。」

見屋裡只有閨女了，忍了許久的秦氏才流出淚來，又用帕子捂著嘴哭。

許蘭因問道：「娘，榮順坊賣的秦順梳篦，難不成是娘的姥爺家做的？」

秦氏哭著點頭。

許蘭因又道：「我聽說，榮順坊就是秦澈大人家開的。」

秦氏抬起頭，掛著眼淚的臉上滿是驚詫。「可我表哥不叫秦澈，而是叫秦萬寶啊！外祖家還有幾個出了五服的族親，但也沒有人叫秦澈。」

許蘭因猜測。「或許後來他想通了要考功名，覺得那個名字太不文雅，改了名也未可知。」又道：「娘，要不我去秦大人家探聽探聽虛實？」

秦氏嚇得出手拉住她，驚道：「別去！千萬不要去！他好不容易考上功名當了官，我不能連累他。」

許蘭因覺得，秦氏不光是害怕，好像還有些心虛。難不成，溫柔和順的她真的做了什麼不好的事？

她循循善誘道：「娘，我的兩個弟弟將來都要走仕途，以後我們也會在省城長期生活，有些事娘還是講清楚的好，我們心裡有數了，也不會無意中招惹到不該招惹的人。」

秦氏想想也對，便擦乾眼淚，娓娓道來。「好，娘跟妳說實話，也省得妳橫衝直撞，招惹到不該招惹的人，以後也得把妳兩個弟弟看好……」

秦氏的父親叫柴正關，是平南侯的庶子，三十幾年前去武陽做通判。在一個偶然的機會，他看見了秦氏的母親秦慧娘，立即被她的美貌所吸引。打探出秦慧娘的身世後，他上門提親，想納秦慧娘為貴妾。

秦家是武陽有名的鉅賈，專做梳篦生意，開的秦順梳篦行同京城著名的如意梳篦行是大名朝最好的兩大梳篦行，一南一北，各占半壁天下。

秦慧娘的父母只有一兒一女，非常心疼這個閨女，不願意讓她為妾。

柴正關說，他妻子的身體非常不好，所以才沒有跟著來江南，言外之意就是，他的正妻活不了幾年了。

貴妾跟平妾、賤妾的不同之處在於，貴妾在正妻死後有機會提為繼室，而平妾和賤妾永遠沒有這個機會。

秦慧娘的父親見柴正關一表人才，又出生勛貴，還是進士，最關鍵的，他是專門管他們這些商人的通判，自己惹不起他，也只能答應了。

秦家有錢，又只有這麼一個閨女，陪嫁可謂是十里紅妝，物什、鋪面、田地加上壓箱底的銀子，有近十萬兩之鉅。

正妻不在，秦慧娘就是武陽柴府的大娘子，生活可謂是幸福快樂，次年就生下了女兒，取名柴清妍。

柴清妍一天天長大，柴正關也從武陽通判做到同知。期間，柴正關回過京城幾次，都沒帶她們母女兩人回去。

在柴清妍十一歲的時候，柴正關回京任職，她們母女不得不離開武陽，去往京城。

到了柴府，卻發現柴正關的正妻沈氏不僅沒死，還什麼病都沒有，比秦慧娘壯實多了！

其實，秦慧娘跟了柴正關兩年後就知道了真相，但卻沒有任何辦法，只能暗自流淚，連父母都不敢說。或許是心情抑鬱的緣故，再沒有生出孩子。

沈氏特別厲害，把柴正關其他的幾個小妾和庶子女管得服服帖帖，唯獨對秦慧娘母女還算和氣。

兩年後，秦慧娘死於風寒。

在死之前，秦慧娘把父親送她的一點如玉生肌膏拿出來，這東西連柴正關都不知道，她讓柴清妍偷偷去一趟南陽長公主府，把如玉生肌膏送給南陽長公主。

柴正關的嫡兄柴正良承了平南侯的爵，還尚了南陽長公主。秦慧娘知道，她送再多的錢也沒有送這種神藥管用。她請長公主管住柴夫人沈氏，確保柴清妍在柴府能順利長大，保住嫁妝，再幫她找個好人家嫁了。

也是一個巧，南陽長公主的孫子柴俊正好「見喜」，也就是出天花。南陽長公主接了藥膏，也答應了秦慧娘的條件。

因為有了如玉生肌膏，柴俊連一顆痲子都沒長，讓南陽長公主十分高興。

秦慧娘死後，南陽長公主和柴正良重重敲打了柴正關和沈氏，說若是讓柴清妍死於意外，或是打她嫁妝的主意，他們一家就打包去邊陲任職吧！

沈氏氣得要命，私下整治柴清妍，但明面上卻不敢過分，也沒敢逼迫柴清妍拿嫁妝出來用。不過，柴清妍身邊的忠奴都被換了，奴才們還想教她一些不好的東西。

那時柴清妍已經十三歲，許多事都懂了，面上像木頭，心裡卻有數得緊，根本帶不壞。

南陽長公主又依諾給柴清妍說了一門親事，那後生是一個寒門學子，二十二歲就中了進士，還考上了庶起士，長得也不錯，跟柴清妍這個五品官的庶女也算相配。

柴清妍知道後欣喜異常。

然而，柴正關卻正大光明地拒了，說柴清妍小時候在江南找高僧算過命，不宜早婚，早婚恐有血光之災。他的這個理由長公主也駁斥不了，總不能讓人家閨女有血光之災吧？

不料這話傳到外面，就變成了「柴正關的二閨女不宜早婚，早婚生孩子會一屍兩命」！

柴清妍哭了幾天，那件婚事最終也沒做成。

柴正關有四個女兒，一個嫡女、三個庶女，歲數相差不大，在一、兩歲之間。給另外三個姑娘都訂了親，唯獨沒給柴清妍訂。

直到柴清妍十七歲那年，她在一次外出的時候被北陽長公主的二兒子王翼看到，立即驚為天人，非卿不娶。還說，柴清妍已經十七歲，不算早婚了。

北陽長公主府找人一來提親，柴正關和沈氏便趕緊應承下來。兩家商量，兩個人歲數都大了，決定半年後就成親。

訂的是北陽長公主的兒子，不管好不好，南陽長公主都不便再插手了。

後來柴清妍陸續得到消息，那王翼性情殘暴，力大無窮，男女不忌，打死打殘過好多下人及士卒。在他十四歲那年，因為爭小倌還打死過人，只是讓下人頂了罪。偏北陽長公主的眼光頗高，覺得只有名門大族的嫡女才配得上自己的兒子，於是一年年耽擱下來，條件也逐漸降低，家勢稍好又心疼閨女的人家還是不願意把閨女嫁給他，而想嫁閨女給他的，長公主府又看不上，所以王翼已經二十一歲了還沒娶親。

柴清妍去求父親柴正關，但柴正關不僅不退親，還斥責她，說王翼沒有那麼不堪，只是脾氣大一些罷了，年紀大了慢慢就會變好。還說柴清妍的命格不好，之前都怕她嫁不出去，能找到這樣的好人家已經是燒高香了，她該知足。

柴清妍無法，又偷偷去求大伯父柴正良。

柴駙馬為難地說，親事已經訂下了，自己只是大伯，沒有辦法讓他們退親。還說王翼沒有那麼不堪，傳言不可全信。

柴清妍知道，柴駙馬和南陽長公主不可能沒有辦法，只是不願意全力幫助庶弟的一個庶女，為此而去得罪北陽長公主府而已。

成親前幾天，一件大事徹底刺激了柴清妍——王翼因為爭搶紅牌打死了人！雖然推到護衛身上，但還是被暴怒的皇上下令打了五十杖，鬧得京城人盡皆知。

柴正關義憤填膺，突然有了父親的擔當，跑去北陽長公主府退親。但最後親沒退掉，北陽長公主府又多加了一萬兩銀子的聘禮。

柴清妍不想嫁給王翼，絕望之下只有上吊。在她要蹬倒凳子的那一刻，突然把事情的前因後果都想明白了——柴正關跟沈氏是一夥的，目的就是要把她逼死！否則那麼多關於王翼不好的傳言，怎麼可能源源不斷地傳進她的耳裡？她身邊可都是沈氏的人！

只有她在出嫁前死了，秦慧娘留給她的嫁妝才能留在柴家，全部歸於姓柴的！而且，南陽長公主和柴駙馬因為自己袖手旁觀，還怪不了他們夫妻！

甚至柴清妍懷疑，就是她不自己上吊，也會「被上吊」——她因為王翼做的醜事而羞憤難當地上吊死了，柴家成了受害者，人們譴責的只會是北陽長公主府和王翼！

這麼看來，她娘的死也不是那麼單純了。

想通了頭緒後，柴清妍不想死了，憑什麼要如他們的願？她想著，錢財保不住，那就想辦法把命保住吧！

次日，北陽長公主府送來了聘禮，財物加銀子共三萬兩銀子。

柴正關和沈氏笑瞇了眼，對觀禮的人說，他們一文不留，全都給妍丫頭陪嫁去婆家。

柴清妍提出前去香山腳下的娘娘庵給秦姨娘燒香茹素三天，回來正好嫁人，柴正關和沈氏非常痛快地同意了。

在庵堂裡的第一天，她非常老實。第二天夜裡，柴清妍就拿著隨身的一百多兩銀子和一些首飾偷偷逃跑了，她想去江南武陽找外祖和舅舅。

然而，逃到南平縣城她才想到，柴家肯定會注意千里之外的秦家。哪怕找到了外祖和舅舅，他們也惹不起柴家和北陽長公主府，她不能平白給他們招禍。況且，她沒有路引，在許多重要關卡沒有路引是會被抓起來的。

在她猶豫不絕的時候，先是被小偷竊了錢財，後又被兩個壞男人盯上，說她是他們的妹子，硬要把她賣去青樓。

幾人正爭執的時候，正好碰到要回老家探親的許慶岩。

許慶岩這男人，她曾經見過。

兩年前，她去護國公府周家參加梅花宴，跟幾個姊妹逛梅林時，被庶妹推了一個跟頭，正好摔出梅林，摔在一雙皂靴的前面。

梅林裡傳出幾個姑娘的淺笑，柴清妍流著眼淚爬起來，只見面前站著一個穿著護衛衣裳的青年男人，正是許慶岩，他嚇得後退兩步低下頭。因為他的個子比柴清妍高得多，低頭也被她看清楚了臉。

許慶岩的旁邊站著一個十歲左右的小公子。

小公子也聽到了梅林裡的笑聲，再見這位姑娘淚流滿面、羞愧不已，就知道她是被人欺負設計了。「這位姊姊，羞愧的人不該是妳，是那些害妳的人。」又冷哼一聲，提高聲音說道：「有些小娘子一旦惡起來，歹毒得緊！」

梅林裡的笑聲一下子沒了，凌亂的腳步聲漸漸遠去。

柴清妍給小公子屈了屈膝後，也跑進了梅林。

許慶岩也認出了柴清妍，曾經多少次午夜夢迴，這張美麗的臉龐都會浮現在眼前。他不由分說地把那兩個壞男人打跑了。

聽了柴清妍的哭訴後，許慶岩思索片刻，說道：「那王翼就是個畜牲，名聲非常不好，若妳嫁給他，真的是生不如死。」又十分為難地說道：「我只是一個小小的暗衛，幫不了妳什麼忙。要不，我想辦法在南平縣給妳辦個路引，託鏢局送妳去江南外祖家？那裡離京千里之遙，要安全一些。」

柴清妍搖頭道：「柴家清楚我沒死，肯定會注意我外祖家的，我不好連累他們。」

許慶岩想了想，又道：「要不，妳改名換姓暫時住去鄉下？我可以幫妳租個院子，再幫妳辦個戶籍。」

柴清妍又仔細看了看許慶岩，年輕、高大、俊朗、有正義感、武功高強。她紅著臉，大膽表白道：「大哥成親了嗎？若沒成親，我願意嫁給大哥，從此荊釵布裙，永不離棄；若大哥成親了，就認我當妹子吧，在鄉下給我找一個老實厚道的男人。我寧願當一輩子農婦，也比回到柴家，或是嫁給王翼強。」

許慶岩紅了臉，忙說道：「我沒有成親，我願意娶妳！」他從來沒想過自己能娶這麼美麗的姑娘，簡直像作夢！接著又不好意思地說：「但我只是一個暗衛，身分見不得光，除了執行任務，就是在隱密的地方練武。那次護小公子去周府，也是臨時被點，平常時候，我連露個臉都難……喔，每兩年我會有一個月的探親假，等到四十歲沒死，若主家開恩，就能回家過自己的日子……我、我配不上姑娘的。」

柴清妍說道：「我知道你是個好人，又把我救出火炕，這就夠了。」

柴清妍就此化名秦煙，又改小一歲，嫁給許慶岩，住去了小棗村。

秦氏嗚嗚咽咽地說了她的身世後，許蘭因也難過不已，為秦氏和從未謀面的外祖母。

沈氏壞，柴正關更壞。

這世上，竟還有跟古望辰一樣缺德、壞良心的男人，為了謀錢財，強納好人家的閨女為妾，害死了自己的女人後，連親閨女都不放過！

許蘭因總算知道，怪不得秦氏會這麼害怕，她怕的不僅是柴府，更是北陽長公主府。

秦氏實際上是逃命，但表面看來卻是逃婚。

北陽長公主府連聘禮都下了，律法上秦氏已經是王翼的合法妻子。古代講究父母之命、媒妁之言，聘者為妻奔為妾，若被發現再被告發，秦氏跟許慶岩的婚事會被判無效。若王翼不放手，在律法上秦氏依然會是他的女人，甚至，秦氏會被判有罪坐牢，若許慶岩還活著，也會被判拐騙罪，而他們三姊弟就成了私生子女。

除非北陽長公主府和王翼自動放棄追究。

秦氏用「萬劫不復」來形容她的身世曝光，一點都不誇張。

許蘭因若有所思地說：「我覺得，王翼當初跟娘的那次偶遇，還有後來他爭紅牌的那件事，都有可能是柴正關和那個老女人設計的。就是要這樣不堪的人，娘才會心死上吊。那兩個老混蛋為了把嫁妝留在柴家，從來就沒有要讓娘嫁出去的心思。」

秦氏點頭道：「我和妳爹也是這麼分析的。他們找到不堪的王翼，就是找到了我死在柴家的理由。而那件婚事因為有了北陽長公主夾在中間，我大伯和南陽長公主還不好插手。後來妳爹從京城回來，說柴家對外說柴清妍因為王翼做了那種醜事而羞憤難當，在從娘娘庵回京的路上投河自盡了，連屍首都沒找到。還說，當時許多人都看到柴家二姑娘投河……柴家一定是讓跟我身形差不多的丫頭穿著我的衣裳投了河，或是把人推下河。後來柴正關和沈氏哭著去北陽長公主府理論，北陽長公主府自覺理虧，連三萬兩的聘禮都沒收回。這麼看來，即使我沒有逃跑，也會被人推下河，『自殺』給許多人看到。」

許蘭因氣憤難當，咬牙咒罵了幾句，說道：「娘一『死』，柴正關和沈氏不僅賺了娘所有的嫁妝，還多得了北陽長公主府的聘禮。他們的膽子真肥，連北陽長公主府都敢算計！不過，要算計北陽長公主府，必須要有一定的管道瞭解他家的人和事。娘知道他們跟北陽長公主府的誰走得近嗎？」

秦氏搖頭說道：「那時候娘的周圍都是沈氏的人，外界所有的真實情況都不知道。嫁給妳爹後，妳爹做的又是那種差事，有些事即便想查也沒有自己的時間和身分。」她又長嘆了一口氣，幽幽說道：「那些事遠得就像上輩子發生的……不去想了，我這輩子就是秦煙。自從跟了妳爹，娘就像重活了一世。雖然生活在鄉下，荊釵布衣、粗茶淡飯，妳爹兩年才回家一次，一次只待一個月，我們相處的時間加起來也不過數月，但娘覺得值了。妳爹不在時，我就想他，想我們在一起的幸福時光。我一直覺得，我和妳爹的兩次相遇哪怕狼狽至極，但我們彼此留下的印象卻是極美的。我們美好的相遇、美好的結合，還有了美麗的閨女，所以我給妳取名『蘭因』，可是，妳爹卻死了，再也沒回來……所以有時候我又想，蘭因絮果……我是不是不應該起這個名字？」

許蘭因摟著她勸解道：「娘快別這麼想，我非常喜歡這個名字呢！每一件美好的姻緣和事情，都因為有了美麗的前因，才會有美麗的經過，美麗的結果。蘭因對應的不只有絮果，還有蘭果、美果……一切美好的結果。爹的死是意外，跟這個名字無關。」

秦氏又含著眼淚笑起來。「你們姊弟如今有了出息，娘也滿足了。不過，娘不能連累舅舅家，不管秦澈是不是我的表哥秦萬寶，我都不能去找他。當初柴家敢那麼欺負我姨娘和我，就因為秦家是商戶。秦澈哪怕當了寧州府同知，也只是個五品官，弄不過柴家，更弄不過北陽長公主府，何苦去為難他？知道他們過得好，我就非常高興了。」

許蘭因點點頭，現在確實不好讓秦氏跟秦澈相認，何況還不知道秦澈願不願意沾上自家這個麻煩。

揹負這個秘密生活了這麼多年，唯一倚仗的男人又死得不明不白，現在遇到親戚還不敢相認……看著秦氏通紅的眼睛，許蘭因很是憐惜她。

許蘭因把頭枕在她的肩上說道：「娘，我和弟弟會孝敬妳，讓妳一輩子順遂快樂。」

「嗯，娘相信。」秦氏嘴上笑著，眼裡還有濕意。

許蘭因又問道：「娘知道我爹活著時在給誰當暗衛嗎？」

秦氏搖搖頭。「娘在京城的幾年，很少出家門。那次去周府，弄不好也是我的嫡姊、庶妹要整我才讓我去的。那位小公子我只見過那一次，不知道他是誰。後來問過妳爹，妳爹沒明說，只說他是某權貴人家的暗衛，責任是貴人出行時負責保護貴人的安全，還說他的事我最好不要問，招禍。」

貴人！

許蘭因之前懷疑許慶岩是前太子或者是現太子、三皇子的暗衛，甚至懷疑過他是怡居酒樓的死士。現在看來，怡居酒樓肯定是排除了。秦氏十五歲遇到他，那個小公子是十歲左右，現在應該是二十七、八了，前太子今年好像正是二十七歲，年紀比較符合。而現太子和三皇子都是二十四歲，那時大約六歲。

護國公府周家，也是前太子的外家。前太子出現在周家，再正常不過。

這麼說來，許慶岩是周家養的暗衛，負責前太子在宮外的安全。

許慶岩在前太子被刺後消失，應該是死了吧……

突然，許蘭因想到趙星辰的原名叫柴子肖，秦氏對他又是那樣一副熟稔的態度，遂問道：「娘，小星星不會是柴正關和那個老女人的後代吧？」若那樣，自己便是在不知情的情況下以德報怨了。她的心提得老高，默唸著千萬不要是。

秦氏搖頭道：「小星星八成是柴家的後人，但不會是柴正關的後人，而是柴駙馬和南陽長公主的後人，我看得出來，他長得有些像南陽長公主。南陽長公主只有一個兒子柴榮，就是我的大堂兄，比我大五歲。大堂兄有一個兒子叫柴俊，我離開柴府時，柴俊剛剛六歲，小星星很可能是他的兒子。而柴正關，我走的時候他有兩個兒子，一個十九歲，一個十二歲，那兩人連兒子都沒有，不可能有這麼大的孫子。兒子倒有可能，但小星星說過他有太祖，若是他們兩人的兒子，就不可能有太祖。柴正關還有個弟弟，兒子就更小了。」

許蘭因理了一下其中的關係，總算理清了，小星星是秦氏的堂姪孫子，自己的表姪子。還好，那麼可愛的孩子若是有那樣的長輩，她都不知道日後該怎樣面對他了。

沒想到，自己救了個人，救的還是自己的親戚，自己真的是他的姑姑！無巧不成書，這簡直比書裡的橋段還精彩。

許蘭因說道：「娘，若小星星真的是南陽長公主的長房嫡孫，那咱們可是幫了他們一個大忙。說不定，他們能幫著整治柴正關和沈氏。」

秦氏輕嘆一聲，說道：「我對小星星好，不是想著幫誰的忙，當初我大伯和南陽長公主可是收多少錢辦多少事，卻眼睜睜地看著我掉進火坑。長公主府裡的人都高高在上，從來沒有把我們這些庶子、庶女看在眼裡。我只是覺得小星星比我的命還苦，他還有天家血脈，卻被整得這樣慘。」又道：「讓他們整治柴正關夫婦容易，但那樣，娘的身分就暴露了。妳以後哪怕把小星星還回去，也不要把娘的事說出來。」

許蘭因點點頭，秦氏的事要從長計議。她又納悶地問道：「我怎麼一點都沒看出來小星星跟咱們家誰長得像呢？」

「我長得最像我舅舅，蘭亭最像我，也就是像秦家人。蘭舟最像妳爹，像許家人。妳有些像我，也有一點像妳爹，還有點像柴家人，特別是眉眼，像柴家人多些。」

許蘭因道：「像這麼多家人，那就是誰家都不算很像了，即使遇到某些人，也不容易被人看出端倪。」

「還是注意些好，不能有一點點的閃失。」

兩人又說了一陣子話，外面傳來劉嬤嬤和幾個孩子的聲音，閔嘉他們要回府了。

送走小姑娘，許蘭因又把趙星辰抱起來仔細看。不說不覺得，說了再一看，還真有那麼一點點像。

趙星辰見許蘭因呆呆地看著自己，十分高興，故意說道：「姑姑不認識我了嗎？我是妳的姪子，小星星喔！」

姑姑、姪子，還真說對了！許蘭因被逗樂了，又親了他三下，左臉、右臉、鼻頭各一下，美得趙星辰直翹小屁屁。

是夜，許蘭因又是無法入眠。

柴家的恩怨糾葛，跟溫家一樣殘酷。因為中間加進了北陽長公主府，似乎還要更加複雜。

趙無在就好了，不能對外人言的話，能對他說。

趙無說，他快則兩個多月，現在已經十月中了，月底他能回來嗎？

次日秦氏沒起床，身體又有些不好了。

許蘭因親自去廚房給她熬了參湯，服侍她喝下，又讓人去回春堂請大夫。

之後的幾天，秦氏在家裡養病。許蘭因領著孩子們在閔家或是許家輪流玩，偶爾還會請李氏來家裡吃頓晚飯。

還買了兩個下人，一個是楊大嬸，一個是她十五歲的兒子楊忠。

秦氏有楊大嬸服侍，掌棋又能天天跟著許蘭因了。

沒事時，許蘭因又套了一些劉嬤嬤和郝管家的話，再加上聽心聲，掌握了一些情況。特別是郝管家，說了不少有用的資訊。

南陽長公主和北陽長公主都是皇上的姊姊，兩人比皇上大得多，三人不同母。皇上四十四歲，南陽長公主五十六歲，北陽長公主五十七歲。

兩個老太太都很長壽，目前還健在，跟皇上和太后的關係都不錯，在宗室的地位也比較高。

北陽長公主有三個兒子，其中二兒子王翼現在任西大營的參領，武功非常了得，脾氣暴躁，皇上對他又恨又愛。他娶了三位夫人，都病死了，第三任今年上半年才死，幾個夫人只有第一任給他留了一個兒子。

南陽長公主只有一個兒子叫柴榮，在御林軍任副統領。柴榮有一兒一女，兒子叫柴俊，二十二歲，在戶部任六品堂主事；女兒叫柴菁菁，十五歲，是京城四美之一。

柴俊有一個兒子，叫柴子瀟，今年二月失蹤，幾天後在郊外的一條河裡找到屍首。據說這件事當時鬧得非常大，驚動了皇上和太后，連御林軍都出動找人。為此南陽長公主病了許久，柴俊的媳婦都快瘋癲了，上次郝管家跟著閔戶回京城時，聽說病還未大好。

小星星是柴俊的兒子無疑了，只不知道他們怎麼會把河裡的那個孩子屍首認成了自家孩子？有人能這樣錯誤的引導，更說明了迫害小星星一事是蓄謀已久的，且凶手還有一定的勢力。

小星星不僅是柴俊的嫡子，還是獨子，是南陽長公主唯一的重孫子，許蘭因能想像得到他的親人是如何傷心難過。若是南陽長公主和他母親哪個死了，都是小星星的損失。但是，沒把害他的人找到，小星星回去也危險。

等閔戶回來跟他商量商量吧。只說自己給小星星催眠，回憶起了一些情況，請閔戶幫著在京城尋尋哪些柴姓人家丟了名叫柴子瀟的孩子。閔戶是個聰明人，知道怎樣讓孩子回歸又能提醒他的家人保護好孩子。若是能等到趙無回來後再讓孩子回歸本家就最好了，名義上他可是孩子的義父。

許蘭因很遺憾，王翼居然還活著。若他死了，許多問題就好解決多了。若北陽長公主死了，事情更好辦。

柴正關太不起眼，許蘭因找不到藉口扯到他身上，沒能探到他的一點消息。不過，許蘭因倒不是很盼望柴正關和沈氏死，覺得應該讓他們活著的時候受到懲罰。

今天十九，腦筋高速運轉幾天的許蘭因想放鬆放鬆，晚上把幾個磨人的小東西甩開，自己去逛夜市。

騾車到了紅渠街街口，丁固守車，楊忠陪著許蘭因和掌棋去逛街。

紅渠街是寧州府最大的夜市，離青渠街不遠，依紅湖繞行。到了街口，幾人下車步行。無論古代還是現代，水邊的夜景總是最迷人的。

夜空茫茫，漫天繁星璀璨。堤岸火樹銀花，人頭攢動。水中漁火點點，期間穿插著花哨的畫舫船。

夜空、堤岸、水中，星星點點連成一片。

他們剛走不遠，就看到秦儒和朱壯在一個攤子前買糖粉蒸栗子。他們的旁邊還站著一位十四、五歲的姑娘，小巧纖細、眉目如畫，披著丁香色提花緞子斗篷，梳著單螺髻，極是秀美可人。

若沒猜錯，這位姑娘應該是秦澈的閨女、秦儒的妹妹秦紅雨。

朱壯也看到許蘭因了，大著嗓門喊了句。「許姑娘，咱們太有緣了！」他向她跑去，跑得臉上的肉一顫一顫的。

他的一嗓門把秦儒也喊得望過去，笑道：「真巧。」也向許蘭因走去。

許蘭因雖然不能跟秦家人相認，但之前的好印象和後來的親情讓她對秦家兄妹心生親近，便也笑著迎上前去。「真是巧！」

秦紅雨也跟了過去，笑道：「這位就是許姊姊吧？爹爹和大哥都說起過妳。」聲音軟糯溫柔，有江南口音。

幾人說笑一陣，自然而然一起向前走去。

秦紅雨遞給許蘭因一小包用油紙包的蒸栗子。

朱壯不時湊去許蘭因旁邊說話。「嘿嘿，麒麟閣是我家開的！」

許蘭因「喔」了一聲。她知道，麒麟閣是寧州府最大的銀樓。
朱壯又道：「我家還在別的府城開了三家銀樓，還有十五間當鋪。」
許蘭因又「喔」了一聲。當真是財主啊，家財萬貫。
朱壯見許蘭因很捧場，更高興了，又道：「秦表哥的娘是我娘的表姊，秦大人是我的姨丈，我家有官府背景……」
這話說得太直白了。
秦儒很為有這樣一個表弟臉紅，硬把朱壯拉著跟自己一起走，小聲斥道：「不要影響小娘子們逛街！」
朱壯不高興了，氣哼哼地說道：「你爹雖然是同知，你也沒有權力阻擋我追求幸福！」
秦儒小聲道：「你們不合適。」他是真的覺得他們不合適。朱壯除了有錢，還有一顆看到漂亮姑娘就往上衝的虎膽，以及兩個通房丫頭。而許姑娘，一看就是好人家的好姑娘，還聰明獨立，她肯定不會為了錢而看上自己這個表弟。
朱壯氣得胖臉扭成了一團，不服氣地說：「我們怎麼不合適了？我們是郎才女貌！」
秦儒警告地說：「若你再亂獻殷勤，下次就不帶你出來玩了！」
朱壯方才暫時老實下來。
沒有朱壯在一旁聒噪，許蘭因和秦紅雨開開心心地說笑著。她們非常說得來，說著說著，兩人就好得手牽手了。

一路上，他們吃了許多小食，還買了一些小飾品、小玩具。大多都是朱壯的小廝搶著付錢，付慢了就會被朱壯罵和踢，偶爾秦家小廝和楊忠也會搶著付。

許蘭因許諾，她開的茶樓以後送秦紅雨一張會員卡，八折優惠。

秦紅雨則笑道，她家沒有會員卡，但她會跟秦順梳篦的掌櫃打招呼，若許蘭因去買梳篦，也打八折。

來到一家叫「何氏香煎」的攤位前，秦紅雨笑說：「這家煎豆腐特別好吃，有時候我出不來，就會讓哥哥幫我帶一份。」

幾人坐去桌前，主子一桌，下人一桌。朱壯這時候特別有眼力，忙前忙後，要了幾份煎五花肉、煎豆腐、煎餅、煎小包、煎山藥等等。

許蘭因覺得，朱壯看起來有些傻氣，實則有他特有的精明。

各種香煎擺滿了小桌，香氣撲鼻。這些小吃沒有孜然、辣椒等刺激性調味料，清香偏甜，蔥味很濃，是不一樣的香味。

許蘭因很喜歡吃，問了他們白天在哪裡開店，說改天帶著孩子們去吃。這東西涼了就不好吃了，只有剛煎好的才香。

幾人正吃著，看到桂斧帶著一個二十幾歲的年輕婦人走過來，應該是他的媳婦。

秦儒和朱壯也認識桂斧，大家打了招呼，朱壯熱情地邀請桂斧夫婦過來一起吃香煎。

桂斧夫婦來了，男人們就坐去另一桌，桂大嫂跟許蘭因、秦紅雨一桌。

桂斧雖然沒問，卻很好奇許蘭因怎麼會跟他們一起逛街。

秦儒笑道：「我妹子跟許姑娘很說得來。」

朱壯一直覺得秦儒和許蘭因相識是透過他，若不是當初他在大相寺那一攔，他們怎麼會認識？因此他得意地說：「是我先認識許姑娘的！」

桂大嫂白皮膚，顴骨略高，穿著墨綠色繡花棉褙子，頭髮梳得溜光，戴著幾根金釵，一看就十分精明。

她有些勢利，不怎麼搭理農家出身的許蘭因，只顧眉開眼笑地跟秦紅雨說著話。她非常健談，天上地下，把秦小姑娘逗得格格直笑。

桂斧給自己媳婦使了好幾個眼色，讓她不要過分厚此薄彼。可惜他媳婦都沒看到，也沒什麼改變。

許蘭因閒得無聊，又不願意聽桂大嫂嘴上玄吹，就聽了聽她的心聲。她們的胳膊都放在小木桌上，有導體。

桂大嫂心裡想著：『這個秦小姑娘長得好，脾氣又和順，怪不得被唐紀德惦記上！弄不好真能讓她退了現在的親事，成為唐家二奶奶呢！先把關係搞好，以後也有利於我家爺升遷！』

許蘭因正在吃一塊煎豆腐，一下子嗆著了，嗆得她的臉通紅。她趕緊去一旁咳，掌棋過來幫她順著背。等到咳完，她才紅著臉坐回去。

眾人吃完起身，朱壯搶著付了錢。

秦儒等人向南繼續走，桂斧拉著他媳婦往北走去。

許蘭因心裡想著桂大嫂的話。桂斧算得上是閔戶的心腹幹將，那次夜端隆興客棧就是桂斧帶隊的，可見閔戶有多麼重視他。而且，桂斧跟趙無的關係也很好，小星星就是他協助帶回來的。

唐紀德是唐末山的兒子，桂斧媳婦能知道唐紀德看上秦紅雨，說明他們跟唐家的關係非常近。他媳婦還說要搞好關係，以利她男人升遷……

許蘭因想著其中的關聯。是巧合，還是說，桂斧是唐末山安插在閔戶那裡的人？不管怎樣，寧可信其有，桂斧這人不得不防。

她正想著，看到秦儒又遇到幾個青年公子，互相抱拳拱手寒暄幾句。其中一個穿著華麗的青年公子，面色微黑，態度倨傲，沒怎麼說話。雖然個子很高，但臉上稚嫩，頂多不過十五、六歲。

那幾人走後，秦紅雨問道：「大哥，那個人是誰？好傲氣。」

秦儒低聲說道：「徐麓叫他表弟，看著又眼生，八成是北陽長公主府的王瑾王三爺。之前徐麓跟我說過，他表弟會來他家看望他祖母。」

又對許蘭因解釋道：「徐麓的父親是徐指揮使，他的姑母嫁進北陽長公主府，早年就去世了，只留了王瑾這麼一個兒子。」臉色更沈了。「哼，那王翼就是個閻羅！那些人家怎麼捨得把好好的閨女嫁給他？」

許蘭因的腦袋「嗡」地叫了一聲。夜路走多終遇鬼，自己還不是天天走夜路，就逛了這麼一次夜市，便狹路相逢遇到了王翼的兒子。秦氏做得對，不管有事無事都不要出來閒逛啊……

她看到秦儒說王翼的時候臉色特別不好，心裡還是挺感動的。他罵王翼閻羅，一定是氣他姑姑不願意嫁給王翼而「投河自殺」，恨著王翼吧？

秦紅雨聽說那個人是王翼的兒子，也嘟起嘴說道：「怪不得長得一臉凶相，一看就跟他爹一樣！」

因為碰到王瑾，讓秦家兄妹頓覺索然無味，都不想再逛了，秦紅雨開始喊累。

許蘭因也不想逛了，附和道：「嗯，是有些累。」

秦儒道：「那咱們回去吧。」

此時正是最熱鬧的時候，燈火如晝，人流穿梭，還能隱隱聽到湖裡畫舫上的歌聲和琴聲。

朱壯有些捨不得，小聲跟秦儒商量。「讓下人陪表妹和許姑娘回去，咱哥倆去船上玩玩？」說著，還眨了眨眼睛。

秦儒瞪了他一眼，說道：「要去你自己去！」

朱壯無法，只得跟著走。

回到家，許蘭因看到上房廳屋的燈還亮著，知道秦氏不放心自己，一直在等她。她進了上房笑道：「娘怎麼還沒睡？」

秦氏說道：「娘在等妳。妳回來了，我這就去睡。」

許蘭因摟著她的胳膊說道：「娘，妳說得對，的確應該少出去。」

秦氏緊張地問：「妳遇到誰了？」

許蘭因笑道：「好巧啊，我居然遇到秦儒和秦紅雨了，我們玩了一路。他們兩個人都非常有教養，非常好……」她說了一下他們在一起都聊了些什麼。

秦澈有二子一女，除了秦儒和秦紅雨，還有個兒子在吳城，叫秦閱，十六歲，現在在老家跟著他們的祖父秦老太爺學做生意。

秦氏喜道：「這麼說，我舅舅還在世？那我外祖父呢？他老人家還活著嗎？」又搖搖頭說道：「不用問，這麼多年過去，肯定已經不在世了。」

許蘭因又說了遇到王瑾的事，以及秦家兄妹對王翼的態度。「他們如此，一定是為娘不平。」

秦氏紅了眼圈，說道：「小時候，表哥待我就像待親妹子一樣，什麼都讓著我。我舅舅更是如此，我做錯事闖了禍，挨打挨罵的都是我表哥……」

許蘭因道：「以後我再試探試探，若我舅舅一家真的不怕那些惡人，娘就私下跟他們相認，也有一門親戚走。以後收拾柴家那對惡人時，做為舅家的他們在明處，我們在暗處。」
秦氏忙道：「不要連累他們！」
許蘭因道：「娘放心，他們那麼好，我怎麼捨得害他們？」

第二十章

次日，許蘭因把昨天買的禮物給趙星辰，趙星辰非常開心地接了。而許蘭亭還在嘔氣姊姊沒帶他去玩，不僅不接，還用後腦勺對著她。

許蘭因故意說道：「我昨天吃了何氏香煎，香得緊，我還特地問了店鋪在哪裡。不理我的人就算了，改天我帶小星星和小嘉兒去吃。」

聽說有好吃的，趙星辰開心地跳了一下，又拉著許蘭亭說道：「小叔叔，不要不理我姑姑。」

許蘭亭也想吃何氏香煎，因此就坡下驢，回頭看了一眼許蘭因，還不忘嘴硬道：「我不是為了吃，我是給我姪子面子啊！」

幾個人吃了早飯後，許蘭因就開始畫小型的「虞美人」，用鵝毛筆畫，快，還不容易出錯。

巳時閔嘉就帶著人來了。她雖然不能說話，卻有本事讓院子裡更加熱鬧。

許蘭因下晌就把畫畫好了，交給秦氏，讓她精神好時就繡兩針，不著急。

前兩天閔戶讓人給許蘭因送了信，他月底回不來了，冬月初二或是初三回來。

閔戶肯定能回來，而趙無呢？他說最短兩個多月，已經到了他說的時間，他不僅沒回來，甚至連一點消息都沒有。

許蘭因心裡更加急切起來，秦氏和許蘭亭、趙星辰也時常唸叨。

夜裡下起了鵝毛大雪。今天早上一出門，地上、房頂上、樹上皆覆蓋上了厚厚的一層雪，白茫茫一片。

早飯後，許蘭因就領著穿得像顆圓球的許蘭亭和趙星辰去了閔府。

今天是冬月初二，不知道閔戶會不會回來。

一進小院，透過密密的雪花，依然能看到一個圓滾滾的小人兒站在門口翹首以盼。看到他們了，她想衝過來，被劉嬤嬤強拉住。

許蘭亭和趙星辰快步跑了過去，「嘉嘉」、「嘉姊姊」一通叫，寂靜的院子立即喧囂起來。

下晌，幾個孩子正在下跳棋，閔夫人和閔楠、秦紅雨和她母親秦夫人前後腳來了。許蘭因趕緊讓人把跳棋拿去櫃子裡放好，現在她還不想讓別人看到這種棋。

這兩家人好像是約好了的。

秦夫人三十幾歲，小巧白淨，五官秀美，說話帶著濃濃的江南口音，典型的南方女子。閔嘉對她們木著臉，一副生人勿近的樣子。

她們毫不在意，已經習慣了。

許蘭因請她們坐下，丫頭上了茶。

兩位夫人說著家長裡短，許蘭因則同秦紅雨、閔楠說著小娘子之間的事，什麼衣裳時興、什麼胭脂好看、哪個認識的小娘子訂了哪家後生等等。

閔楠說：「秦姊姊，妳聽說北陽長公主的孫子來了寧州府的事嗎？聽說他的第二個繼母今年又死了。」

秦紅雨道：「是不是那個叫王瑾的？前些天在夜市我看到他了。喔，我們和許姊姊在一起，許姊姊也看到了。」又疑惑道：「都說他父親是閻羅王，不會真的是他父親把他生母和兩個繼母打死的吧？打死了幾個人，衙門都不管的嗎？還有她們的娘家，就不上門討個說法？妳經常去京城玩，聽說過這件事嗎？」

秦夫人也聽到了，皺眉道：「那人做得太過了，這話都傳到了這裡。」

閔夫人笑道：「傳言都是真真假假的，誰知道哪句真、哪句假？」

閔楠得意地說：「別說，我今年初去平郡王府住過幾天，還真看到過北陽長公主府的王二夫人呢！當時看著身體挺好的，腰身比好些夫人都粗壯，誰知幾個月後就死了……」

閔夫人聽閔楠說王二夫人腰身粗壯的時候瞪了她一眼，又趕緊補充道：「聽說王二夫人是武將家的閨女，身體一直很好，或許得了暴病也不一定。」

秦夫人幾不可察地撇了撇嘴。

許蘭因暗樂，秦家母女對王翼都不待見。她還想聽聽有關南陽長公主府的八卦呢，最好說說柴子瀟淹死的事，可惜她們都沒說。

幾人說笑到申時，才起身告辭。走之前又去側屋關心了一番閔嘉，趴在桌上看書的閔嘉頭都沒抬，她們笑笑不以為意。

許蘭因送她們出院門。望望漫天大雪，閔戶今天是回不來了。

晚飯後回家，秦氏聽說閔戶沒回來，失望得不行，問道：「明天閔大人再不回來怎辦？」

許蘭因道：「他說能回來，就應該能回來吧。」回鄉的東西都準備好了，連胡萬要送給胡家的東西也都運了來。

秦氏又說：「他明天不回來，娘後天還是要走，妳帶著兩個孩子，後一步回家吧。」

許蘭因不願意讓秦氏一個人回去，說道：「都等了這麼久，也不差一、兩日，娘就再等等吧？妳一個人回鄉我不放心。」

次日雪停了，朝陽雖然不溫暖，卻格外燦爛。

許蘭因帶著孩子去了閔府。

下晌未時，孩子們還在晌歇，郝管家就親自來找許蘭因了，他的臉色非常不好。

「許姑娘，我家大爺回來了，他請妳去一趟外書房。」又悲憤道：「我家大爺瘦了，好不容易長出的幾斤肉，都瘦下去了！別人回家都會胖，可他卻正相反，瘦了……」

說到後面聲音都有些哽咽，可見有多生氣和心疼。

閔戶前些天應該一直都沒有睡好，八成是叫自己去給他催眠的。許蘭因拿了一個小荷包，跟著郝管家去了外書房。

她很遺憾，把那片「樂土」帶在身邊了，他依然沒有睡好。

來到外書房，閔戶坐在廳屋裡，臉色非常難看，大大的黑眼圈，平滑的臉頰又凹了進去，前額還有一條沒有完全長好的疤痕，不是摔的就是砸的。

難不成閔戶挨了揍？能動手打他的，除了閔尚書就是閔老太君了，閔大夫人都不行。

看到他一臉的倦容，許蘭因就像看到自己好不容易治好的病人又復發了一樣，很是有些難受。

閔戶欠身說道：「許姑娘請坐。這次有公事也有私事，所以多耽擱了一些時日，辛苦許姑娘了。」

清風給許蘭因上了茶後，退下。

許蘭因說道：「閔大人這種精神狀態，似又回到了以前。怎麼會這樣？」

這個令他心安的聲音一響起，閔戶頓時覺得世界上所有的花兒彷彿都綻放了一般，帶著花香的春風一下子吹遍了他的全身，把前些日子的陰霾統統吹散了。

許蘭因見他突然笑起來，看自己的目光格外溫柔，覺得有些瘮人，趕緊又道：「閔大人是想讓我催眠嗎？你的確應該好好睡一覺。」

閔戶苦笑道：「我是想請許姑娘給我催眠，想要好好睡一覺。不過，我有些話要先說，說完再睡。先講公事吧，十月二十六，古望辰把蘇二姑娘娶進了門。因為蘇侯爺的關係，婚禮辦得很熱鬧。」

許蘭因面無表情地「喔」了一聲，沒有說話，心道：古望辰娶蘇晴，什麼時候成公事了？

閔戶又說道：「古望辰新婚第二日，居然悄悄找到我，說怡居酒樓的掌櫃很可疑，他們生意不算好，錢卻多得緊，而且跟很多官員走得近，其中包括洪希煥、洪偉、洪震、王縣丞，似乎跟西夏國商人也有聯繫。」

許蘭因一挑眉。書裡，古望辰要等到後年，閔戶當上提刑按察使後才會舉報，現在竟提前了一年多，那對小翅膀搧變了太多事……她又想到了桂斧，必須找藉口提醒一下閔戶。

許蘭因說道：「古望辰專門點了那幾個人，就說明他們現在處境危險。洪震是為大人辦事的，大人肯定會想辦法保證他的安全。京城那一對洪家父子，也不能讓人滅了口。」

閔戶點點頭，說道：「京城的人手已經佈置好了。另外，我會另外調集人手，根據古望辰提供的線索去調查。你們家在南平縣，要注意安全。」

許蘭因點點頭。她知道，真正的博奕開始了。不久的將來，朝堂上將掀起腥風血雨，不知道又會死多少人。閔戶等人做了這麼多準備，三皇子不應該是最後的勝利者吧？

閔戶又遲疑了一下，說：「許姑娘，妳曾經說過，若我有心事，可以跟妳訴說……」又有些羞赧地道：「唉，都說家醜不外揚，還請許姑娘不要笑話，除了妳，我竟是找不到一個能訴說的人。」

原來是找自己談心的。看樣子，不光是公事讓他想破頭，京城家裡也遇到了為難的事，無法排解，看著那片「樂土」也睡不著。

許蘭因點頭笑道：「嗯，我是說過這話。其實，每家都有難事或者說醜事，我家也一樣。比如說對我的傳言，閔大人肯定也有所耳聞。若是擱別的姑娘，或許認為醜得沒臉出門見人了，可我並不這麼想。有些事雖然發生在我身上，卻並不是我的錯，所以我非常坦然；有些事的確是之前我犯糊塗，鑄了錯，但我知錯能改，敢於面對，也沒有什麼不好意思的。」

許蘭因的目光坦然、平靜，對自己曾經的錯毫不迴避，讓閔戶緊張的心情放鬆了下來。一個姑娘都能如此坦蕩，自己一介堂堂男兒卻是瞻前顧後。

「這次回家，唉……」閔戶深深嘆了一口氣，低頭猶豫了一下，似乎很難啟齒。沈默片刻後，還是說道：「妳大概也知道，我現在的母親是我的繼母。我五歲時，我娘生病去世，我外祖母為了讓我能平安健康地長大，極力促成我娘的庶妹嫁給我爹當繼室。她對我非常好，為了能更好地疼愛我，她說等我滿了十五歲再要她自己的孩子。她不僅贏得了我幼時的喜愛和依賴，也贏得了我外祖一家和我祖母、我爹的尊重……」

許蘭因暗忖，這麼聽來，閔大夫人之前倒是個少有的善良好後娘，是什麼刺激竟讓她性情大變呢？

閔戶繼續說著，等他滿十五歲，閔大夫人已經二十六歲了，或許是因為年紀偏大，也或許避子湯喝得過多，過了這麼多年，居然沒有生出自己的孩子。

因為這件事，閔尚書和閔戶都覺得愧對她。

閔戶十八歲時娶了安氏，為了表示對閔大夫人的尊重，外放為官的他把安氏留下代替自己孝敬長輩。當時許多人都稱讚閔大夫人和閔戶，覺得這就是繼母與繼子的典範，特別是有後娘的人家都把這事當作美談。

令閔戶沒想到的是，安氏幾乎每封來信都暗示閔大夫人經常刁難她，甚至還陷害過她兩次，惹了長輩的不喜，讓她苦不堪言。他偶爾回京城時，安氏也頗多埋怨，又特別愛哭。閔戶根本不信，還斥責她不賢不孝，兩人的感情也漸漸變淡。

直到前年，安氏自殺，閔嘉受到刺激，再也不說話。

而閔大夫人卻像變了一個人似的，對閔戶的親事非常熱衷，給他說了許多姑娘。

閔戶一開始也不願意傷閔大夫人的心，對她說的人家沒有完全拒絕。可後來閔戶暗中派人調查了一番，那幾個姑娘是真的不行，不光是家庭、身分，而是本人、父母家人都存在某些問題，擺不上檯面。

閔戶不滿起來，但看在過去的情分上，不好公然跟她作對，只能透過老太君拒絕。再後來是發現閔大夫人及身邊的人對閔嘉講了許多不該講的話，刺激得閔嘉病情加重，閔戶才開始對閔大夫人有所防備，也看清了她的不善。

前些日子，閔大夫人居然趁閔老太君生病之際說服閔尚書，把她一個剛滿十四歲的外甥女定給了閔戶，要來個先斬後奏，正好閔戶回府知道了這件事，極力拒了。老太君知道後氣得嚴厲斥責了閔尚書和閔大夫人，身體也更加不好，才終止了那件親事。閔戶前額的傷就是閔尚書氣得拿茶碗給砸的……

閔戶喃喃說著，他真的無法把現在這個強勢、不講理的女人，跟之前那個溫婉的女人看成同一人。

許蘭因說道：「閔大夫人如此作為，是不是因為她生不出孩子，又把生不出孩子的原因歸咎在閔大人身上，所以心生怨念，不想讓你有好日子過？這樣看來，你夫人生前說她被閔大夫人苛待和陷害，應該是真的。若是這樣，哪怕閔大夫人的親姪女或親外甥女嫁給你也不一定能有好日子，她肯定會折騰得你們夫妻失和。她不是想拉拔她哥哥或妹妹，而是因為那些姑娘家境不好，她更好拿捏。」

閔戶之前不止一次這樣想過，想到一半又趕緊把這個念頭壓下，實在是印象中有太多他年幼時閔大夫人對他的疼愛呵護。

現在聽許蘭因直接說出來，他不得不直接面對這個問題。他也不得不承認，這種可能性更大。或許，安氏是因為被婆婆苛待，自己這個丈夫又不理解，才生了外心……

許蘭因又說道：「閔大夫人沒有生出孩子令人同情，但這不是她苛待陷害繼子媳婦、殘害嘉兒和阻礙閔大人後半生幸福的理由。閔大人跟她公然反目不僅沒有錯，還是做為父親和男人該有的擔當。」

閔戶長舒了一口氣，問道：「許姑娘不覺得我不記情，做法欠妥？」

不記情、不記恩，這是閔大夫人多次指責閔戶的話。

「當然不。」許蘭因說道：「閔大夫人是庶女，能當你的繼母，文老夫人出了大力，肯定也會有所交代。她對你好是文老夫人的條件，她也得到了她應該得到的。或許，當初你稍稍理解一下你夫人、幫幫她，她也不會年紀輕輕就『病』死了。」

許蘭因又把話題引到了安氏的身上。她當然不好說自己知道安氏是自殺，而是用了官方消息——病死。

閔戶抬手揉了揉眉心，才艱難地說道：「我一直想跟許姑娘說件事，又覺得羞於啟齒。今天既然說到這裡，就都說明白了吧。」他的臉不自覺地紅了，說道：「這是我們閔家的醜事，安氏她……她跟她表哥有染！那天她跟她表哥在竹林相擁時，正好被兩個丫頭、嘉兒及嘉兒的乳娘撞見並叫出來，因此不遠處的大夫人和其他人也都趕了過去。安氏羞憤難當，回屋就上吊自盡了……」他艱難地說完那些醜事，臉憋得通紅，緊握的拳頭砸了一下茶几，几上的茶杯蹦了一下，溢出幾滴茶水來。

原來還有證人，且閔嘉居然也看到了。

許蘭因說道：「其實，有些眼睛看到的並非事實。閔大人專司破案，這種事也會有吧？」

閔戶覺得許蘭因這是在給自己找臺階下。他苦笑了一下，又說道：「嘉兒因為那件事，再沒有說過一句話，似傻了一般。還是在跟妳相處後，才漸漸有了改變。閔大夫人對嘉兒不善，其他家人因為安氏的關係也不會有任何配合。這樣，許姑娘還能徹底解開嘉兒的心結嗎？放心，我已經跟我祖母達成共識，嘉兒出嫁前，我儘量在外為官，給她一個快樂輕鬆的環境，她不需要再回府受刺激。」

許蘭因思索了片刻，說道：「治癒最快的方法就是記憶重組。」

「記憶重組？」閔戶輕唸出聲，他覺得這幾個字很陌生，又問：「就是讓人改變記憶，把鹿想成馬？」

許蘭因點點頭。「也可以這麼說，這是治療心理受過嚴重創傷又無法自拔的病人的一種手段。使用催眠中的年齡回溯，讓她返回受到傷害的那一刻，先讓她以一個局外人的身分進入，體驗當時的痛苦，把負面情感宣洩出來。接著再進行記憶重組，用另一個她內心喜歡和願意接受的故事來代替她曾經經歷過的事件，改變她的記憶……」許蘭因大概講了一下記憶重組的經過，又道：「張爺爺說他曾經用這種法子治癒過一個病人，我是第一次使用，不知道行不行。」

閔戶說道：「那就試試吧。嘉兒不說話已經快三年了，我不能讓她再耽擱下去。不管是指鹿為馬還是自欺欺人，只要能讓嘉兒快樂，都行。」

許蘭因又道：「給嘉兒記憶重組後，我必須陪伴她相當長的一段時間，慢慢引導她、開導她。但我及家人已經來省城很長一段時間了，我娘非常著急要回家。這樣行不行，我把家裡安排好，下個月初再來？」

閔戶恨不得明天就給閨女治病，但也不能讓許姑娘不顧家人。已經等了那麼久，也不在乎多等一個月了，因此答應道：「好，那就麻煩許姑娘了。明天我會讓人送你們回鄉。」

許蘭因道了謝，笑道：「我再給閔大人做一次催眠？」

閔戶的心情輕鬆多了，笑道：「跟許姑娘談了這麼久，心底的煩惱已經傾述出來，似乎不催眠也能睡著了。」

許蘭因笑道：「這樣再好不過了。」她想起了桂斧的事，又道：「我還想跟閔大人說一件事。那天我坐車回家時，無意中看到桂斧的媳婦跟一位夫人在說話，態度極是熟悉熱絡。由於旁邊站著唐末山的二公子唐紀德，我猜那位夫人可能是唐家女眷。但願是我多心，他們只是女眷交好而已。」雖然這個謊有些牽強，但也能讓閔戶留意一下桂斧。

閔戶的眉毛一挑，沈吟片刻後說道：「有件事我之前始終找不到答案，給黃賀上刑的獄卒都是老手，手上控制了力度，還有大夫隨時給他吊著命，他又正當壯年，但卻沒熬過重刑，死了。仵作說，他的死還有一種可能，就是之前中了一種特殊毒藥，這種毒藥不會馬上死人，而是會讓人抵抗力快速下降，過一段時間再死。若桂斧真的是唐末山的人，在獄卒接手黃賀之前，倒是有下毒的機會……我對他寄予了很大的期望，希望不是他。」

這次調查怡居酒樓的事，閔戶本想讓桂斧負責，可若他是唐末山的人……想了想，閔戶還是決定交給他，再暗中派人監視他。若他真是那邊的人，也省得自己再找人想法子把某些訊息透露給那邊……希望他能禁得起這次的考驗。喔，得先把許家鋪子的王裡調走才行，他曾經跟桂斧共事過。

許蘭因回了閔嘉的小院時，幾個孩子已經起來了。

許蘭亭問：「閔大哥回來了嗎？」

許蘭因笑道：「是，他舟馬勞頓，又睡了。」

閔嘉聽了，臉上浮起笑意，沒有了排斥爹爹的表情。

申時，許蘭因幾人要走了，她先用臉挨了挨閔嘉，柔聲說道：「嘉兒，許姨要回老家了……」

剛說了半句，閔嘉就哭了起來。

許蘭因繼續說道：「許姨保證，會快些回來，還會在這裡住很長一段時間陪嘉兒……」哄了一陣，最後還是很內疚地帶著許蘭亭和趙星辰，在小姑娘的哭聲中走了。

冬月初五下晌便到了南平縣城許家，離家正好一個月。

盧氏來開的門，家裡只有他們母子兩個和花子。許蘭舟還沒有放學，老倆口到點心鋪子玩去了。

盧氏悄聲跟許蘭因說道：「老太爺不高興太太，說了好些過火的話。」

這是許蘭因能想到的，她心裡都快煩死那個老頭了。還好不住在一起，否則她早沒耐心了。做為晚輩不好跟他正面起衝突，而且老頭的心思若吵開了會讓秦氏沒臉。她已經想好要在他鼻子前面吊一根胡蘿蔔，讓他以後少找事。

許蘭因對秦氏耳語了幾句，意思是讓她回屋歇著，不跟老倆口見面，就說她又不好了，下不了床。明天就讓他們回小棗村去。

秦氏也氣老爺子，不願意跟他見面，便回屋歇著了。

何東兄弟陪那幾個護院和車夫喝了茶，送了他們銀錁子，便把他們送去了城外客棧歇息。

許蘭因又讓丁曉染去鋪子請許大石晚上來吃飯。

老倆口聽說許蘭因等人回來了，都急急地趕了過來。

路上，許老太和許大石還在勸著許老頭，說秦氏是個好女人，讓他不要沒事找事。二房這次在省城做生意還帶上了許大石夫婦，非常記情了。二兒子已經不在，孫子跟孫女又隔了一層，若再跟兒媳婦把關係弄糟，他們跟二房會更疏離。

許老頭也知道這個道理，他也滿意許蘭因會做人，但他始終介懷秦氏的「出身」，怕那些傳言是真的。

幾人一進院門，許蘭亭就衝過來撲進許老太的懷裡。

老太太也想小孫子了，摟著他「肝兒」、「肉兒」地叫起來。

幾人進了垂花門，許蘭因把送的禮物拿出來，老倆口高興得都笑眯了眼。

許蘭因說道：「我們這次耽擱得有些久，一個是我娘身子不太好，一個是我在陪閔大人的閨女。我求了閔大人，請他幫忙打個招呼，等到縣城衙門招書吏的時候，把二石弄進去，他答應了。」

許蘭因的話說得含糊，許老頭還以為她嘴裡的閔大人是閔燦。

其實，在閔燦走之前，許蘭因就能幫許二石在衙門裡尋個位置了，但她不願讓許二石在王縣丞手下討生活。等把怡居酒樓端了，王縣丞肯定也會倒臺，到時再想辦法把許二石弄進去。這麼一來，至少在許二石的事情沒有辦好前，老頭都不敢輕易得罪自己和秦氏了。

她把許二石弄去當書吏，還有個原因，就是她不願意許大石夫婦走後，許二石和顧氏染指鋪子裡的生意。

許老頭的眼睛一下子亮了起來。大孫子將來會去省城奔前程，大重孫子能在省城讀書，大重孫女也會嫁去省城。若是二孫子再在衙門裡當個受人尊敬的書吏，自己也不用再操心他了。

老頭子也知道二孫子沒有什麼本事，又不願意吃苦，再好的生意交到他手裡也做不起來，只有找個地方讓他混吃等死。能混飯吃，又體面的地方，莫過於公門裡了。

他打了幾個哈哈，問道：「什麼時候衙門才招人啊？」

許蘭因道：「這就不一定了，可能明年初，也可能明年底，儘量看能不能明年底之前進去吧。」

老頭兒笑道：「好、好！好孫女，我代二石謝謝妳了！」

許蘭因正色道：「要謝謝我娘，我天天忙得緊，想不到那麼多，都是我娘提點我的。對了，這事萬不能說出去，否則有人使壞就辦不成了。再讓二石好好練練字，他那手字見不得人。」

「嗯、嗯，爺知道！」老頭保證道。

許老太也笑得滿臉褶子。

等到許蘭舟回來，敘了別情，眾人才開始吃晚飯，老倆口和許大石還喝了酒。許大石走之前，許蘭因又跟他私下說了李氏和小鋪子的事。

次日，把老倆口送走後，許蘭因又讓人去請胡太太母女和胡氏娘仨來家裡吃晌飯，再把東西給他們帶回去。

胡依一得到消息就忙不迭地把胡太太拉來了，她摟著許蘭因說道：「我爹現在在處理縣城裡的生意，年後我們一家都要搬去省城……怎麼辦，我好捨不得妳喔，也捨不得小亭亭和小星星。」

許蘭因笑道：「我家在省城也有生意，以後會經常去那裡。」

不久後，胡氏領著一雙兒女來了，她後面還跟著小嬋。小嬋居然梳了婦人頭，化著豔麗的濃妝，穿著緞子衣裳，戴著幾根玉簪和赤金簪。

這是升職了？

見許蘭因吃驚的眼神，胡氏強笑道：「現在小嬋是嬋姨娘了。」

許蘭因在心裡默默同情洪震和胡氏一秒鐘，為戰鬥在特殊戰線的英雄們致敬。然後對嬋姨娘笑道：「恭喜嬋姨娘了。」

嬋姨娘笑得一臉燦爛，說道：「都是我家大爺和大奶奶體恤我。」

胡氏渾然不覺，胡太太則是撇了一下嘴。

眾人落坐，主子們坐的是椅子，嬋姨娘坐的是錦凳。

嬋姨娘氣得紅了臉，偏還要笑得開心。她在心裡狂罵著許蘭因，一個鄉下丫頭，竟還長了一雙勢利眼？在家裡，她坐的跟主子一樣是椅子，她家爺對她比對胡氏還看重！先忍忍，以後成就了大事再收拾這個死丫頭！

幾個女人說著家常，嬋姨娘拿起茶碗咳嗽了一聲。

胡氏像是得到了命令，對許蘭因笑道：「妳怎麼在省城待了這麼久？我家芳姊兒唸叨小叔叔和小星星好多次呢！」

這是探聽消息來了。沒想到小嬋搞成了胡氏的上線，胡氏還要聽她的。

許蘭因笑道：「我家在省城買了一個宅子、兩個鋪子，忙著裝修。還有啊，閔大人去京城公幹，閔家姊兒跟蘭亭和小星星玩得好，所以我們又去陪她。其實我們早就想回來了，特別是我娘，都快急死了。」

胡氏笑了笑。「許妹妹聰慧，之前跟閔縣令家的姑娘關係好，趙兄弟就去縣衙當了捕吏；現在又跟閔大人家的姑娘關係好，以後啊，趙兄弟肯定能調去提刑按察司，說不定還能當官呢！」

話有些酸，意思是許蘭因通過巴結大官家的閨女，以達到某種目的。這話非常不好聽，但這種說法目前對許蘭因最有利，把她同閔戶的關係歸結到她目的不純，為了趙無而去巴結閔戶。應該是洪震讓她這樣說的，以此來迷惑嬋姨娘及她背後的人。

胡氏這麼會演戲，許蘭因當然也要配合了。她故意愣了愣，先是撂了臉子，而後又趕緊調整面部表情，笑道：「洪嫂子說笑了！趙無能當捕吏，是他有本事，我只是通過閔夫人引見了一下。至於閔大人，他是天，我們小老百姓是地，想巴結也巴結不上。講真的，我跟閔大人就沒見過兩次面，都是透過下人傳話。至於趙無能不能去提刑按察司，那要憑他的真本事。」幾句話就把胡氏頂了回去。

嬋姨娘氣得暗罵胡氏幾句「傻娘們」，然後堆著笑問許蘭因。「都說閔家大姊兒不會說話，還有些癡傻，是真的嗎？」

許蘭因暗怒，卻不好發作，只得笑道：「不會說話是真，癡傻卻不至於，只是不太聰明。她同蘭亭和小星星在一起玩得很好，她乳娘很高興，才讓我經常帶著兩個孩子去閔府陪她。」

胡依聽不出她們話裡的機鋒，見她們在笑，就覺得她們關係很好。

胡太太皺了皺眉，暗道，洪震納了個小婦，胡氏是不是氣傻了，竟連這種話都能當眾說出來，改天得提醒提醒她。

剛才單讓嬋姨娘坐錦凳時，許蘭因就看出她非常不高興。為了氣氣她，吃晌飯時，許蘭因還想裝傻再給她單設個小几。

胡氏忙笑道：「在家的時候，我們爺說家裡人少，都讓嬋姨娘跟我們一桌吃飯。」意思是，這裡也讓嬋姨娘跟他們一桌吃。

胡氏都能忍，許蘭因也就忍了。

兩家人玩到下晌申時才走。

次日，許蘭因去田氏木匠鋪裡訂了架雞翅木的雕花小桌屏架，等秦氏的「虞美人」繡好後鑲進去。

另外，又訂做了多副西洋棋、軍棋、跳棋，指定用雞翅木、楠木等好木頭做。而棋盤則是讓省城的一家木匠鋪做，圖紙已經給丁固了。

怕惹禍，把西洋棋中的「王」和「后」改成了「大帥」和「監軍」，樣貌也作了改變。封建社會的「王」和「后」是最高統治者，是不能讓大眾在棋盤上娛樂的。

十二那天，王三妮和王進財來了許家。王婆子已經過了七七，他們也準備好了，明天就啟程去省城。

許蘭因交代了一些注意事項，讓他們在租到房子之前跟李氏他們擠一擠，又給伍掌櫃寫了一封信讓她轉交。

王三妮聽說再過兩旬許蘭因又會去省城，很是高興。

十五，許蘭因又做了一些糯米甜棗和芝麻餅乾拿去大相寺。

戒癡老和尚還在面壁思過，就讓小和尚轉交。這次沒敢加任何料，怕被抓到，戒癡再被罰。即使沒加料，也比他平時吃的東西好。

之後的時間，許蘭因過得頗為輕鬆自在，除了盼望趙無的回歸，就是在想著該給閔嘉小姑娘描述一段怎樣的故事。

另外還有一個好消息，胡萬派人給胡家送信，說百貨商場的生意極好，超過了寧州府的所有商鋪。還夾了封李氏託伍掌櫃寫的信，說許氏糕點在商場的生意也極好，這讓許家大房和二房都非常高興。

晃眼到了冬月底，許蘭因又要準備去省城了。這次的藉口，是去省城看看自家的鋪子，正好把許蘭亭帶去複診。趙星辰沒事幹，也順便帶他去了。

秦氏和許蘭舟在家看家。

臘月初二，閔府的護衛秘密來到南平縣城外。

初三，許蘭因又帶著兩個孩子和掌棋出發了。這回她還帶了一半寶貝要放去新家，今後的大半時間她都會住在那裡。

初四下晌，他們進了寧州府的北門，直接去了城北許家。

宅子已經全部收拾好了，家具都搬了進去，窗紙也全部換了，看著簇新、漂亮。雖然不像閔家或是胡家那麼華麗，但在省城能擁有這樣一座宅子，許蘭因姊弟還是欣喜不已。

許蘭因悄悄讓木匠在架子床底做了個暗格，她把寶貝放在了那裡。

之後，許蘭因又讓楊忠去把李氏和王三妮、王進財叫來吃晚飯。夏氏肯定不會來，也就沒說請她。

楊忠說，王三妮一家已經租了一個小院，離這裡一條街。雖然院子又小又舊，但租金便宜，他們都很滿意。王進財又去私塾上學了，私塾就在前一條街。

等到天黑透了，他們三人才來許家。

三個人的精神樣態都非常好，笑咪咪的。

李氏說道：「因妹妹眼光好，怎麼就知道要在百貨商場裡租鋪面呢？哎喲喲，天天累得賊死，可心裡高興啊！就這一個月，除去買食材的開銷，賺了一百多兩銀子，名氣也打響了呢！如今許氏糕點竟是跟省城百年老店冠酥園的口碑一樣好！」

許蘭因聽了也高興，說道：「大嫂辛苦了。以後妳把徒弟帶出來，跟他們簽下長約。等大哥他們都來了省城，大嫂就可以在家享福當少奶奶了！」

李氏樂得哈哈聲笑得脆響。「我也盼望能有那一天！」她還想再生兩個兒子，只一個兒子不夠。

王三妮也彙報了茶舍的情況。「買的東西好，花的銀子就多，伍掌櫃花得直說心疼。」

許蘭因笑道：「只要東西好，不要怕花銀子。」

飯後，幾個大人討論著鋪子裡的事，三個孩子在院子裡鬧騰。

幾家都住得近，李氏等人戌時末才回家。

第二天早飯後，許蘭因帶著許蘭亭和趙星辰去了閔府。

天空又飄起了大雪，陰沈沈的。

透過紛飛的雪花，老遠就隱隱看到劉嬤嬤和閔嘉。

許蘭亭和趙星辰扯著大嗓門喊起來，邁開小腿跑了過去。

「嘉嘉！」

「嘉姊姊！」

閔嘉也迎面跑過來。

她跟兩個小子抱在一起的時候，許蘭因也走了過去。

閔嘉又抱住了許蘭因，把小臉埋在她的肚子上，發出嗚嗚咽咽的聲音。

許蘭因摟著她笑道：「許姨沒食言吧？我們又見面了。」

一大三小擠成一團，向小院走去。

三個孩子歡歡喜喜過了一天。

聽說今天晚上許蘭因三人還會住在這裡，閔嘉更是高興得一直在笑。

三個孩子午歇的時候，許蘭因聽劉嬤嬤講了安氏出事那天的經過，這是閔戶讓她講的，當時她也在場，走在幾個人的後面。

許蘭因邊聽邊問，問得非常仔細，有些事劉嬤嬤要想很久才說得出來。許蘭因越聽這個過程，越是有所懷疑，這一切都太巧了。

現在天短，酉時初天就黑透了。

閔戶回來後，許蘭因幾人起身給他行了禮。

許蘭因又把那架「虞美人」桌屏拿出來給他。

閔戶接過，笑道：「謝謝許姑娘，也謝謝妳母親，以後我出門，會一直帶著它。」

閔戶留在這裡吃晚飯。

飯後他並沒有回外院，而是同閔嘉、許蘭亭一起下跳棋，許蘭因和趙星辰在一旁看著。

燈光下，一對青年男女、三個小孩，幾聲軟糯的童語、兩聲輕柔的嬌笑。

閔戶手上下著棋，臉色微紅，心裡有一種異樣的感覺和滿足。

他想著，過兩天就把事情跟她挑明吧……不行，嘉兒這段時間最關鍵，不好讓她分心。那就年後吧，過了年就說。她治好了自己的失眠症，再治好了嘉兒，祖母會同意的，父親也沒理由反對。至於閔大夫人，自己無須再留臉面了。自己在外為官，也能給她一份好生活，等到回京為官時，自己的翅膀就更硬了……

玩到戌時初，三個孩子都睡眼惺忪起來。

丫頭領著許蘭亭和趙星辰去西廂歇息。

把不相干的丫頭打發下去後，許蘭因笑著將閔嘉從劉嬤嬤的手中接過來，牽去坐在羅漢床上，笑道：「今天許姨跟嘉兒玩個遊戲，好嗎？」

閔嘉聰明得緊，心道：玩遊戲應該同小叔叔和小星星一起玩啊，這幾個大人站在這裡幹什麼？總不能爹爹和郝爺爺也玩吧？

許蘭因看懂了她的心思，使了個眼色，郝管家和劉嬤嬤暫時退去了門外。

許蘭因又笑道：「這個遊戲妳爹爹、小叔叔、小星星都玩過，就是盯著晃動的荷包，看能不能睡著。」說著，就把一個小荷包拿出來，在閔嘉的眼前晃。

許蘭因輕柔又有魔力的聲音響起，閔嘉的眼睛漸漸迷離起來，閉上。

許蘭因收起荷包，像平時講故事一樣，開始敘述起來。

那是一個春日的午後，陽光明媚，百花吐豔，百鳥爭鳴。風一吹，湖面皺起層層漣漪，長長的柳絲搖曳著，枝頭的桃花紛紛飄下，竹葉也沙沙響起。

小嘉兒就像小鳥兒一樣歡快，她小跑著，先在湖邊看了白鷺，過了小橋，又去後花園裡穿梭。

夏至指了指遠處那片綠油油的竹林，春分率先往那邊跑去。小嘉兒也調轉了方向，跑向那裡，還超過了春分……

隨著許蘭因的敘述，閔嘉似乎也回到了那一天。她在園子裡跑著躲貓貓，可總是甩不掉春分姊姊和夏至姊姊。夏至姊姊說去竹林裡躲，那裡不容易被發現……她想笑，卻發不出聲，憋急了只能發出幾聲「啊」。

閔戶的臉則越來越陰沈。

許蘭因繼續講著，閔嘉跑在最前面，春分和夏至緊緊跟著跑進竹林。閔嘉看見母親、表舅舅、碧荷姊姊都在竹林裡，母親被表舅舅摟著。

剛講到這個場面，閔嘉一下子咧開嘴大哭了起來。

她哭得厲害，臉憋紅了居然憋出幾句話來。「舅、抱、娘親，碧、荷、推娘親，推了……娘親……娘親，不要死，娘親，沒有，不要臉……」然後就一直哭，沒有再說話了。

她的聲音很難聽，很粗、含混不清，但「碧荷推娘親」幾個字卻把屋裡的幾個人都鎮住了。

許蘭因望望閔戶，郝管家瞪著雙目，劉嬤嬤捂住了嘴巴。

閔戶搖著頭，表情極其痛苦和猙獰，喃喃說著。「原來是這樣、原來是這樣……」催眠能夠還原真相，他已經見識過。小小的嘉兒不可能撒謊，原來是夏至和春分引著嘉兒去那裡……

這幾個人中，只有劉嬤嬤當時在現場。據她之前所說，她走在姊兒、春分跟夏至的後面，中間又有竹葉擋住了視線。她聽見春分和夏至的尖叫聲後，跑上前看到的情景，是大奶奶和大奶奶的表哥祝三爺愣在那裡，大奶奶的丫頭碧荷不知所措。祝三爺看到來了這麼多人，嚇得提腳跑了。這幾個人中，只有劉嬤嬤說沒有親眼看到大奶奶和祝三爺抱在一起。

在不遠處的閔大夫人及兩個婆子也走了過來，問怎麼回事。

碧荷、春分、夏至及劉嬤嬤都跪了下去，前三人搖頭不敢說話。

劉嬤嬤實話實說。「奴才走在最後面，不知她們為何尖叫。喔，剛才祝三爺也在，他跑了。」

待大奶奶捂著臉哭著跑走，春分才戰戰兢兢地說道：「奴婢剛才看見大奶奶倒在祝三爺的懷裡。」

夏至也顫抖著聲音說道：「奴婢也看見祝三爺抱著大奶奶……祝三爺看到我們來了，嚇跑了。」

大夫人看向碧荷，沈聲問道：「妳說，是這樣嗎？」

碧荷是安氏的大丫頭，她磕頭如搗蒜，依然只哭不敢言語。

閔大夫人厲聲喝道：「再不說話，就拖出去給我打、用烙鐵烙！什麼時候開口，什麼時候停！」

兩個婆子過來拖碧荷，碧荷才哭道：「大夫人饒命啊、大夫人饒命啊！是大奶奶讓奴婢把祝三爺約到這裡來的，說想跟祝三爺說幾句話。奴婢沒想那麼多，就去跟祝三爺說了。誰知他們說到動情處就……就抱在了一起……這些不關奴婢的事啊！奴婢也沒想到大奶奶會那樣做……」

閔大夫人怒道：「安氏那個賤人，太不要臉了！男人一不在家就做出這等下作事，她怎麼敢！」

閔嘉一直在原地，先是嚇傻了，後聽到閔大夫人罵她娘，頓時哭道：「我娘沒有不要臉！妳不要罵我娘，妳壞……」

劉嬤嬤嚇得趕緊把閔嘉抱走了。

當天晚上便傳出安氏突患暴病死亡的消息。實則是安氏羞憤難當地上了吊，長輩把這事按下，說她暴病身亡。

閔尚書等人又密審了碧荷、春分、夏至。

碧荷招供，安氏時常抱怨大夫人嚴苛、大爺冷漠，心裡有萬般委屈無處訴說，聽說幼時經常在一處玩耍的表哥祝三爺要去蜀中的軍裡歷練，便讓碧荷把祝三爺約去竹林裡見一面。閔家的竹林離側門比較近，買通看門婆子進出都方便。他們見面沒說幾句話，大奶奶就撲進了祝三爺的懷裡……

春分和夏至也說自己看見大奶奶和祝三爺抱在一起，她們嚇壞了，才大叫出聲。

閔家找到祝家，祝三爺祝江的說詞是，他要去蜀中軍營裡歷練，去同安氏告個別。又說，是他頭腦發昏突然抱了表妹，任打任罰都由閔家，萬不能怪到表妹身上。

其實他也納悶表妹怎麼突然撲進了他的懷裡，他還沒反應過來呢，就被跑來的丫頭看見並喊了出來。他想著，不管表妹為什麼撲進他的懷裡，作為男人，他都應該把錯認下來，不能讓閔家怪表妹。

祝家家主氣得把祝江打了個半死，送去蜀中。

無論家世還是安氏做的事，安氏的娘家都沒有底氣。他們自知理虧，覺得閔家沒把自家姑娘做的醜事說出來已是仁至義盡，因此得知安氏自殺，沒人敢去閔家興師問罪，連討要說法都不敢，甚至還感謝閔家大人大量。

安家曾經門第顯赫，安氏的祖父是帝師，還當過次輔，父親官至侍郎。安氏跟閔家可謂門當戶對，閔家嫡長子才求娶了安家嫡次女。可安氏出嫁前的三年內，她的父親、母親、祖父相繼去世，最有出息的叔叔現在只是一個從三品的官，還在外地。在京城的幾個出仕的男人，都是四品以下，安家比起閔家差了許多。或許因為這個家世，閔大夫人小文氏才敢那麼欺負安氏。

閔戶那時正在膠東任職，接到信後立即回府。有這麼多證人，祝江也承認了，加上他同安氏的感情一直很淡薄，所以他沒有細想，便也認為安氏做了那等醜事。

然而此時閔嘉的話裡，卻是碧荷把安氏推進祝江懷裡的！

許蘭因覺得，今天沒有必要再繼續催眠了，之前想好的記憶重組也不需要了。

等閔嘉痛哭了一陣後，許蘭因作了個手勢，郝管家和劉嬤嬤退去了側屋，閔戶還像木頭一樣呆立在那裡。

許蘭因在閔嘉的眼前打了個響指，說道：「好孩子，醒了。」

閔嘉睜開濕潤潤的眼睛，看見許蘭因，又撲進她的懷裡抽噎起來。

許蘭因摟著她的小身子說道：「妳剛才的夢是真的，妳娘親是個好女人，是有人指使惡奴陷害她。好孩子，妳爹爹也聽見了，他會為妳娘平反報仇的。」

做為外人說這種話不妥，還替閔戶作了主，但許蘭因就是這樣說了。

這些情節一看就是連環套，碧荷把安氏和祝江兩個主角湊在一起，等到證人春分和夏至去了，就把安氏推進祝江懷裡。春分、夏至一大喊出聲，恰巧不遠處的閔大夫人就聽到走過去「捉姦」……

偏偏安氏軟弱，又自認為閔家沒有人相信她，百口莫辯地選擇了上吊。祝江頭腦簡單，以為把責任攬在自己身上可以替安氏開脫，實則更加坐實了他們有染。

可憐的小姑娘目睹了一切。她當時看到的的確是安氏撲進祝江懷裡的一幕，又聽到閔大夫人對安氏毫不客氣的辱罵，最後安氏上吊……由於受的刺激過大，又恨閔家所有罵她娘親的人，小姑娘再不願意說話了，也拒絕與人交流。

閔嘉聽了許蘭因的話，抬起淚汪汪的眼睛看向閔戶。

閔戶的臉色蒼白，拳頭緊握，眼睛赤紅。看著閨女望向自己的眼睛，他的眼前又出現了另一雙水汪汪的眸子，裡面有委屈、無助、期盼，可他都忽略了，甚至還有些厭煩，覺得她嬌氣、不賢……

閔戶的眼裡湧上水霧，走過去坐在閔嘉的身邊，撫著她的頭，柔聲說道：「嘉兒，是爹爹不好，是爹爹失察。妳娘親是個好女人、好妻子，她溫柔、賢良、與人為善。之前是爹爹不好，錯怪她了，家裡人全都錯怪她了。放心，爹爹會找出惡人，替妳娘報仇，還會讓所有人都知道妳娘的好……」

閔嘉「哇」地哭出聲來，聲音比平時都大，撲進了閔戶的懷裡。

這是閔嘉第一次主動撲進閔戶的懷裡。哪怕安氏在世的時候，閔嘉還正常時，也對這個親爹算不上親。

閔戶抱著小小的身子，流出了眼淚。他愧對過世的妻子，愧對小小的女兒。

閔嘉哭了許久後，終於憋出了兩個字。「爹——爹……」

聲音依然不好聽，也含糊不清。

閔戶卻是激動不已，答應道：「欸，好閨女，爹爹聽見了……」

閔嘉又哭了一陣，漸漸感到疲憊和睏倦起來，劉嬤嬤進來把她抱去了臥房休息。

閔戶、許蘭因、郝管家去了西屋密談。

閔戶坐在桌前，嘴唇抿得緊緊的，前額和手背上的青筋都鼓了起來，不停地用拳頭捶打桌面。他既痛恨小文氏，又愧對安氏和女兒，還覺得無顏面對許蘭因。

許蘭因坐在一旁的椅子上，低頭不語。她很生氣，也不想勸閔戶。

沈默了半刻多鐘後，閔戶深吸了幾口氣，才聲音平緩地說道：「碧荷和春分、夏至的幕後主使者肯定是小文氏。」又問郝管家道：「你知道那三個丫頭後來去哪裡了嗎？」

連「大夫人」的尊稱都沒有了，直接稱之為小文氏。

郝管家躬身道：「老奴記得，大奶奶出事後，春分和夏至的娘老子就求了大夫人，說她們年紀大了，想接回家嫁人，大夫人准了。至於碧荷，因為她參與了那件事，大夫人讓人打了她二十大板，賣出去了。」

閔戶心裡又是一陣氣，這明顯是把知道內情的人都弄走了！若自己稍稍留意一下就能看出端倪，他卻忽略了。這種不算高明的作案手段，居然出在刑部尚書和時為五品知府的自己家裡，並且還沒被發現，真是諷刺！

閔戶說道：「買碧荷的人肯定是小文氏安排好的，讓人秘密把這幾個人找到，只要還活著，就想辦法關進別院秘密審問。看好她們，我會親自審問。再把她們的家人嚴密地監視起來。記住，去辦這些事的人要調查清楚，不能跟京城府裡有一點關係。」

郝管家躬身應道：「是。」

閔戶又對許蘭因說道：「我年幼時非常依賴小文氏，真的把她當成了親娘，即使她沒有自己的兒子，我也會像親兒子一樣孝敬她。當時把安氏留在京城，就是做出一個姿態。她也應該知道我對她的感情，為何還要下如此的狠手？她讓安氏揹負那個不堪的名聲，就是要把安氏逼死，甚至連嘉兒都不放過……」他氣得用拳頭在書案上砸了一下，又低聲吼道：「可惡至極！喪盡天良！」

許蘭因說道：「閔大夫人生不出孩子，原因不在你。她如此作為，就是想讓你一輩子不幸，一輩子痛苦，她真正要報復的是你。我覺得，她對你應該還有別的什麼仇恨，你不知道。」

閔戶也是這般猜測，說道：「但我沒有做過一件對不起她的事，她恨我做什麼？」沈思片刻，又道：「只得查查她在文家出過什麼事了。我娘的同胞兄弟都在外地為官，京城有幾個親戚都是庶出。我會派人去找在陝西任右參政的大舅，正好陝西離蜀中近，再讓人找到祝江，把情況問清楚。這些事我會查個水落石出，洗刷安氏的罪名，讓小文氏付出代價。至於嘉兒，就要請許姑娘多費心了。」

許蘭因道：「我自當盡力。況且嘉兒也知道了真相，知道她娘是無辜的，心結已經解開，剩下的就是如何引導、訓練她說話和正常生活。」

閔戶又交代郝管家，這段時間所有來府裡探望閔嘉的人都擋下，就說她身體不好，不宜見客。

商量完，幾人起身，閔戶逃也似地先走了。他的無能被這麼多人看到，他現在誰都不想見，特別是許姑娘。而且，他已經感覺到，許姑娘今天對他說話的口氣有些冷。

許蘭因躺在床上睡不著。伴隨著趙星辰的鼾聲，她想了想閔家的事，再想了想柴家的事，還有閔戶這個男人。

書裡，無論是作者，還是書中的人物，對閔戶的評價都極高。真實生活中，趙無還有百姓、閔府的下人，對閔戶的評價也是如此。睿智多才、品性高潔、溫潤如玉，為民辦實事、體恤他人等等。

可就是這樣的優質好男人，他的妻子卻極其不幸。活著時不快樂，不要說夫妻間的恩愛了，根本連點信任都沒得到，最後還那麼沒有尊嚴地死了……

男人，真沒意思。

許蘭因撇撇嘴。

喔，對了，還有個小趙，熬蜜糖的小灶，那是個好孩子，將來他的媳婦可享福了……

許蘭因想到後半夜才睡著。

——未完，待續，請看文創風951《大四喜》3

兩心相悅 琴瑟和鳴／灩灩清泉

2017年7月出版

錦繡榮門

穿成貧戶又怎樣，翻身靠的是實力！
看小小農女如何逆轉命運，帶領家人邁向錦繡錢程——

文創風 541 **1**

因為被勾錯魂而小命休矣，居然還得等待六年才能投胎，
錢亦繡只好晝伏夜出，用阿飄的身分在未來家門附近徘徊兼打探。
但這家的遭遇也太悲慘，人窮被人欺，小孫女竟被村民欺負致死，
既然重活機會是犧牲一條珍貴性命換來的，她絕不能辜負！
誰說小農家沒未來啊，看她帶家人把黑暗農途走成光明錢途～～

文創風 542 **2**

讓家裡吃飽喝足只是起點，她的發家大計才剛開始吶！
但在外闖蕩豈為易事，幸好有出身衛國公府的梁錦昭相助，
雖是不吵不相識，他卻大方地幫她賺銀子，還帶人保護她家店鋪。
眼看家業如願興旺，但失蹤的爹爹被證實陣亡，回不來了！
多年盼望成空，面對喪親之痛，她該怎麼安慰家人、繼續往前呢？

文創風 543 **3**

自從認識梁錦昭後，蒙他照拂，家裡的生意做得風生水起，
他的好，她默默記在心頭，得知他為癲癇所苦，求醫未果，
既然山中有靈藥能治，她當然要冒險去取，以回報他的恩惠。
錦繡行的買賣蒸蒸日上，去京城大展鴻圖的時機來臨，
但她沒想到，這回離家打拚，竟是一連串變化的開端……

文創風 544 **4**

外族進犯，大病初癒的梁錦昭主動請纓，追隨寧王上陣，
好！凌雲之志不可擋，錢亦繡決定用海外生意助他一臂之力。
大乾漂亮完勝，但這結果竟帶來意想不到的衝擊——
原來，和她一起長大的哥哥不是錢家人，乃寧王流落在外的血脈！
寧王決定接回兒子，同甘共苦的家人被迫分離，她該如何是好……

文創風 545 **5**

因撫養皇嗣有功，原本窮得餓肚皮的錢家變成大乾貴族，
但京城豈是好待的地方，寧王大業未成，也遭受各方打壓，
錢亦繡明白，此攸關家裡與哥哥的前程，遂掏出銀子襄助。
不過老天爺似乎嫌狀況不夠多，哥哥與梁錦昭居然先後對她告白？!
她幾時變成好媳婦人選的？看著兩人眼中的期待，她完全傻了……

文創風 546 **6** 完

為保大乾平安，錢亦繡決定再冒險一次，與梁錦昭扶持寧王登基，
原以為一切塵埃落定，沒想到今生最大的考驗竟在這裡等著她！
唉，做生意賺銀兩她在行，但要選個良人嫁，就太讓人頭疼了，
梁錦昭與太子哥哥的攻勢猛烈，她招架不住，壓力如山大啊……
如果非挑一個不可，誰才是她幸福的歸宿呢？

福運當道，情財雙至／灩灩清泉

2018年11月出版

春到福妻到

批命說她命裡帶福，恰好她名中也有福字，兩世為人，在這雙福的加持下，老天這回，總得讓她有機會翻盤一次，過一把勝利組的人生吧？

文創風 685 1

現世的情場失意，讓她不止丟了人，還丟了命，
卻怎麼也料想不到意外成了「穿越女」?!
只不過……這原主陳阿福是個患癡病的傻女，
不僅自個兒帶著生父不詳的身世，
且年紀輕輕就有養子喚她娘親，
再看上頭的雙親近乎是窮困潦倒的農家貧戶，
綜觀所有條件，她莫不是穿成跑龍套的苦情女配吧？

文創風 686 2

看她這麼會掙錢，在小村子裡富貴起來了，
難免招來一些人眼紅忌妒，開始謠傳起她的真正身世，
一聽之下可不得了，她竟是知府陳大人的私生女！
再聽當年是陳老夫人狠心拆散她的原生父母，
如今她是根本不想跟這個陳大人有任何關聯。

文創風 687 3

他楚令宣，在外縱使有永安侯世子的顯赫身世，
對內也僅是個面對呆傻女兒而束手無策的鰥夫，
不承想會在這等偏鄉遇見陳阿福這奇女子；
初見時僅是個有癡病的農女，再遇時竟聰慧得令人側目。
她不僅將呆傻的嫣姊兒視作正常人，循循善誘地教導著，
還有一身好手藝，烹飪的小點滿口生香，
設計的盤釦獨特好看，縫製的玩偶更是標新立異……

文創風 688 4

本以為古代人的門第觀念極重，
縱使她認祖歸宗，從農戶翻身成官家千金，
地位還是沾不上貴族的邊，再加上帶了拖油瓶「大寶」，
怎麼看都入不了世家大族的眼，更遑論進門做媳婦？
沒想到，他倆婚事能如此順遂，竟是內裡有秘辛！

文創風 689 5 完

老和尚曾經批命，說她這輩子是有福的，
而楚家冥冥之中的劫難，還真託她的福將大事化無。
儘管朝中的二皇子仗著重生優勢，
為了逆改命運的軌跡而不時對楚家伸出毒手，
偏偏遇上她這福妻坐鎮，又有金燕子的神助加持，
任他怎麼出謀算計，都在因緣俱足下被一一化解。

風 文創

950

大四喜 2

國家圖書館出版品預行編目資料

大四喜 / 灩灩清泉著. --
初版. -- 臺北市 : 狗屋出版社有限公司, 2021.04-05
冊 ; 公分. --（文創風 ; 949-952）
ISBN 978-986-509-207-8（第2冊 : 平裝）. --

857.7　　110003814

著作者　灩灩清泉
編輯　黃淑珍
校對　吳帛奕
發行所　狗屋出版社有限公司
地址　台北市104中山區龍江路71巷15號1樓
電話　02-2776-5889～0
發行字號　局版台業字845號
法律顧問　蕭雄淋律師
總經銷　知遠文化事業有限公司
電話　02-2664-8800
初版　2021年4月
國際書碼　ISBN-13　978-986-509-207-8

本著作物由起點中文網（www.qidian.com）授權出版

定價260元
狗屋劃撥帳號：19001626
網址：love.doghouse.com.tw　E-mail：love@doghouse.com.tw